KB013145

길에서 형님을 잃다

길에서 형님을 잃다

초판 1쇄 발행 2022년 11월 1일

지은이 조갑상
펴낸이 강수걸
기획실장 이수현
편집장 권경옥
편집 이소영 신지은 오해은 이선화 김소현 강나래
디자인 권문경 조은비
펴낸곳 산지니
등록 2005년 2월 7일 제333-3370000251002005000001호
주소 부산시 해운대구 수영강변대로 140 BCC 613호
전화 051-504-7070 | 팩스 051-507-7543
홈페이지 www.sanzinibook.com
전자우편 sanzini@sanzinibook.com
블로그 sanzinibook.tistory.com

ISBN 979-11-6861-100-9 03810

* 책값은 뒤표지에 있습니다.
* 잘못된 책은 구입하신 곳에서 교환해드립니다.

길에서 형님을 잃다

조갑상 소설

산지니

차례

불안한 조깅

딸아이가 일어난 걸 확인하고 그는 현관으로 나갔다. 운동화를 신기 전에 투입구 앞에 쌓인 신문과 우유를 집었다. 신발부터 먼저 신을지 우유와 신문을 먼저 집어야 할지, 그는 자주 망설인다. 순서가 바뀔 때도 있지만 그게 어떤 기준에 근거하는지를 생각해본 적은 없다. 신발을 신고 우유와 신문을 집노라면 머리나 엉덩이가 벽이나 신발장 어딘가에 부딪힐 때가 있다. 그러나 양말을 신은 채로 현관 타일을 밟는 것도 내키지는 않는다. 현관은 좁다. 전에 살던 집보다 좁은 것 같다. 아내가 신발장을 큰 걸 들인 데다 아이들은 언제나 신발을 어지럽게 벗어놓는다. 그는 신발 밟는 일을 꺼린다. 신문 1면을 슬쩍 일별하고는 우유와 같이 신발장 위에 올려놓고 그는 운동화를 신는다. 두 개의 잠금장치를 풀고 현관문을 연다.

아침은 이미 우유아줌마와 신문배달 하는 이에게 열린 뒤다. 철제문 아래쪽의 투입구는 언제나 그들에 의해 새벽에 열려버리는 것이다. 투입구는 꽉꽉 닫힌 아파트에서 유일한 무방비 상태의 통로다. 그는 현관문을 닫고는 복도에 선다. 투입구 문이 내려지는 소리가 꽤나 크게 울린다. 아침이 그의 앞에 펼쳐진다. 그의 집은 12층이다. 오른쪽으로는 멀리 산이 솟아 있고 왼편으로는 같은 모양의 아파트들, 그리고 나무와 그보다 작게 보이는 사람들과 지나가는 자동차가 보인다. 해는 이미 오른편 산에서 제 모습을 드러내고 있다. 그는 왼편으로 걸어 나간다. 옆집 앞에 쓰레기 봉투가 내어져 있다. 오늘 아침에는 제발 시큼한 냄새가 나지 않기를. 엘리베이터 버튼을 누르며 그는 기대한다. 과연 그대로 되었다. 바닥은 물걸레로 잘 닦여 있고 쓰레기 냄새도 나지 않는다. 엘리베이터에는 그 혼자다. 그는 거울을 보면서 머리를 잠시 가다듬는다. 땡, 마침내 그는 지상에 도달했다. 경비가 보이면 인사를 하기도 한다.

그는 아파트 현관을 나와 길을 건넌다. 시간이 조금 늦으면 고등학생들을 태워 가는 봉고가 서 있을 때도 있다. 앞 동과 공동으로 사용하는 주차장에서 승용차 한 대가 후진을 하고 있다. 차들은 비좁게 들어서 있다. 몇몇 사람이 차를 손보고 있다. 그중의 한 사람은 눈에 익었다. 그 남자는 언제나 이 시간쯤 차를 손본다. 쥐색 소나타는 언제 보아도 깨끗하다. 그 남자가 걸레로 닦고 있을 때조차도 깨끗하다. 하기야 언제나 세차하는 모습만을 볼 뿐이지만.

그는 비탈길을 오른다. 산을 깎아 만든 단지라 높낮이가 현저하다. 물통을 실은 수레를 밀고 내려오는 주부의 자태가 아주 조심스럽다. 아이들에게는 스케이트 보드나 롤러 스케이트를 신나게 타는 장소이기도 하다. 그는 제법 빠르게 언덕길을 오른다. 관리사무소와 어린이 놀이터, 그리고 공터가 나타난다. 놀이터 앞의 나무의자에는 노인들이 앉아 있다. 그중 한 사람은 안면이 있다. '머나먼 산책'이다. 머나먼 산책이 이미 거기에 앉아 있다는 것은 오늘 아침 그가 늦게 나왔다는 소리이기도 하다. 그는 어젯밤 늦게까지 술을 마셨다. 영감님은 이미 단지의 반을 돌고 거기에 앉아 있는 것이다. 노인은 팔 다리 하나씩을 제대로 쓰지 못하지만 하루도 빠지지 않고 아파트 내를 산책한다.

게이트볼장에서 공을 때리는 경쾌한 소리가 들린다. 주로 하늘색 운동복을 입는 영감은 얼굴까지 익었다. 그는 지금 할머니 손을 잡고 공 치는 방법을 가르치고 있다. 하늘색 운동복은 '노인회'이다. 노인정에도 자주 보이고 관광버스를 동원해 어디 나들이를 갈 때도 드러나게 눈에 띄었다. 얼마 전까지 게이트볼장에는 아이들을 위한 농구대가 하나 놓여 있었다. 게이트볼 경기에 대한 설명이 적힌 안내판 제일 하단에는 시설자인 구청(區廳)명이 적혀 있다. 새벽과 아침은 노인들을 위한 시간일지도 모른다. 그러나 그 아래 테니스장은 조금 다르다. 그는 그곳을 지나지는 않는다. 눈으로 볼 뿐이다. 하얀 운동복을 입은 중장년층들이 연두색 공을 따라 뛰고 있다. 그는 테니스를 배우지 못했다. 숨이 턱턱 막히는 격렬한 운동을 찾기 시작했을 때 그걸 후회했었다. 왼쪽으로 돌아서다 그는 미끄러져 오는 자동차를 피해야 했다. 여자가 운전을 하고 남자가 옆에 앉아 있다. 위성도시에 남편을 출근시킨다고 생각할 수 있다. 이 시간 언저리에서 자주 마주친다. 주차장을 지나면 자그마한 동산이 나온다. 동산 위에는 체육시설이 마련되어 있다. 게이트볼장을 구청에서 만들어주기 이전부터 그곳은 사회체육 시범장으로 지정되었을 만큼 괜찮은 시설들이 있었다. 아니, 그가 이사와서 목격한 건 게이트볼장 조성공사뿐이었다. 그는 동산 위의 체육시설물을 이용하지 않는다. 그는 동산 주위로 닦여진 길을 걷거나 뛰기만 한다. 벌써 많은 사람들이 둘셋씩 또는 저 혼자 걷거나 뛰고 있다. 물을 길어 오는 사람도 있다. 동산 아래에는 지하수시설이 있다. 동산 둘레는 340미터이다. 접시꽃이 한 무더기 피는 곳에 화살표 방향과 같이 340이라고 적힌 표지판이 있다. 아직 접시꽃은 피지 않았다. 그래도 겨울에는 거의 흔적도 없던 그곳에 막대 같은 줄기들이 솟아나 있다.

교통 좋으면서 이만한 녹지공간을 마련한 데가 없다는 부동산 중개업자의 자랑은 빈말이 아니었다. 야산 하나를 통째 허물어 그 위에 바로 택지를 조성한 곳이라 전망도 좋고 자연녹지도 그만큼 많았다. 산을 절개해서 언덕바지에 세운 그런 아파트단지와는 전적으로 달랐다. 동산은 아마 산의 정상이었을 것이다. 그는 걷기 시작한다. 별일이 없으면 매일 열 바퀴 이상을 돈다. 340 곱하기 10은 3.4킬로이다. 그게 아홉이 되거나 열이 넘어버리면 계산은 복잡해진다. 그래도 그는 바퀴수를 헤아리려고 가능한 한 애쓴다.

한 바퀴를 돈 뒤 그는 걸음을 조금 빨리한다. 수를 헤아리는 건 매우 단순해보이지만 의외로 헷갈릴 때가 많다. 출발점에서 그렇게 헤아리는 것이지만 여섯이거나 여덟, 어느 언저리에서 다섯인지 일곱인지 또는 아홉인지가 애매할 때가 있다. 그럴 적이면 언제나 하나 뒤처지는 숫자를 택해버린다. 숨이 턱에 닿도록, 가슴이 터질 지경까지 뛰기 위해 그는 매일 아침 여기에 나오기 때문이다.

빠른 걸음으로 두 바퀴를 돌았다. 이제는 뛰어볼까 싶기도 하다. 보통은 세 바퀴를 걷고 난 뒤 뛰는 경우가 많지만 오늘은 머나먼 산책이 이 지점을 이미 통과한 뒤이기에 시간이 늦은 편이다. 그는 누군가를 의식하고 있다. 그는 뛰기 시작한다.

이사온 지 아직 1년이 채 되지 않았지만 빠르게 걷거나 산을 오르면서 가슴이 터질 듯해야 속이 후련해지는 습관만큼은 1년이 넘었다. 이사를 하고는 특별히 산으로 가지 않아도 이렇게 숨차는 운동을 할 수 있다는 걸 그는 다행으로 여긴다. 그러므로 이 조깅코스에 그는 아주 익숙해 있다. 아는 이들을 완전히 피한다는 건 불가능한 일이기에 아이들 통학거리에 맞추어서 이사를 한 곳이 여기다. 다행히도 아침 산책길에서 아는 사람들을 만난 적은 아직 없다. 이 아파트단지에서 부닥치는, 특히나 아침 운동길에 만나는 이들은 모두가 그에게 익명이다. 어느 누구의 이름도 모른다. 그건 서로에게 좋은 일이라고 그는 생각한다. 그도 그들에게는 익명일 뿐이다. 몇 차례 스치면서 면이 익어도 아, 저 사람 나왔구나, 그런 정도다. 하지만 주목하는 사람이 있기는 하다. 여자다. 물론 이름도 어디에 사는지도 모른다. 여자가 그를 알 리도 없다. 그 혼자서 여자를 의식할 뿐이다.

만일 여자가 나왔다면, 여자가 뛰고 있다는 소리이다. 그렇다면 그가 뛰어서 세 바퀴 정도에서 스칠 수 있다. 걷는 경우에는 걷는 대로, 뛰는 경우에는 뛰는 대로 한번 앞선 사람은 따라잡기가 힘들다. 걷는 사람은 뛰어야 따라잡을 수 있고 같이 뛰는 경우에는 그게 더욱 어렵다. 동산을 가운데로 둥글게 길이 나 있기에 시야는 불과 20, 30미터 남짓밖에 트여 있지 않다. 그가 이 모퉁이를 돌 때 여자는 바로 앞모퉁이거나 또 아니면 그의 바로 뒷모퉁이를 돌 때가 있다. 그냥 같은 속도로 걷는다면 하루종일 걸어도 만나지 못한다. 그의 경험으로는 적어도 세 바퀴는 빠르게 뛰어야 조우가 가능하다. 하지만 그것도 상대방이 그와 똑같은 속도로 뛰지 않는 경우에만 가능하다. 그가 뛸 때 여자는 걷는다든가, 그가 걸을 때 여자가 뛰면서 서로 스칠 수 있는 것이다. 그게 가능한 것은 누구도 언제까지나 지속적으로 뛸 수는 없기 때문이다. 여자가 뛰더라도 그의 속도가 빨라야 뒤에서 바라보거나 스칠 수 있다.

네 바퀴째를 돌면서 그는 비슷하게 스치거나 따라잡는 사람들을 보며 저 바지가 나왔구나, 저 운동화도, 저 청색 모자도 나왔구나를 일별한다. 사람들은 매양 같은 추리닝이나 운동화, 그리고 모자를 쓴다. 모자만 해도 쓰는 사람들만 쓴다. 계절에 따라 복장이 조금 달라질 뿐이다. 저 둘은 부부이고, 저 사람은 본 듯한데 아직 특징적인 인상이 입력되지 않았구나, 그는 그런 걸 다 헤아린다. 어떤 경우에는 풀밭이나 하수구 덮개 위에 놓여진 물통을 보고서 아, 그 사람이 벌써 나왔구나 하는 것도 생각한다.

아내가 죽고 나서 그에게는 두 가지 습관이 생겼다. 무얼 관찰하는 것과 가슴이 터져버리도록 숨차게 하는 일이다. 조금 숨이 차기 시작한다. 그는 팻말이 있는, 보통 그가 출발점으로 삼는 지점에 가까워지면서 네 바퀴를 헤아린다. 다섯 바퀴까지는 힘이 든다. 그러나 그 고비만 넘기면 속도가 붙는 만큼 몸도 적응한다. 그는 여자가 한번씩 나타나거나 운동을 마치고 돌아가던 비탈길을 눈여겨본다. 속도를 눈에 띄지 않게 줄이기도 한다. 이제 바로 앞에 보이는 모퉁이를 지나면 출발점이다. 다섯 바퀴가 된다. 제법 몸이 후끈거리고 어떤 열도(熱度) 같은 것도 느낀다. 하지만 마음은 형편없이 풀어진다. 다섯 바퀴, 그는 속으로 헤아린다. 그는 가속을 붙여 조금 빠르게 내닫는다. 여섯이다. 서넛이 짝을 지어 걷는 무리를 만나면 풀밭 쪽이거나 돌들이 박혀 있는 가장자리로 비켜 뛰어야 한다. 그는 남방을 풀어헤치고 러닝셔츠를 내보이며 걷는 남자가 끼인 한 무리를 피해 제일 바깥으로 내닫는다. 그들은 하나가 둘 되고 둘이 셋 되는 식으로 만나서 같이 걷는다. 공단 폐수는 생활오수에 비하면, 등 뒤로 그들 중의 하나가 말한다. 그들은 걸으면서 끊임없이 이야기를 나누는 쪽인데 앞서거나 뒤서면서 토막말을 주워들을 수 있다. 대통령도 사람인데, 관리사무소에서 대표자회의도, 화제는 수시로 바뀌는 것 같지만 아주 천천히 그들의 뒤를 따르지 않는 이상 한 꼭지의 화제를 다 듣는다는 것은 불가능하다. 할머니들도 그런 팁이 있다. 우리 아들이 어제 마산서, 형님은 며칠 안 나오셨제, 그런 토막말들이 느린 걸음 사이로 오간다. 여섯 바퀴를 뛰면서 모퉁이 한 곳을 돌아서면서 그는 긴장한다. 아니다. 옷색깔이 비슷했을 뿐이다. 먼 거리에서도 그는 알 수 있다. 키가 다르고 어깨선도 다르다. 모두가 다 다르다. 그는 힘이 빠지면서 갑자기 숨이 턱에 닿는 듯함을 느낀다. 그가 찾는 여자는, 주홍색 운동복에 목이 없는 르까프운동화. 그리고 뒷머리가 호랑이무늬 플라스틱핀으로 묶여 있다. 조금 가는 몸매에 뛰는 자태가 자연스럽다. 대부분의 여자들은 팔을 흔드는 모습이나 발을 내닫는 자태가 어딘가 부자연스럽다. 여자를 두고 르까프니 호랑이핀으로 기억하지는 않는다. 아주 빨리 뛰거나 오래 뛰는 그리고 매일 뛰는 여자다. 머리채, 말을 한번 걸어보았으면, 그런 게 입력코드일 수도 있다.

언제부터 그 여자가 그의 마음속에, 아, 그 여자라고 자리잡았는지는 알 수가 없다. 아침운동을 나오는 수십 명 중 그 여자가 가장 젊고 이쁘다고는 말할 수 없다. 얼굴도 확실히 본 적도 없을뿐더러 그런 선별이 그에게 중요한 것은 더욱 아니다. 여자는 가정주부 정도의 나이다. 한 30 중반, 더 되었을지도 모른다. 운동하러 나오는 많은 사람들 중 그 여자가 눈에 띄었다. 이른 아침에 조깅하는 여인, 건강하게 보였다. 그뿐이다. 여자가 언제부터 그의 눈에 들어오기 시작했는지, 운동을 시작한 지 곧바로인지, 몇 달 전부터인지, 그것도 헤아릴 수가 없다. 물론 한 번도 인사를 나눈 적도 없다. 여자가 눈에 띈 건 아마 여자가 언제나 혼자 뛰기 때문일 것이다. 여자는 언제나 혼자 뛴다. 그도 혼자 뛴다. 그는 잠시 착각을 불러온 여자를 앞지른다. 아니다. 운동복의 색상도 디자인도 다르다. 신장이나 운동복, 자태가 아니라 뭐라 말할 수 없는 느낌과 이미지가 다르다. 숨소리와 체취가 다르다고까지 그는 말할 수 있다.

거의 매일 여자를 주목하다 보니 한마디 가벼운 인사라도 건네고 지낼 법하지만 여태 그러지 못했다. 그는 여자를 뒤에서 보거나 스치면서 고작 어떤 말을 어떻게 붙여볼까 하는 궁리에 빠질 뿐이다. 오늘은 늦으셨네요. 그 말은 여자로 하여금 답변을 곤란하게 할 수도 있다. 오늘은 늦었습니다, 그게 더 정확할 것이다. 그리고 또 이건 어떤가. 이제 더워지기 시작했습니다. 혼잣소리로 들려 여자가 무심히 지나칠 수도 있다. 그런 게 무슨 부질없는 일이냐고 스스로를 다스리기도 하지만 여자를 스쳐 지나갈 때마다 억누를 수 없는 욕구로 자리 잡는 건 사실이다.

그는 같이 뛸 사람이 없다. 아내조차 없다. 거의 매일 아침 조깅을 하는 건강한 여인과 나란히 뛰고 싶다.

그는 여섯 바퀴를 돌았다. 아니 일곱인지도 모르겠다. 목과 허리께, 등에 땀이 솟는다. '수건'이 그의 앞에서 뛰고 있다. 추리닝 뒷허리에 언제나 수건을 차고 있다. 녹색일 때가 많다. 그는 앞지른다. 여자를 만난다는 일이 거의 완전하게 불가능함을 깨달으며 그는 화난 듯이 속력을 낸다. 마음 어느 구석이 마뜩잖고 괜스레 불안해지기도 한다. 불안이라고? 그는 잠시 속도를 죽인다. 오늘은 내가 늦게 나왔다. 여자는 이미 운동을 끝냈을 수도 있고 오늘 나오지 않았을 수도 있다. 하루도 빠짐없이 여자가 나왔다는 기억도 없다. 여자를 보지 못하고 운동을 한 날이 저번 주던가, 그런 식으로 짚여 오기도 한다. 여자가 나오지 않았다고 해서 불안하다니. 어쨌거나 그는 허전하다. 여자의 얼굴을 떠올릴 수도 없으면서. 그는 언제나 뒤에서 다가가며 스치듯 여자를 볼 뿐이다. 물론 여자를 정면으로 살필 수도 있다. 반대로 뛰면 된다. 하지만 반대방향으로 뛰는 사람은 아주 드물다. 왼쪽에서 오른쪽으로 뛰는 게 운동의 일반법칙인지 그는 잘 모른다. 오른쪽에서 출발하면 반대로 왼쪽 심장과 뇌에 자극을 주는 건지도 알 수 없다.

아홉 바퀴째인지, 그 즈음에서 그는 반대방향으로 걷는 부부를 만난다. 그의 짐작으로 그들은 아파트 사람들이 아니다. 동산에는 인근 주택가 사람들이 올라와 아침운동을 하기도 한다. 때로 식수를 받으러 오기도 해서 경비와 실랑이를 벌이기도 한다. 관리소에서는 주민들에게 식수표를 나누어주어 구별하기 때문이다. 그들 부부는 왜 반대편으로 걷는지. 뛰는 도중 그들을 피해야 할 때는 뻔뻔스럽다는 기분이 들기도 한다. 정면으로 볼 수 있기에 그는 그들의 얼굴과 몸매를 환히 안다.

여자는 조금 마른 편에다 얼굴이 길다. 아래위가 다른 티셔츠와 바지를 입는다. 결코 밝은 색상은 아니다. 운동복을 입는 법도 없다. 남자는 녹색 추리닝을 입는데 얼굴은 검은 편이고 키가 작고 땅땅하다. 그는 정면에서 다가오는 그들을 피해 이번에는 안쪽으로 내닫는다. 그리고 다시 길 한복판으로 나온다. '등산화'가 앞서가고 있다. 키가 매우 작고 흰머리가 많다. 등산화는 언제나 걷기만 한다. 하기야 뛴다면 관절을 다칠 것이다. 뛰는 대신 무거운 신을 신어 운동량을 높이자는 계산일 테다. 그 앞에 '처진 어깨'가 가고 있다. 왼편 어깨가 한쪽으로 처진 게 눈에 확연하다.

조금 불확실하다는 마음이 스치기는 하지만서도 열이다, 라고 그는 속으로 헤아린다. 속도를 조금 늦춘다. 숨이 갑자기 더 막혀 온다. 그는 호흡을 조절하기 위해 속도를 다시 빠르게 한다. 등과 사타구니에 땀이 흐른다. 몸이 한결 가벼워진 것도 알 수 있다. 그는 다시 한번 앞서가는 사람들을 눈여겨본다. 주홍색 추리닝, 르까프, 호랑이머리핀은 없다. 동산 아래편, 아파트 단지 입구에 해당하는 길목에 시계탑이 있다. 조금만 눈여겨보면 시계를 읽을 수 있다. 일곱 시 이십 분 정도다. 그의 심장은 어느 정도 한계에 도달했다. 최고 속도로 더 이상 달린다는 건 무리다. 걸음을 늦추어야 한다. 이제 유일한 희망은 천천히 걸으면서 늦게 나온다는 가정하에 여자를 기다리는 것뿐이다. 하지만 확률은 영에 가깝다. 그는 그걸 안다. 여자를 보는 시간은 언제나 여섯 시에서 일곱 시 사이라고 그는 기억한다. 그 시간대를 두고 그는 여자의 남편과 아이들에 대해 생각해보기도 했다. 해외근무. 외지근무. 사업. 아직 어린 아이들. 경우의 수는 무한대일 수 있다.

드디어 뒤로 걷는 남자를 만난다. 그의 손에는 줄넘기가 들려 있다. 그가 가까이 갈수록 뒷걸음질치는 남자도 뒤질세라 걸음이 바쁜 듯하다. 이 남자를 만나면 정면을 빤히 보면서 도망치는 그런 모습이 연상된다. 아내도 그렇게 도망쳤다고 그는 생각한다.

뒤로 걷는 남자는 오늘따라 거의 뒤돌아보지도 않는다. 옆을 지나치는 동안까지는 적어도 그랬다. 어지간한 사람의 앞으로 걷는 걸음보다 속도도 빠르다. 뒤로 걷는 남자는 동산의 체육시설을 이용한 뒤 내려온다. 그러므로 뛰지 않는다. 그러나 그는 여자를 다시 생각한다. 마음 한구석 어디가 불안하다? 뒤로 걷는 남자 때문은 아니다. 그 사람이 돌부리에 넘어져 엉덩방아를 찧든 머리가 깨지든 무슨 상관이랴. 가슴의 박동이 조금은 가라앉았다. 두 바퀴를 더 걸어야 호흡은 정상적으로 돌아올 것이다. 그는 이제 걷는다. 물통은 산책로와 주차장을 경계 짓는 돌벽에 그대로 놓여 있다. 작은 네모잡이 물통인데 뚜껑이 빨간색과 노란색으로 강렬하다. 그 물통의 주인은 물통이 작은 대신 매일 물을 받는다. 그 남자를 보았던가? 그 사람은 장갑을 늘 끼지. 여자 생각에 너무 빠져 있었다. 그는 아주 천천히 한 바퀴를 더 돌고는 산책길에서 벗어난다.

샤워를 하고 아이들이 먹다 남긴 식탁에 앉아 아침을 든다.

다음 날 아침에도 그는 현관문을 열고 복도로 나왔다. 시간은 빠르지만 어제와 똑같은 코스로 산책로에 닿는다. 쥐색 승용차를 닦고 있는 남자를 보았음도 물론이다. 걸어서 한 바퀴를 거의 다 돌 즈음에 그는 '머나먼 산책'의 뒷모습을 본다. 올려진 왼팔과 오른손 지팡이에 의지한 모습이 조각품을 보는 듯하다. 굼뜬 걸음이 차라리 정지된 모습으로 보이기 때문이다. 그는 조심해서 옆을 지나친다. '물통'이 두 팔에 빨갛고 노란 뚜껑의 물통을 어제 그 자리에 내려놓고 있다. 물통은 40 전후로 보인다. 마른 몸에 뛰는 속도도 빠르다. 두 바퀴째에도 그는 여자를 보지 못했다. 세 바퀴째를 돌며 하나가 둘이 되고 둘이 셋이 되는 사람 중의 둘을 만난다. 그 팀의 어느 한 사람을 본 적이 있었나. 없는 것 같다. 그들이 만나는 과정은 조금 늦었다 싶은 한 사람이 어느 모퉁이에서 기다리고 섰는 게 가장 일반적인 방법이다. 어떨 적에는 둘이 같이 걷는데 따로 한 사람이, 또 한 사람이 걸어가고 있는 걸 본 적도 있기는 하다. 그렇다면 반드시 어느 지점에서 기다리고 섰다가 합류하는 것도 아니지 않는가. 하지만 같은 속도로 두 사람이 앞서고 뒤서 걸으면서 만난다는 건 그의 계산으로는 전혀 불가능하다. 둘이 아닌 하나가 속도를 현저히 늦추거나 빨리했을 때만 합류는 가능하다.

조깅을 하면서 그는 사람들이 만나고 스치는 경우의 수를 가지고 많이 생각한다. 단순하게 동산을 돌면서 보는 현상에 대한 관찰 이상이다. 어떤 경우에 한 사람이 어떻게 다른 어떤 사람을 만날 수 있는가. 그의 가슴 밑바닥에는 죽은 아내가 떠다니고 있다.

그는 세 바퀴를 다 돌았다. 그동안 수건과 처진 어깨를 보았다. 물통이 그를 스친다. 물통은 걷지 않고 천천히라도 바로 뛰기부터 한다. 그도 걸음을 빨리하며 뛸 자세를 취한다. 뛰기 시작한다. 얼마 가지 않아 등산화를 보고 나란히 어깨를 맞대고 걷는 부부를 앞지른다. 붉은 끈으로 야무지게 묶은, 치렁한 생머리가 인상적인 아가씨가 앞에 있다. 얼마 전부터 보이기 시작했다. 아가씨와 몇 걸음 나란히 뛰다가 그는 앞선다. 모퉁이로 접어든다. 꺾임은 아주 완만하다. 시야가 트이자 한 무리의 앞서 걷거나 뛰는 사람들 중에서 그는 여자를 발견한다. 가슴에 설레임이 인다. 같은 회사의 똑같은 치수의 옷이라도 그가 찾는 여자가 입으면 다르다. 그는 자신할 수 있다. 반가운 마음도 잠시, 곧장 빠른 속도로 뛰어나가야 할지 걸음을 늦추어 여자의 뒷모습을 잠시라도 눈에 잡아둘 것인지를 망설인다. 그러고는 여자에게 건넬 말을 생각한다. 어제는 안 나오셨던가요. 하기는 제가 늦게 나왔으니까. 혼잣말 같다. 한번만이라도 나란히 뛰고 싶은데 괜찮겠습니까. 매일 아침마다 뛰는 당신의 건강함이 좋습니다. 실상 하고 싶은 말은 그것이지만 여자에게 경계심을 불러올 수 있다. 그러는 사이에 여자와의 간격이 좁아졌다. 한 귀로 흘릴 수 있는 말이든 경계심을 불러올 말이든 매일같이 그는 엇비슷한 인사말을 생각한다. 하지만 언제까지나 입속을 맴돌 뿐이다. 호랑이무늬핀으로 묶은 머리채가 흔들린다. 눈앞에 여자의 운동화가 솟구쳤다 내렸다를 반복한다. 뒤처졌던 아가씨가 그의 옆구리에 붙었다. 여자를 보면서 속도를 상당히 늦추었다는 소리다. 그는 여자만 주시한다. 어깨선이 조금 가늘다. 팔을 흔들 때마다 어깨선이 아주 조금 흔들린다. 여자는 팔을 허리 위에서 움직인다. 어떤 이는 아래쪽으로 축 늘어뜨려 뛰기도 하고 요란하게 위로 솟구치듯 팔을 흔드는 경우도 있다. 옆구리에 착 붙여서 흔드는 경우는 점잖게 보이거나 무게가 있어 보이지만 역시 둔해 보인다. 물통은 팔을 아래쪽으로 늘어뜨리고 뛰는 경우다. 수건은 옆구리에 바짝 붙여서 뛴다. 반대로 걷는 부부가 모퉁이를 돌아 나오고 있다. 여자를 가린다. 뻔뻔스럽다. 동산 둘레 340미터라는 팻말을 지날 때 여자와의 간격은 아주 좁혀져 있다. 아가씨는 그의 옆구리에 그냥 붙어 있다. 여자는 상당히 빠르게 뛰는 편이지만 그의 속도에는 못 미친다. 이제 세 사람이 나란히 선다. 그러기에는 길이 조금 좁다. 그의 마음일 수도 있다. 그가 앞서 나온다. 여자가 그의 뒷모습을 기억해주기를 바라는 마음도 있다. 하지만 기대할 수 있을까. 아내가 죽은 뒤 그는 익명으로 이 세상 어느 한구석에 숨고 싶었다. 뒷모습만 보인 채 사람들 사이로 걷거나 뛰고 싶었다.

그는 빨리 달리기 시작한다.

다행히 여섯 바퀴째에서 앞서 뛰는 여자를 다시 볼 수 있었다. 여자와의 간격이 좁아지는 건 더할 수 없는 기쁨이자 고통이다. 등산화를 지나니 물통이 뛰고 있다. 그는 물통과 어느 정도 같이 뛴다. 그러나 물통은 아주 일정한 속도를 유지하고 있어 답답하다. 그는 조금 뒤처진다. 여자는 일정한 속도로 그의 시선에 잡혀 있다. 그는 여자의 뒷모습을 눈을 감고도 그려볼 수 있다고 생각한다. 머리채, 어깨선, 흔드는 팔, 허리, 두 다리, 운동화 뒤로 드러나는 발꿈치. 얼굴 외에, 여자의 앞모습 외에는 모든 걸 그려볼 수 있다. 여자 앞에 뒤로 걷는 남자가 가고 있다. 뒤로 걷는 남자를 보는 순간 그의 상상력은 여지없이 깨어져버린다. 남자는 여자를 빤히 보면서 걷는다. 아니 흘끔거리면서 걷는다고 그는 생각한다. 여자가 뒤로 걷는 남자를 의식해서인지 조금 옆으로 비켜 뛴다. 그는 뒤로 걷는 남자를 보는 순간부터 기분이 좋지 않다. 물통이 여자와 나란히 섰다가 앞서버린다. 뒤로 걷는 남자만 없다면 일정한 거리 안에서는 그와 여자, 둘만 된다. 그는 가슴이 끓어오른다. 답답하다. 이왕 말을 붙이지 못할 바에는 가슴 터지도록 뛰어나가는 수밖에 없다. 그는 그렇게 한다.

할머니 팀들을 앞지르고 처진 어깨를 앞지른다. 머나먼 산책이 가장자리로 걸어가고 있다. 저 영감님은 아직도 한 바퀴를 다 못 채웠나. 두 바퀴를 돌기로 했는지도 모른다. 어느 순간 머나먼 산책을 들이받아 그를 넘어뜨리는 모습을 그려보고는 그럴 필요가 없는데도 안쪽으로 바짝 붙어 뛴다. 땀이 솟으면서 가슴이 팔딱인다. 열어볼 수 있다면 그는 자신의 심장을 보고 싶다. 어느 한편의 기쁨이 분노와 뒤섞여 그의 심장을 풀무질한다. 뒤로 걷는 남자가 여자를 빤히 보면서 걷는 걸 목격하는 순간 그는 잊었던 아내를 생각했다는 걸 스스로 인정한다. 그는 더욱 빨리 뛴다. 여덟인가. 팻말을 스치면서 그렇게 헤아려보지만 그런 헤아림마저 가쁜 숨 속에 파묻혀버린다. 어제 신문에 나지 않았던가, 아, 그 사건 말이지. 하나가 둘 되고 둘이 셋 되는 사람들이 걷고 있다. 나는 그 기사 보고. 그는 그들 사이를 파고들어 여지없이 대열을 흩트리고 싶은 욕망을 가까스로 억누르며 가장자리로 빠져 재빨리 추월해버린다.

옆구리에 붙었던 아가씨가 저만치 가고 있다. 모퉁이를 돌자 여자가 또 다른 모퉁이에서 이제 막 사라지고 있다. 그는 이미 한계점에 도달했다. 사정없이 쿵쿵거리는 호흡을 가라앉혀야 한다. 그는 아가씨가 앞서주기를 바라며 속도를 줄이기 시작했다. 심장이 제멋대로 뛰논다. 아내의 시신을 확인한 뒤, 그리고 운전자였다는 남자의 시신을 확인하는 순간부터 그의 가슴은 터져버렸는지도 몰랐다. 그가 한번도 본 적이 없는 남자의 승용차에 동승했다가 아내는 교통사고로 죽었다. 신문에도 났다. 그는 직장에 사표를 내고 이사를 했다. 그리고 언제나 펄펄거리는 분노를 진정시키기 위해 등산을 시작했다. 그렇게라도 해야 가슴이 터지지 않을 것 같았기 때문이다. 이사온 곳에 이런 조깅장소가 있어 그는 아침마다 뛰는 것이다. 그는 겁이 조금 난다. 운동을 마친 여자의 뒤를 따라 그 여자의 집까지 따라 들어가는 자신의 모습이 요즘 들어 자주 그려지기도 한다. 어제는 여자를 만나지 못해서 불안했다. 그런데 오늘은 또 다르게 자기자신 때문에 불안하다. 그에게 있어 불안은 아내가 다른 남자와 만나왔다는 사실을 죽음으로 확인했을 때부터 시작되었다.

"김이홍 씨, 김이홍 씨 3번 전홥니다."

마침내 아가씨가 그를 불렀다. 마침내, 라는 말이 절로 떠오를 만큼 그는 카운터의 아가씨가 방송으로 자신의 이름을 부르기를 초조하게 기다렸다. 소개비를 보내면서 그는 날짜와 시간, 호텔방의 호수까지 미리 지정해버렸다. 여자가 열쇠를 받아 전화만 하면 되는 것이다. 호텔 커피숍에 처음 들어섰을 때에는 아내가 다른 자리에 앉아 있기라도 하듯 긴장되더니 뒤에는 아내가 제발 나타나주었으면 하는 야수 같은 기대감으로 몸이 떨렸다.

그는 천천히 수신전용 전화기 쪽으로 걸어갔다.

"김이홍 선생님이세요?"

그는 그렇다고 대답했다.

"여기 508홉니다."

전화 끊기는 소리가 귀를 뚫고 공허하게 가슴을 맴도는 동안 그는 잠시 그대로 서 있었다. 아내가 어떻게 같이 죽은 남자와 만나게 되었는지에 대한 추궁을 가슴이 터질 듯한 아침 달리기로도 지울 수 없을 때 그는 지금 자신이 택한 방법을 생각했다. 그리고 나란히 같이 뛰고 싶은, 말이라도 한마디 건네고 싶은 여자에 대한 그 자신의 불안이 나날이 커갈수록 어떤 방법이든 찾아야 했다. 그는 자리로 돌아와 계산서를 집었다. 계산을 치르고 로비 한켠의 엘리베이터 앞에 설 때까지 그는 망설이지 않았다. 텅 빈 엘리베이터가 그를 5층에 내려놓았다.

그는 약간 어둑한 복도를 걸어 508호 앞에 섰다. 초인종을 누르고 문을 살짝 당겨보았다. 문은 잠겨 있지 않았다. 그가 미처 몰랐을 뿐이지 문은 아주 약간 열린 채였다. 그는 안으로 들어섰다. 문이 소리도 없이 닫혔다. 실내는 약간 어두웠다. 신발을 벗으면서 확인한 거지만 커튼이 처져 있었고 여자는 의자에 앉아 있었다. 아내는 아니었다. 그는 단번에 알 수 있었다. 여자는 일어서지도 않은 채 커튼 처진 창쪽으로 등을 돌리고 있었다. 그는 실내화를 신으면서 여자 쪽을 다시 보았다. 완전히 돌아앉지 않았음에도 여자의 옆얼굴은 확연히 보이지를 않았다. 그가 탁자 쪽으로 한 걸음을 옮겼을 때 여자의 어깨선이 눈에 들어왔다. 그의 가슴이 급격히 뛰기 시작했다. 아내가 앉아 있기를 마음 한편으로 원했던, 분노와 두려움이 무너져내린 자리에 고스란히 또 다른 충격이 그의 몸을 휩쓸었다. 눈에 익은 어깨선이었다. 아침마다 그토록 눈에 익혀온 목덜미와 어깨였다. 숨이 막혀오는 가운데서도, 무슨 말인가를 해야 한다고 생각했다.

"반갑습니다. 오래 기다린 건 아닌지요."

"아닙니다."

여자가 고개를 돌리지 않은 채 말했다. 아, 서 있는 뒷모습을 보았으면. 그러나, 그 여자였다. 아내가 아닌 게 자명한 만큼 아침마다 조깅하는 그 여자가 맞았다. 그건 직감이면서도 틀릴 이유가 없는 눈익음이었다.

그는 탁자에 앉기가 거북했다. 한번도 마주 대한 적이 없음에도 여자의 얼굴 보기가 두려웠다. 탁자에 앉아 나눌 이야기도 없었다. 오늘은 조금 늦으셨네요, 어제는 보이지 않아 아침 내도록 허전하고 불안했습니다, 내일 아침이면 그런 말을 꼭 하리라, 피가 나도록 입술을 깨물어 맹세할 수 있었다.

여자가 일어났다. 여자는 일어나 그에게 등을 보인 채 침대 쪽으로 걸음을 옮겨놓았다. 원피스 대신 주홍색 추리닝을 입고 르까프운동화를 신는다면, 머리는 묶여 있었지만 매일 보던 머리핀은 아니었다. 저 여자가 이 자리에서 사뿐사뿐 뛴다면, 내 눈앞에서. 모퉁이를 돌기 전에. 한번도 얼굴을 마주친 적이 없다 하여도, 그리고 노골적으로 여자의 옆얼굴을 훔쳐보지는 않았다 해도 눈에 익은 인상은 어쩔 수 없는 것이었다. 그는 몇 걸음밖에 되지 않지만 걸어가는 여자를 보고 또 보았다. 침대로 다가간 여자는 거울을 피해 원피스를 벗었다.

아침마다 주홍색 추리닝 속에 감추어져 그의 눈앞에서 3, 4킬로씩을 뛰는 다리가, 마침내 맨살로 드러났다. 이거는 아니었다. 아침 공기를 가르며 여자와 나란히 뛰고 싶었던 열망의 속살이.

아침마다 나는 두 번 숨이 찼어요, 아내에 대한 분노와 더불은 내 어리석음에 대해, 그리고 당신에게 말을 한마디 걸든가 나란히 뛰고 싶은 욕망으로. 그러나 이제는 그런 숨참도 아무 소용없게 되었군요.

"부담 갖지 마세요."

여자가 말했다. 그가 형편없이 딱딱하게 보였음이 틀림없었다.

"아, 네, 그쪽두요."

아침마다 내가 불안했던 건 당신 뒤를 따라 집까지 가는 내 모습이었어요. 그런데 줄넘기를 손에 말아 쥔 채 뒷걸음질치는 남자를 보노라면 그렇게 빤히 나를 보면서 도망친 아내가 떠오르곤 한답니다. 그 남자처럼 나도 뒤로 걸었다면 진작부터 당신을 볼 수 있었겠지요. 이제는 당신 얼굴을 어쩔 수 없이 보아야겠군요. 그게 아무 소용없는 서로 간의 부담일 뿐일 테지만. 반대로 뛰는 그 부부도 참 뻔뻔스럽지요, 하기야 우리 모두 조금씩은 뻔뻔스럽지만.

여자가 침대 속으로 들어갔다. 이제 그도 그렇게 하지 않을 수 없었다. 그는 어째서 여자에게 분노가 솟구치지 않는지, 그게 이상스러웠다. 하지만 이윽고 그는 뒤틀려오는 내부의 고통에 땀을 흘리며 커다란 혼란스러움에 빠진 채, 솟구치는 눈물을 가슴속으로 흘리며 죽은 아내의 얼굴을 지워내려고 애썼다. 최고 속력으로 달릴 때의 숨가쁨보다 더 격한 숨참으로 그의 가슴은 곧 터져버리고 말 것이었다.

익숙한 순례자

어째서 나를 구해줄 생각을 했나요.

사무실이 퇴근 분위기로 바뀌고 있을 즈음에 그 말이 떠올랐다. 오늘 업무가 끝났으므로 나는 이제 그 말에 대해 차분히 정리해보아야 할 것이다.

일단은 가게를 바꾸는 것으로부터 시작해야겠지. 그것은 정해진 결론이다. 그렇다 하더라도 이번 일은 어디서인가 삐걱거리는 느낌이다. 여자의 가게는 익숙했을 뿐이지 사실 나의 구매력을 끄는 곳은 아니었다. 생각하면 단골을 정하는 일은 내 방법이 아니기도 했다. 여자 때문에 그 가게가 익숙했을 뿐이다.

"퇴근 안 해요?"

안(安)이 서랍을 잠그며 말했다.

"응, 조금 있다 해야겠는데."

"지금 하는 일은 잘 돼가요?"

그는 말끝마다 업무를 연관시키는 버릇이 있다. 한동안 내가 슬럼프에 빠진 동안 그는 좋은 기회를 가졌었다.

"글쎄……"

사무실을 빠져나가는 안(安)의 뒷모습을 보자 불쾌감을 지나 화가 솟구쳤다. 화는 진작부터 나 있었다. 칼퇴근을 하던 내가 요 며칠 늑장을 부리고 있는 것부터가 보기 좋은 모습은 아니다. 나는 라이터를 꺼내 담배를 피웠다. 그 여자의 가게에 처음 들렀을 때 산 것이다. 이것도 오늘로서 끝이다. 나는 자리에서 일어나 창으로 갔다. 밖은 이제 밤이 시작되고 있다. 쏟아지고 명멸하는 불빛이 그대로 도시 자체가 된다.

세상은 점점 이해할 수 없는 일들로 가득 차 간다지만 그것도 정도가 있다. 내가 생각하려는 것도 바로 그런 문제다. 여자는 불빛 아래 서 있었다. 이 말은 어째서 나를 구해줄 생각을 했나요 하는 문장과 동일한 의미를 가진다.

불빛 아래 여자가 서 있다는, 그런 이미지에는 지극히 익숙했음에도 불구하고 새삼스런 구매력으로 나는 그녀의 코너로 갔다. 여자의 코너에는 손님이 없었고 또한 여자가 한자리에 내처 서 있었다는 게 발길을 끌기도 했을 것이다. 내가 다가갔을 때 여자는 조금 움직였다. 공허하다는 느낌을 주는 여자였다. 다소 굼뜨고 텅 빈 듯한 여자의 움직임이 조명을 다시 의식하게 했는지도 모르겠다.

어서 오세요.

나는 가만히 물품들을 일별했다. 교묘한 조명장치에 의해 그것들은 실제의 소재나 질감, 색채들보다 과장되게 앉아 있었다. 눈에 띄는 신통한 물건은 없어 보였다. 그런데도 나는 발길을 선뜻 돌리지 못했다. 어쩌면 걸음 옮기는 내 등을 바라볼 여자의 시선을 염두에 두었는지도 모르겠다. 하여튼 지금까지 없었던 감정들이 내 속을 비집고 들어온 것만은 틀림없었다. 어차피 무엇인가를 사기는 해야 했다. 나는 여자가 무엇을 찾으시나요든지, 선물용인가요 따위를 물어주길 기다렸다. 그러나 여자는 그저 내 발걸음과 눈길을 따라다닐 뿐이었다. 내가 진열장으로 숙였던 고개를 들었을 때 거의 동시에 얼굴을 든 여자는 깜짝 놀란 표정을 지었다. 사방 어디에서고 무차별 쏟아지는 불빛에 의해 여자의 모습은 나에게 더욱 우습게 보였다. 나는 곧 복고풍의 단순한 론슨을 가리켰다.

조금 전에 불을 붙인, 내 조끼 주머니에 들어 있는 게 바로 그것이다.

그저 나는 한번 손에 쥐어보는 것만으로 결정했다. 가벼웠던 것이다. 여자는 제품 소개를 시작하고 있었지만 나는 그저 가격만 묻고는 그걸로 하죠라고 말했다. 싱거운 듯한 나의 선택이 여자로서는 다소 의외였던지 나를 다시 한번 바라보고서야 당황한 듯 포장하기 시작했다. 나는 여자의 포장솜씨를 잠시 즐겼다. 그때 나는 오랫동안 내가 참아왔던 말을 꺼내고 있었다.

두고 봐요. 이런 곳에 오래 서 있다가는 아가씨도 틀림없이 저 가죽지갑들처럼 아주 말랑말랑하게 줄어들어 유리장 속에 들어가 버리고 말 테니까.

나는 내 자리로 돌아와 담배를 재떨이에 비벼 껐다.

왜 그날 그 여자였는지에 대해서는 잘 설명할 수 없다. 아내보다 몸이 작았다고 말할 수도 있고 주의가 산만하지 않았기 때문이라고 말할 수도 있다. 나는 옷걸이에서 저고리를 들어 입었다. 정말이지 업무 외에 사무실에 혼자 앉아 있어본 일은 별로 없다. 오늘은 다소 특별한 날일 수도 있다. 내가 하는 일에 대해 생각하게끔 그 여자가 했던 것이다.

언제나 생각하는 것이지만, 엘리베이터 내의 조명은 고정된 물줄기를 연상시킨다. 아마 승강기의 운동, 수직성 때문에 그럴 것이다. 나는 승강기 안에서 인사까지 나눌 사람을 만나지는 않았다. 그런 일이 어색한 것은 폐쇄된 공간 때문이 아니라 소방 호스의 물줄기처럼 막힘없이 아래위로 쏟아지는 불빛 때문이다.

두 번째 찾았을 때—그날은 첫날처럼 화나는 일까지는 없었다—내가 물건을 찾는 동안 여자는 자신이 사용하는 명함 뒷면에 무엇인가를 썼다. 그리고 손가락으로 한쪽 끝을 누른 채 가만히 내밀었는데 거기에는 이렇게 쓰여 있었다.

'이 뜨겁고도 환한 유리장 속에 들어가지 않게 나를 구해주세요. 나는 아가씨가 아니에요.'

지독히도 밝은 조명 아래 노출된 여자에게 '자신 없음'이라는 말을 써서 되밀 수는 없었다. 그날 나는 깊고 아득할 우주의 검은 공간을 연상시키는 바탕 위에 잿빛 마블링 무늬가 놓여 있는 차고도 매끄러운 느낌의 몽블랑을 샀다.

그리고 여자가 말했던 것이다. 어째서 나를 구해줄 생각을 했나요.

1층 로비로 나온다. 엷은 연둣빛 대리석 바닥은 불빛 아래 더욱 두드러지게 보인다. 거리로 나서기 전에 마저 생각할 부분이 있는 듯하여 괜찮은 회화 작품들이 걸린 로비를 거닐기로 한다.

"어째서 나를 구해줄 생각을 했나요." 여자가 한쪽 다리를 탁자 위에 올려놓고 스타킹을 감아 내리며 말했다. 나는 대답 대신 그냥 미소만 지었다. 내가 조금씩 낮추고 있는 실내 촉광에 의해 그 미소가 여자에게 보일지는 모르지만.

"화장으로 버티는 거야. 거기 있는 여자들 봐요. 남에게 보이려고 하는 화장이 아니야. 미스든 미세스든 모두가 진하고도 진해. 그러지 않으면 그들은 불덩이에 밀랍처럼 녹아버리고 말 테니까. 정말 당신 말처럼 어지간히 화장하지 않은 얼굴들은 금세 빈혈로 쓰러지고 말 거야. 이제 불 좀 낮추어요. 그놈의 불빛."

나는 흡족했다. 그 말을 듣기 위해 나는 여자를 택했던 것이니까. 나는 머리맡의 스위치를 한껏 낮추었다.

"그렇다고 이렇게 어두워서야." 여자는 나머지 옷가지들을 낮은 웃음으로 날렸다. 여자의 살결은 어둠처럼 부드럽고 또한 친숙했다. 나는 내 예감에 대한 만족감을 전신의 긴장감으로 모으면서 여자를 안았다.

"정말이지 그렇게 강한 불빛 아래 서 있는 당신은 끔찍했어."

나는 적당히 여자를 촉발했다. 너는 어둠의 편안함을 알아야 해. 그 말이 입안에서 맴돌았다.

"쨍쨍한 대낮에도 전기를 켜두어야 한다는 건 지독한 일이야. 그것도 연출을 위해 색도까지 섞은."

"익숙해지기만 하면 깜깜 어둠이라도 못할 일이 없지."

무슨 생각을 했는지 여자는 또다시 웃음을 날렸다. 연상이란 얼마나 터무니없이 자유스러운가.

"눈이 피곤할 거라는 손님은 더러 있었지만 당신처럼 진열장 속에 들어가고 말 거라고 한 사람은 처음이야. 그런데 당신 수집가예요?" 그때 여자가 그렇게 물었다.

이제 나가자. 나는 머물러 섰던 조형물에서 걸음을 옮긴다.

"김계장 아닌가."

이과장이다.

"누굴 기다리나?"

"아, 예."

"그럼 난 먼저."

그는 습관처럼 오른손을 조금 들어 보이며 출입구 쪽으로 걸어갔다. 그는 산하의 기술계통 인사를 담당하는 3과장이다. 그의 코드번호를 떠올리려는 내 자신을 발견하고는 나는 머리를 가볍게 흔들었다. 아무래도 어서 그 여자를 정리해서 떨쳐버려야 했다. 나는 문으로 걸어갔다.

내가 수집가냐고? 그때 나는 웃지 않았다. 거리는 이제 네온

사인과 윈도의 조명, 자동차의 헤드라이트, 가로등 등으로 한껏 부풀어 오르기 시작하고 있다.

"왜, 그렇게 보여?"

"두 번 다 고르는 물건이 심상찮아서. 가끔씩 들르는 손님도 한동안 망설이게 마련인데 자기는 별로 그렇지 않으니까. 그러면서도 물품에 대해 높은 식견을 가진 것 같으니까 말이야."

"보기보담 순진하군. 그야 당신을 유혹하기 위해서니까 그랬지. 만년필이나 라이터야 이름 정도는 다 알고 있잖아."

"그런 것만도 아닌 것 같은데."

여자는 다소 자신이 없어진 목소리가 되었다. 여자가 다루는 물품은 남성용 장신구나 문구류다. 지갑, 수첩, 넥타이핀과 커프스버튼, 혁대, 페이퍼나이프와 장갑과 캡과 스카프, 그런 물품들은 전혀 필요 없는 것일 수는 없지만 신경까지 써서 사야 할 물건들은 아니다. 그런 사람들도 있다. 그러나 이 세상에는 그렇지 않은 사람들도 있다. 어쩐지 오늘은 부근의 아케이드부터 들를 마음은 생기지 않는다. 조금 걷더라도 백화점을 한번 찾아보자. 사무실 밀집지역에는 그곳이 꼭 도심지라서가 아니라 거기에 근무하는 사람들을 상대로 한 산업이 있다. 내가 즐겨 찾는 곳은 아케이드다. 그곳에는 급하면 급할수록 몇 차례 마음을 먹었으면 또 그런대로 살 수 있는 물건들이 있다. 내가 근무하는 직장 부근에는 내로라 하는 대기업 본부가 여럿 있고 크고 작은 아케이드는 그보다 서너 배는 될 것이다.

대기업 사원들이 악어라면 전문 취급점이나 종합 아케이드는 악어새이다. 대기업과 상가에서 일하는 사람들은 훤한 대낮에도 불을 켜놓고 근무한다는 점에서도 닮아 있다.

"뭐랄까 익숙하게 느껴져요. 내 몸에 대해서라기보다는 분위기에."

두 번째 호텔에 들었을 때 여자가 말했다. 여자의 말은 정확할 수도 있다. 나는 어둠에 익숙하다. 밝은 데서 차오르는 숨소리는 참을 수 없다.

"부인과 무슨 일이 있는 건 아니지?"

"왜, 깊이 빠지기라도 할까 봐."

"우리 언니 보니까 정이라는 게 무섭더라. 가게도 그 덕분에 하고 있지만."

나는 더 듣고 싶지 않다. 그녀가 잘 쓰는 말처럼 미스도 미세스도 아닌 독신이면 그만이다. 나는 완전히 죽였던 조명을 조금씩 높였다.

"확실히 익숙한 남자라니까."

아내와는 일이 잘되지 않을 수도 있다는 것 외에는 일이 없다.

당신은 아내의 몸을 보는 게 뭐가 쑥스러워요? 아내의 말이다.

그리고 또 아내에게 남편의 맨몸을 보이는 게. 성에 대해 이상한 콤플렉스를 가진 사람으로 보이게 할 때가 있더라. 이건 단순한 행위가 아니라 정신건강 그 자체잖아요. 이런 게 건강치 못하면 모든 사회생활까지 굴절되어 버리는 거 아니에요?

촉광을 두고 가볍게 다투는 것도 우리 부부에게는 전희에 속한다. 나는 주장한다.

당신이 머리맡에 갖다 놓은 포도주가 진홍빛을 감출 정도는 되어야 하지 않겠느냐고. 하루 종일 대낮에도 높은 촉광으로 개미 한 마리의 움직임도 찾아내는 사무실에서 일한 사람이 침실에서까지 어둠에 잠기지 못할 건 없잖아.

아내에게 나의 항변이 기껏 스트레스로 받아들여진다면 차라리 그게 낫겠다.

“쇼핑은 언제나 혼자 해요?”

“직장 부근에서는 당연하지.”

“부인과 같이 가도 직접 고르는 경우가 많겠는데... 참, 무얼 수집하느냐니까?”

“그 소릴 또 해. 수집은 무슨 수집이야. 당신 가게에 내가 몇 번이나 갔다구.”

“그런 손님들이 더러 있으니까 하는 얘기지. 언제 한번 들르실래요.”

여자가 시트 밖으로 미끄러져 나가며 말했다.

“보고 싶거나 살 게 있으면. 그게 그거겠지만.”

“어머 이 양반 봐. 그 말이 이상한 소리로 들리는데.”

여자는 몸을 돌려 당장이라도 내 몸을 꼬집을 기세였다.

“아, 아니야. 보고 싶을 때.”

내가 물건을 사는 날은 오늘처럼—실은 어제지만—참을 수 없이 화가 날 때이다. 나는 백화점 입구에서 이내 후회했다. 이렇게 붐비는 곳에서는 제대로 물건다운 물건을 찾아낼 수가 없다. 하지만 나는 에스컬레이터에 오른다.

내가 하는 업무는 무엇을 찾아내는 일이다. 나는 정확히 비서실 내 정보분석파트에 소속되어 있다. 단순한 비서실이 아니라 사업계획과 인사권을 쥐고 있는 비서실이라면 그 규모를 알 것이다. '무엇을' 찾아내라는 것은 내 영역이 아니다. 나는 찾아내거나 맞히기만 하면 된다. 자료는 그때그때 주어지고 회수된다. 산출된 결과가 내 손에서 입력되는 일은 없다. 그것은 서면으로 담당부장에게 직접 제출된다. 그러므로 우리가 하는 일은 팀이 아니라 개인이다. 내 밑에 있는 대리도 보조일 뿐 결정에는 참여하지 않는다.

그 여자의 가게에서 라이터를 사게 했던 것은 산하 기업의 재고물품 중 결프만 사태의 장기화에 따른 출하조건을 산출한 보고서가 채택되던 날이었다. 내가 아니라 안(安)이었다.

나는 내가 하는 업무에 만족하고 있다. 그 일은 내 능력을 최대한 발휘할 수 있는 업무다. 언제부터 내가 스스로의 재능을 감지했는지. 그 대목에서 나는 에스컬레이터에서 내렸다. 나는 마지막 5층까지 와 있었고 반대방향의 에스컬레이터를 타고 내려가기 시작했다.

무엇을 하나 살까? 무엇을 찾는가는 내 영역이 아니지만 무엇을 살 것인가는 완전한 내 권한이다. 여자가 바뀌면 지갑을 바꾸라고 썼던 어느 책이 떠올랐다. 그래 그게 낫겠다. 조끼주머니의 라이터야 기왕 가진 것들 중 다른 하나로 바꾸어 쓰면 된다. 나는 그러자고 내게 말한다. 이것은 그렇게 지갑을 바꾸는 일 이상의 아무것도 아니다. 나는 내 자신을 독려한다. 여자를 떠나보낸다는 것, 또는 익숙해진 가게를 바꾼다는 것, 결코 그 이상은 아니다. 사실 나는 대단히 화가 나 있다. 어젯밤 여자가 나를 마음대로 물고 흔들었으니까.

문득 스페인제 LOEWE가 생각났다. 그런 제품이 있다는 걸 진작 알았지만 아직 구경은 못했다. 나는 크게 기대하지 않는다. 백화점이라는 게 중상(中上)의 삶의 질에서 크게 벗어나지는 않으니까. 과연 두 곳의 코너 어디에도 그것은 없었다. 나는 제복을 입은 아가씨들이 밝은 불빛 아래 서 있다는 사실에 대해서는 별다른 감흥이 없다. 왜냐하면 제복을 입었기 때문이다. 나는 겨우 열쇠고리집 하나를 발견하는 것으로 만족하기로 한다. 물론 그 정도로 내 화가 삭아질 리는 없다.

거리는 이제 쏟아져 나온 사람들로 가득 차 있다. 언뜻 걷잡을 수 없이 방만하고 무질서하게 보이는 인파지만 그들 하나하나는 모두 다 견고한 자기껍질과 상호 간의 인과율에 의해 저렇게 걷고 있을 뿐이다. 미어터질 것 같은 저 인파가 갑작스레 데모꾼이나 폭도로 바뀌지 않는 것도 그런 이유에서다. 산하 A산업체에서 볼링동우회가 결성된다면 발의자 세 명을 천오백 명 가운데서 찾아낼 수 있는 게 내 능력이다. 그러므로 이 인파도 내게는 지극히 질서정연할 수밖에 없는 것이다.

"아, 형 아니오. 재호 형님!"

나는 아니다. 내 옆을 걷던 젊은이가 잽싸게 앞으로 빠져나가 몇 걸음 앞의 한 사내의 옷깃을 붙잡았다. 둘은 악수를 나눈다. 사람은 제각기 그 사람이 지닌 이력과 특성에 의해 구별된다. 그보다, 나에게는 형이 없다. 있지만 그를 이 거리에서 만날 수는 없다. 형은 미국에 있다. 괜찮은 언론사 기자였던 그가 뉴욕에서 비디오숍이나 벌이고 있다는 건 어울리지 않겠지만 그가 택한 자유니까 어쩔 수 없는 일이다.

장기집권하던 육군소장 출신 대통령을 이어 후배 육군소장이 폭정을 하던 1980년대였다. 언론이 언론 역할을 못하면 기자도 기자일 수 없다는 논리로 직장만 그만둔 게 아니라 이민까지 가버렸다.

내가 형을 떠올린 것은 신문과 방송 때문일 수도 있겠다. 그 시절과 달리 지금, 언론이 제 역할을 한다는 걸 나는 안다. 회사에는 당연히 언론을 담당하는 부서가 있고 그 비중도 커졌다. 그쪽에서 어떤 용어를 쓰든 간에 평범한 말로 해서, 그들이 막지 못하고 기사가 났다. 지난 3일 마포구 공덕동 자택에서 모 대기업 직원 강모씨가 자살했다. 노조결성 문제로 회사측의 조직적인 압박을 받아왔다는 유서가 발견되었으며 가족측도 그런 사실로 고인이 고민해왔다고 경찰에 밝혔다.

나는 그 사람을 모른다. 성씨도 처음 알았다. 나는 찾아만 낼 뿐이다. 유서에 적힌 내용과 보도까지 된 과정은 나와 상관이 없다. 그런데 얼마 전부터 가끔은 질서정연해 보이던 군중들이 흩어져 보일 때가 있었다. 그 기사 때문은 아니다. 나는 단연코 내 자신에게 말한다.

웬만큼 걸었나 했지만 여전히 나는 방금 들렀던 백화점 주위를 맴돌고 있다. 이제 아케이드를 찾자. 그보다 먼저 가볍게 목부터 축여야겠다. 나는 바로 앞의 괜찮은 카페로 들어가 차가운 레모네이드를 주문했다.

어젯밤, 여자에게 터무니없는 상상력을 발휘할 여지를 주고 만 것은 나답지 않은 실책이다. 결국 지금까지 그래왔던 것처럼 내게 주어지는 자료가 그냥 코드숫자로 보이게 해야 하는 것이다. 다시 슬럼프에 빠져선 안 된다. 걸프전과 관련된 출하 조건 예측은 업무상 착오이기에 재빨리 회복할 수 있지만, 업무 외의 일로 받는 스트레스로 슬럼프에 빠지면 곤란하다. 나는 내가 맡은 일을 사랑한다.

초등학교 6학년 때 그만한 점수 매기기가 보편적인 것이었는지 모르겠지만, 어쨌든 일주일에 한 번씩 시험을 쳤고 그 시험지는 짝지끼리 바꾸어서 채점을 했다. 나이 든 담임의 무서운 경고성 발언이 아니더라도 아이들은 나쁜 음모를 꾸밀 수는 없었을 것이다. 그런데 어딘가 부패한 냄새가 나기 시작했다. 줄곧 성적이 나보다 얼마간 떨어지던 아이가 표 나게 내 가까이까지 와 있었던 것이다. 혼자서, 정말이지 가만히 그 아이를 관찰했다. 그러나 나는 곧 그 방법이 틀렸다는 걸 깨달았다. 성적이 우리들보다 확실히 차이 나는 그 아이의 짝지를 살피는 게 옳다는 걸 깨달았던 것이다. 그 애는 만화방과 빵집 출입이 잦았다. 그리고 학용품이 고급스러워지고 있었다. 내가 내 스스로에게 박수를 보내고 싶었던 것은 둘이 학교에서 거의 가까이 지내지 않는다는 사실을 발견하고서였다. 그런 사실이 일단 눈에 띄기만 하면 그건 얼마나 어색한 일인가.

내가 망설인 것은 그 사실을 어떻게 아무도 모르게 담임에게 말씀드리느냐는 것이었다. 무엇보다 나를 포함해서 누구도 공개적으로 다쳐서는 안 될 일이었다. 나는 주번 마지막 날 미리 집에서 적어간 쪽지를 기억하고 있다. 37번 시험지를 살펴보세요. 나는 틀리지 않았다. 방법도 최선이었다. 37번의 성적은 곧 본래 자리로 돌아갔고 사실은 공개되지 않았다. 채점방식이 바뀐 것은 말할 나위도 없다.

결국 내가 하는 일은 그때처럼 그룹차원에서 무엇을 결정하게 하고 방법을 바꾸게도 하고 대처하게 한다는 것이다. 내 사무실은 지극히 밝고 쾌적하다. 언론에 보도된 직원은 쾌적하고 밝은 사무실에서 기호로 발견되어 다른 부서로 넘어갔다. 다치게 한 것은 내가 아니다. 여자로 인해 나는 화가 난 것이다.

참을 수 없이 화가 나면서 어쩔 방법이 없을 때는 무엇을 사라고, 그것도 엄청 비싼 걸 사버리라고 가르쳐준 사람이 아버지다. 아버지는 어렵게 자라 자수성가했다고 한다. “내가 말이다.” 대학 입학하던 날 아버지가 말씀하셨다.

“돈이 많으면 화가 날 때 술을 마시고 무얼 부수지 않아도 되겠구나. 마누라나 자식도 때리지 않고 분을 풀 수 있겠구나. 그런 생각으로 열심히 일했다. 너 형한테도 똑같은 날 같은 말을 해두었다.”

그러므로 나는 형의 이민을 비싼 물건 구매로 감당할 수 없는 화가 났기 때문이라고 이해하고도 있었다.

다시 여자다. 아케이드 여자와의 만남은 내가 언제나 거기 들름으로 해서 이루어졌다. 미리 약속하거나 전화를 사용하지 않으니까 그럴 수밖에 없는 건지, 느슨할 수도 있는 관계에 긴장감을 주기 위해서였는지 여자는 언제나 처음처럼 명함 뒤에 글을 썼다. 얼마 전 그날도 그랬다. '나를 이 불빛의 세례에서 구해주세요. 나는 내일이면 저 혁대처럼 웅크리고 앉아 있고 말 거예요. 나는 18K로 된 커프스버튼이 아니에요.' 그런데 다음 날 내게 이상한 일이 벌어졌다. 88년 국외 대학졸업 입사자 중 이직의 가능성이 있는 사원을 찾아라. 8803134. 난 아니야. 그런 목소리가 어째서 들렸다고 나는 생각했을까. 나를 뽑아내지 마. 난 아니야. 나를 구해줘.

나는 다음 날 당장 여자의 아케이드로 달려갔다. 그날 여자는 라이터는 모두가 가연성이야, 나도 그래라고 써서 내밀었다.

"다음부터는 말이지. 그냥 명함을 내밀기만 해. 인신 매매조직에 끌려가는 아가씨도 아니면서 뭘 그래. 한두 번도 아니고 계속 그러니까 당신이 정말 조명 속에 녹아 없어져버릴 것 같기도 하고, 좋지 않아."

여자가 머플러에서 스타킹의 순서로 특유의 간지럼 타는 웃음을 흘리며 가볍게 벗어던지는 것을 알맞은 럭스로 즐기면서 나는 말했다.

"왜 재미있잖아. 그래서 우리가 이렇게 만난 거구."

"그것도 처음 한두 번이지."

나는 가볍게 넘어가야 했다.

"어쩌지. 난 재미있는데. 나는 당신이 내 코너로 저만치에서 다가올 때부터 내보일 문구를 생각하느라고 얼굴이 달아오르는데, 이해할 수 있어? 그리고 명함 뒤에 몇 마디 적는 순간, 아 최초의 오르가슴을 느끼는 거야." 여자는 목소리까지 들뜨게 흉내 내고 있었다.

"그봐, 그게 벌써 정상은 아니잖아."

"왜에, 왜 정상이 아니야. 아주 자연스러운 일이지. 여자의 오르가슴은 몸뿐 아니라 마음까지, 그러니까 수백 군데서 온다는 거 몰라? 직접적인 것만큼 유치하고 폭력적인 건 없다구. 당신은 그걸 잘 알 사람같이 보이는데."

"어쨌든 말이지. 무얼 쓰는 것만큼은 그만두기로 하지 우리. 다른 방법을 생각해보자구. 얼마든지 있을 테니까 말이야."

"그럼 대신에. 다음에는 불을 켤 거야."

물론 나는 여자의 말을 농담인 줄 알았다.

B사에 그룹의 노조정책을 비난하는 대자보가 붙었다. 관련자들을 찾아내라. 언제나 그러듯이 나는 자신감을 갖고 덤벼들었다. 외과의사가 메스 끝에 묻어나는 최초의 피를 보고 전의를 불태우듯이. 그러나 만만치가 않았다. 내 마음이 자료로부터 이반되고 있었다. 난 아니야 정도가 아니라 주어진 고유코드가 꿈틀댔다. 노조 문제로 자살했다는 보도까지 기억나서 나는 참을 수 없이 화가 났다.

내가 다시 아케이드로 달려간 것은 물론이다. 어제였다.

여자는 과연 텅 빈 명함을 살짝 계산대 위에 얹어 보였다. 그러면서 싱거운 미소를 지었는데 굉장히 힘이 빠져 보였다. 나는 그날 두 품목이나 구매함으로 해서 여자에게 생기를 불어넣으려고 애썼다.

호텔방에 들어서자 여자가 당연히 항의했다.

"단순할 리는 없구. 자기는 좀 잔인해. 내가 옷을 벗는 동안 촉광조절로 자기의 온몸을 달구면서 내가 즐길 수 있는 유일한 방법을 뺏어가다니."

"미안해서 어쩌지. 혹시나 주위 가게에서 눈치 챌 수도 있으니까. 화는 내지 마."

"자기는 분위기 연출의 천재잖아. 첫마디부터가 그랬구. 매너와 분위기에 내가 빠진 건데. 하긴 어쩌면 전혀 분위기가 없는 남자인지도 모르지. 언제나 완벽하게 불을 꺼버리는 걸 보면. 얼굴을 볼 수 없잖아. 나무둥치나 그냥 암수가 아니라면 적당한 조명은 필요한 것일 텐데."

"당신은 불빛이 싫어서 나를 택한 거잖아."

나는 잠시 시간을 두고 말했다.

"그건 그거구 이건 이거야. 뭐랄까, 생존을 위해 나는 그 살인적인 조명 아래 서 있는 거구 사랑을 나누기 위해서는 적당한 조명은 필요하다는 거지. 내가 생각해도 오늘은 말 되네."

그리고 여자가 간지럼 타는 웃음을 날렸으므로 나는 그쯤에서 끝나겠구나 싶었다.

"오늘은 우리, 조명을 조금 높여봐."

"조금. 그러지 뭐, 그게 뭐라구."

나는 가볍게 받아넘겼다. 그러면서 실은 굉장히 힘들게 스위치를 조금 돌렸다.

"혹시 말이지. 자기 하는 일이 음침한 뭐 그런 거 아니야?"

얼마 후 내가 담배를 찾아 물 때 여자가 엉뚱한 소리를 했다. 나는 그냥 여자를 멀거니 건너보았다.

"꼭 나쁜 뜻이 아니라…… 뭐 약점 있는 기업을 헐값에 사서 팔아넘긴다든지."

"영화 같은 이야기군."

"신문에서 말하는 지하경제를 움직인다는 큰손의 업무를 대행한다든가, 어쨌든 익명으로, 신분이 드러나지 않는 일 같은 거. 참, 회사도 음침한 일을 하는 부서가 있겠지."

"차라리 정보부에서 일하지 않느냐고 물어보지 그래."

나는 다시 말했다.

"흔해빠진 월급쟁이일 뿐이야. 다행인지 어쩐지 유산이 조금 있고, 무엇을 사도 고급스러운 걸 사고 싶은 그런 사람들은 있잖아. 그게 이상하게 보인 이유까지는 되지 않겠지."

"심각해져서 말할 필요까지 없어요."

"심각하긴 누가. 대부분의 사무실이 다 그렇지만 나도 당신처럼 대낮에도 훤하게 불을 켜놓고 근무해. 그건 매우 이상스런 관행임에도 불구하고 모두 아무렇지도 않게 여겨버리잖아.

어떨 땐 내가 너무 밝아 곧 터져버릴 것 같은 촉광의 형광등 불빛 속으로, 아니면 컴퓨터 화면 속으로 흡수될 것 같은 느낌을 가질 때도 있다구. 나는 아내에게, 그러니 잠자리에서만은 불 좀 끄게 해달라구 말하지. 그런데 아내도 당신 같은 말을 해."

나는 확실히 말을 많이 했다. 여자를 놓치기 싫어서가 아니라 화면에 떠올리는 코드번호가 나를 살려줘, 난 아니야라고 외친다거나 꿈틀댄다고 생각지 않으려고 그랬던 것일까.

"그래서 나를 불빛 속에서 구해주고 싶었군."

여자가 이번에는 굉장한 간지럼을 터뜨렸다.

"바람피우는 남자가 자기 마누라에게 조금씩의 불만이 없을 수는 없겠지. 그런데 자기 경우는 좀 더 재미있는 거 같아. 아니면 예민하든가. 왜 어렸을 때 누나나 엄마의 벗은 몸을 보기라도 했어? 내가 정신분석 치료사가 아닌지 모르겠네."

그러면서 여자는 갑자기 시트를 걷고 일어나 베드등이 아니라 방 스위치를 있는 대로 다 올렸다.

"나를 봐요."

여자가 침대 밖에 꼿꼿하게 섰다.

"내 벗은 몸을 보라니까. 어때요? 당신은 보아야 해!"

당황하기는 했지만 나는 여자를 바로 보았다. 환하게 드러난 여자의 알몸을 보면서 나는 내가 다루는 그 많은 사람들을 제각기의 얼굴이나 이름으로서가 아니라 번호만으로 만난다는, 새삼스런 사실을 떠올리지는 않았다. 그때 여자가 말했다.

"내 이름도 한번 불러봐요. 3층 8호점으로만 아는 거 아냐?"

카페에 너무 오래 앉아 있었다. 나는 계산을 치르고 거리로 나왔다. 어느 곳부터 들러볼까. 나는 한동안 그 여자의 아케이드만 드나들었기에 갈 곳이 많기도 했다.

길 한편 양품점 윈도에 세워진 우산 하나가 시선을 끈다. 나는 문을 밀고 불빛 속으로 들어갔다. 감색 바탕의 폭스다. 아가씨가 펼치니까 그것은 살대가 안으로 적당히 구부러져 아주 유연한 몸매를 해 보인다. 나는 그걸 사기로 했다. 지금 들고 다녀도 하나 어색해 보이지 않을 만큼 그것은 가볍고 편안하다. 물론 이 정도로 내 화가 풀린 건 아니다.

치료사라구? 나는 웃음이 난다. 어디 영화에서 보았겠지. 그래 그런 영화가 있었던 것 같다. 지금 내가 대학교 때 불온 독서서클이나 반체제 조직의 프락치였다고 말한다면 무심한 이 거리의 모든 사람들까지 나서, 그러면 그렇지라고 고함칠 것이다. 나는 초등학교 때처럼 예감으로 일을 하지도 않는다. 나는 단지 지금 내 업무의 저해요소를 제거하기 위해 노력할 뿐이다. 면도날로 양복 안주머니를 따고 지갑을 빼내는 전문가들이 칼을 갈 듯 손가락을 돌에 문질러 감각의 날을 세운다고 들었다. 비유가 심했는지 모르지만 최선을 다하고 싶다는 뜻이다.

세상의 모든 일에는 긍정적인 면과 부정적인 면이 공존한다. 내 업무에도 생각 여하에 따라 부정적인 측면도 분명히 있다. 그것까지 나는 부정하지 않는다. 하지만 형을 이민까지 가게 만든 독재나 자유문제와는 다른 것일뿐더러 시대까지 변했다. 그게 내 생각이다.

길 건너 수입상가의 네온사인이 휘황하다. 괜찮은 물건이 더러 있는 곳이다. 나는 신호를 기다리기 위해 섰다. 왜 여자는 단지 명함 뒤의 말장난 같은 말을 못 써서 안달이었을까. 잠자리 조명 때문에 단골 한 명을 놓치다니. 나는 정말이지 화가 날 정도로 이해할 수가 없다. 그 터무니없는 상상력 하고는. 신호가 바뀌었다. 건너오고 건너가는 인파가 내게는 모두 꿈틀대는 개인으로 보인다. 그것 때문에 나는 나를 괴롭히지는 않는다. 도대체 그런 것 따위를 지금 확인해야 한다는 사실에 화가 좀 날 뿐이다.

나는 2층 계단을 오른다. 내일부터는 내게 주어지는 자료가 모두 자료로만 보일 것이다. 쾌적하고 밝은 불빛 속에 자리잡은 매장들이 성능 좋은 진공청소기처럼 나를 빨아 당긴다. 나는 다소 기분이 좋아진다. 이 조명 어디 아래선가 나를 구해주세요, 이 뜨거운 불빛 아래서 나는 수제화처럼 부드럽게 무두질되고 있어요라는 소리를 듣는 듯하다. 그러면 되는 것이다.

거세된 사랑

일요일, 어떻게 하다 보니 그는 혼자 집을 지키게 되었다. 하지만 자식 둘은 그렇다 하더라도 아내의 친정나들이는 다분히 고의적이라는 사실을 그는 인정해야 했다. 폭음을 지켜보던 아내의 인내도 바닥을 친 것이다.

TV에 매달려 세 개의 채널을 이리저리 돌리다 3TV에 머물렀다. 그런 방송이 있다는 거야 알지만 언제나 건너뛰기만 했을 뿐이었다. 툭하면 교양이 붙어다니는 그놈의 채널은 그와 거리가 멀었다. 역시 무슨 좌담회였다. 그런데 사회자가 "우리가 지금 이야기하고 있는 구원이라는 문제"라는 말을 하고 있었다. 그걸 듣자 그는 자신이 죄에 소속되어 있는 몸이라는 걸 순간적으로 확연하게 깨달아버렸다. 자신의 몸과 마음이 이즈음 편안하지 않은 것은 용서니 뭐 그런 것과 관계있는 게 아닌가. 가슴속 어딘가로 찬바람이 일었다.

"우리가 구원을 이야기함은 인간존재 자체가 영원히 자유롭지 못하고 그래서 죄악의 주위를 거닐고 있기 때문이라는 원목사님의 말씀이었습니다……"

하지만 그는 급하게 리모콘을 집어서 TV를 꺼버렸다. 돼먹지 않은 소리. 그는 베란다로 나가 잠시 아파트 아랫길을 내려다보았다. 하지만 곧 거실로 되돌아와 냉장고 쪽으로 갔다. 그는 맥주 한 병을 꺼냈다. 그때 식탁 옆의 영수증이나 편지를 담는 통 속에 덩그러니 놓인 편지가 눈에 들어왔다. 그는 맥주병을 식탁 위에 놓고는 그것을 빼서 바로 찢어버렸다. 그건 벌써 세 번째 날아온 입회 가입원서였다. 그는 월남참전용사였다.

"현주 엄마라고 옛날 같은 집에 살던 여자 안 있었나. 암으로 오늘내일 한단다."

그가 노모에게서 그 이야기를 들은 것은 저지난 주였다. 노모는 큰형이 모시고 있었고 셋째인 그는 간간이 들렀다.

"남편이 그리 고생을 시키더니 딸들까지 그렇다네. 현주하고 명주라고 딸만 둘 아니가, 그래서 망나니 남편에게 아들 못 낳는다고 그렇게 구박도 받더니. 사람 사는 기 만만치 않다는 기 현주엄마보고 하는 소리지. 무슨 팔자가 그리도 안 풀릴까 싶더니 말년까지 그 꼴이라. 아이구 그 인물에 아깝지 아까워. 어디 세상 사는 재미나 한번 보고 눈이나 감겠나. 츠츳."

전국노래자랑 프로를 보고 있던 큰형이 어머니의 이야기를 혼잣소리가 되지 않게 했다.

"하여튼 우리 엄마 기억력과 귀는 알아줘야 해. 그게 언제 일인데 딸들 이름까지 기억하며 또 듣기는 어디서 들었는지……"

"한번 스치기만 해도 인연이라는데 그래 5년을 같이 살았는데 어찌 잊겠노. 지도 내 앞에 나타나고 싶었겠지만 저지른 죄가 있어 못 나타났을 기라. 지금 생각하면 기껏 돈 몇 푼인데."

그때 어떻게 대화가 중단되었고 그가 끝으로 들은 건 여자가 K병원에 입원해 있는 모양이더라는 어머니 말이었다.

그때도 그 자리에서 침묵을 지켰던 것처럼 2주 동안 그는 침묵으로 일관해왔다. 하지만 망각을 전제로 한 침묵은 그에게 신체적 조건으로 다가오고 말았다.

그런데 지금 그는 우연하게 보게 된 그놈의 TV 때문에라도 자신이 확연하게 죄의 그늘에 놓인 몸이라는 걸 인정하지 않을 수 없게 되어버린 꼴이었다. 그는 사실 그걸 인정하기가 싫어 지금까지 어떤 행동도 하지 못하고 미적거리고 있었을 수도 있었다.

왜 사랑이 아니고 죄가 되어야 한단 말인가.

하지만 속으로의 단순한 외침은 진작부터 그를 괴롭혀온, 자신이 없었던 문제였다.

그가 여자를 처음 본 것은 고1 때였다. 그때 여자가 이사 왔다. 사업한다는 남편과 초등학교 4학년과 3학년에 다니는 딸 둘이었다. 네 집이나 모여 살아 하나뿐인 변소 앞에 아침마다 줄을 서야 했고 집주인은 월세를 받기 위해 한 달에 한 번 나타나는 그런 집이었다. 그러나 무엇보다도 살짝곰보 고등학생이 바로 바라보기에는 이웃집 아주머니가 너무 예쁘다는 게 문제였다. 그가 그러한 감정을 가질 수 있었던 것은 교실에서 애들이 공공연하게 해대는 남녀관계의 이야기를 들은 뒤였기 때문에 특히 더했을 수도 있었다. 여러 가지 조건으로 비뚤어진 심성이 자라고 있는 사춘기 소년이 미모의 옆집 아주머니에게 느끼는 감정은 어떤 말로 표현한다 하더라도 결코 미치지 못할 만큼이나 복잡했다.

여자는 큰 키에 호리하면서 시원한 콧날을 갖고 있었다. 학교 부근에 여중과 여고가 있어 재잘거리며 지나다니는 딸애들을 상시로 볼 수 있었지만 그들에게 그는 눈길을 차마 둘 수가 없었다. 코 언저리의 마마자국 때문에 그는 언제나 교모를 깊이 눌러쓰고 다녀야 했다. 여자는 그가 국어교과서에서 배운 낱말인 청초함이나 또는 딱히 설명할 수 없는 밝음과 서늘함 같은 분위기로 그의 가슴에 자리해갔다.

그 동네로 이사왔다는 것부터가 그랬지만 여자의 형편도 넉넉하지는 못했다. 여자의 남편은 이마가 벗겨진 희멀건 얼굴에다 작은 키에 단단한 체격을 갖고 있었다. 신랑이 아니라 동생같이 보인다는 이웃집 아주머니들의 허튼소리가 실제로 남자 나이가 한두 살 어리다는 얘기로 확인된 뒤 처음으로 그는 여자의 남편에 대해 증오심을 품었다.

한집에 사는 세대들에 대해서는 물론 이웃이 넓어 동네 소식통이기도 했던 그의 어머니는 남자가 하는 일이 '부로카'라고 단정적으로 말했다.

"좋다몬 좋은 자린데 와 옷을 벗었겠노. 저놈의 성질을 봐라, 무슨 사고를 내도 냈겠지. 지금 하고 있는 일도 사람 빼주고 소개시켜주는 그런 일인 기라. 여편네가 사고뭉치 철부지를 만난 거지 뭐꼬."

여자의 남편은 헌병중사 출신이었다. 첫눈에 반한 식당집 딸을 성질 사납고 물불을 가릴 줄 모르는 헌병중사는 자신이 할 수 있는 모든 방법을 동원해 공략했다. 여고를 나오고 나이가 찼던 식당집 딸은 결국 넘어가고 말았다. 오누이처럼 보이기도 한다는 그네들이 부부라는 사실을 이웃에 확인시키는 일은 남자의 손버릇이었다. 한 이틀 여자가 바깥출입을 않는 동안은 그녀가 눈두덩 위의 멍을 삭히고 있을 때였다. 그의 맹목적 사랑은 맹목적인 증오심과 같이 상승했는지도 몰랐다.

처음으로 그가 여자와 단둘이가 되어 말이라도 나누어볼 때가 왔다. 그동안 그가 키워온 연정은 오직 그의 가슴속에서만 자리했을 뿐이었는데 실제로 몇 시간을 바로 곁에서 보낼 수가 있었던 것이다. 하지만 그건 비참함을 전제로 한 것이었다. 어쩌면 그런 관계는 둘 사이의 상징적 조건이었는지도 몰랐다.

1학년 겨울방학을 얼마 앞두고였다. 송도에서 다른 학교 애들과 패싸움을 벌이다 그는 경찰서까지 가게 되었다. 배를 타던 아버지가 실종되고 얼마 되지 않는 보상금으로 그의 어머니는 벌건 도장자국이 손때 묻은 수첩마다 촘촘히 박힌 푼돈으로 4형제를 키웠다. 아비 없는 자식에 무식하고 정 없는 일수놀이하는 어머니, 거기다 살짝곰보라는 용모 등은 그가 비뚤어지기에 충분한 조건이 되었다. 그는 학교 '몬도가네' 클럽의 회원이었다.

살짝이라는 별명으로, 과묵하지만 화가 나면 겁나는 게 없는 아이로 그는 소문나 있었다. 누이가 없는데다 곰보자국으로 인해 여자 이야기는 그에게 취약이었다. 간간이 유유상종으로 딸애들과 어울릴 때도 있었지만 그는 아예 자리를 피하거나 딸애들에게 거칠고 모욕적인 언사를 마구 퍼부어 스스로를 가장 인기 없는 존재로 만들었다.

여자를 본 뒤에 그 증세는 더욱 심해져갔는데 그 무렵 사고를 친 것이었다.

어떻게 집으로 연락이 되고 경찰서로 찾아온 사람은 뜻밖에도 현주엄마였다. 외투를 걸치고 머리 손질까지 한 여자의 모습은 집에서 보아오던 분위기와는 전혀 달랐다. 여자의 하이힐 신은 모습도 처음이라 그는 그저 가슴만 뛰었다.

"엄마가 대신 가라고 해서. 아저씨도 마침 마산 가고 안 계시고."

그녀는 이모로 행세하며 경찰서에서 그를 빼내 학교까지 데리고 갔다. 그냥이라도 제대로 얼굴을 들지 못하는 처지인데 이런 꼴을 보이다니. 서부산경찰서에서 구덕운동장 앞 종점까지 걷는 동안 쥐구멍이라도 찾고 싶은 창피함 속에 그의 가슴을 치미는 말은 "이래 가지고 사랑은 무슨 사랑이고"였다. 그는 어리석게도 화까지 내고 있었다.

"치료비 안 물어줘도 한 이틀이면 보내줄 건데 왜 야단이에요!"

"무슨 소리니. 입건이 되면 학교에서도 어쩔 수 없다고 했어."

"퇴학당하면 그뿐이지요, 뭐."

"근수야 그런 게 아니다. 앞을 생각해야지."

지나가는 사람들의 시선을 의식할 때마다 그는 뛰어난 용모의 여자 옆을 끈 떨어진 책가방을 끼고 걸어가는 자신이, 현재는 물론이고 앞으로도 영원히 존재하는 거리이거나 운명일 것만 같아 가슴이 터져버릴 지경이었다.

한낮의 종점에서 탄 전차는 텅 비다시피 했다. 그는 분내 나는 여자의 옆자리에 꼭 붙어 앉고 싶은 마음과 함께 그럴 수 없다는 엉뚱한 고집에 시달리다 결국은 멀리 떨어져 서고 말았다. 햇살을 받으며, 빼앗다시피 한 책가방을 무릎 위에 얹고 다소곳이 앉아 있는 여자의 모습을 훔쳐볼 때마다 전차 지붕 위 가선에서 전기를 받는 팬터그래프에서 이는 스파크에 데기라도 하듯이 그의 가슴은 새카맣게 타들어갔다.

"서에서 개별 훈방을 했군요. 근데 이렇게 미인인 이모가 있는 줄 몰랐는데요."

아주머니를 바라보는 학생주임 고릴라의 눈초리를 읽으면

서 그는 또다시 저런 천사가 놈팡이 같은 퇴역중사와 산다는 게 엄청난 잘못이라는 생각을 하고 있었다.

그는 일주일간의 정학처분을 받았다. 화장실 청소를 하거나 도서관에 앉아 책을 읽고 독후감과 반성문을 써내는 게 정학처분의 내용이었다. 그때 그는 『데미안』이란 소설을 읽을 수 있었다.

이해할 수 없는 내용이나 구절은 빼놓고라도 벅차게 그의 가슴을 울리는 인물이 데미안의 어머니였다. 그녀는 어머니이자 친구이고 연인이었다. 그는 고릴라가 읽지도 않는 독후감에다 이렇게 썼다. '나는 진작부터 나의 별을 갖고 있었다. 나는 그것을 진작부터 알아야 했다. 나는 그 별에 의해 구원받는다. 그 별의 참된 소유자는 이마에 카인의 표시가 있다.'

그는 때때로 그 여자의 남편, 예비역 육군 헌병중사가 죽는 꿈을 꾸기도 하면서 영혼과 몸을 여자에게 바쳐갔다. 하지만 그가 새삼스레 쓰기 시작한 일기 외에 여자에게 전달할 수 있는 감정은 쭈뼛거림이나 부끄러움이었다. 그래서 "아이구, 우리 근수도 이제 총각 티가 나는갑다"라는 말을 기껏 들을 수밖에 없을 때는 차라리 여자를 죽이고 자기도 죽어버리는 일밖에 남아 있지 않은 게 아닌가 하는 상념에 시달리기도 했다.

여자에게 별다른 변화는 없었다. 어머니의 말을 들어볼 양이면 어쩌다 한 이틀 남편에게 맞은 멍을 푸는 일도 있었지만 또 어떨 때는 현주 말마따나 "우리 택시 타고 해운대 가서

회 먹었다"는 식의 행복도 있는 듯했다. 그럴 때는 여자가 끝없이 가난하고 비참해졌으면 하는 마음과 함께 그런 생각을 한 자신이 미워서 그는 잠을 설쳤다.

"어찌 일이 하나 잘된 모양이지. 있을 땐 여우 목도리다 일제 실크스카프다 야단이고, 없을 때는 굶고 앉은 저놈의 살림살이, 보기도 딱하지……"

그래서 그의 어머니는 자기가 하는 일수놀이 심부름도 시키면서 알게 모르게 현주네를 도와주기도 했던 모양이었다.

결국 그는 아예 못쓰게 비뚤어지지도 않았으면서 그렇다고 심기일전하여 대학을 들어갈 만큼 공부도 못한 상태에서 고등학교 졸업을 맞게 되었다.

"우리 근수 그래도 졸업시킨 기 현주엄마 아이가. 졸업식에 안 갈 수 있나. 오늘은 내가 한턱 써야지."

그래서 그는 사진 한 장을 간직할 수 있었다. 그날도 그는 마마자국이 보일까 봐 모자를 깊이 눌러쓰고 여자 옆에 섰다. 거의 비슷한 키의 여자가 한복 두루마기에 숄을 걸치고, 꽃다발을 든 그의 옆에 서 있었다. 그는 그 사진을 안주머니에 깊이 간직하고 월남까지 갔다. 진학을 못한 그로서 할 수 있는 일은 군대 가는 일밖에 없었다.

"늙지 마세요. 안녕히 계시구요." 마침 아무도 없는 수돗가에서 여자를 만났을 때 그는 아주 빠르게 외웠던 말을 주워삼켰다. 쌀을 씻고 있던 여자가 "아이구 듣기만 해도 고마워라. 군대 갔다 오면 어른 되겠네. 조심해서 다녀와. 월남 가면

위험하다던데"라고 대답했다. 그는 뜨물 위에 여자의 길고 긴 손가락이 씻고 있는 건 쌀이 아니라 헌병중사의 몸뚱이라는 희한한 환시에 잠시 빠졌다.

"월남도 가보아야죠."

여자가 자기를 보고 있다는 것을 깨달은 그가 뚜벅 말했다.

"왜에? 남들은 빠질려고 야단인 모양이던데?"

그는 아무 말도 못했다. 대답할 준비가 미처 되어 있지 않았기도 했지만 말하기가 어려웠던 것이다.

월남 차출명령이 내려왔을 때 그는 기뻤다. 내가 살아서 돌아온다면 여자는 내 것이 되는 게 아닐까. 상태가 변화하지 않는다면 내가 변할 수밖에 없는 게 아닌가. 그에게 월남전의 의미도 여자를 떠나 있을 수는 없었고 결국은 그렇게 되고 말았다.

월남땅에서 그는 살짝곰보에다 배 타다 죽은 아버지의 몸값으로 일수돈놀이하는 과부집 아들로 되살아나고 말았다. 말단 소총수라는 거야 각오한 바였지만 1968년도 월남의 전투중대에서 빠져나가는 방법은 두 가지였다. 고통도 없이 죽어버리거나 부비트랩에 발목을 날려보내고 후송당하는. 그는 열심히 사진을 꺼내 보았다. 덕분에 그는 살짝곰보가 정글에서 행운이 따른다는 고참들의 놀림을 받으면서 그런대로 무사할 수 있었다. 그를 절망으로 몰아넣고 마침내 "죽을려고 환장한 놈"이라는 말을 들을 만큼 성질이 광포하게 된 것은 이틀 동안 변도 못 보는 매복의 고통이나, 철모도 뚫을 것 같은 모기나 방향도 없는 총알, 발목을 덜렁거리게 하는 부비트랩, 죽어나가는 동료가 아니었다.

작전 하나가 끝나고 외출 아닌 외출을 나와 개떼처럼 동료들이 달려가는 꽁까이집엘 그는 출입하지 않았다. 차가운 깡통맥주나 까면서 그늘에 뒹구는 것으로 견딜 수 있을 것 같기도 했다.

"야 살짝이, 순정 지킨다고 총알이 피해 가는 것도 아니고 애인이 도망 안 가는 것도 아니다."

고참들의 놀림이 아니더라도 사선(死線)에서 돌아온 병들이 할 수 있는 것은 여자의 배꼽 위에서 급작사격을 해대는 일밖에는 더 있을 수도 없었다. 그는 마침내 고참들의 말을 이렇게 바꾸었다.

"언제까지 사지가 말짱할 수도 없는 일이고 여자를 내 것으로 만든다는 보장도 없는 게 아니냐."

영원히 신비롭게만 여겨지는 사진 속의 미소를 보며 이 모습을 다시 한번 볼 수 있다면 하는 안타까움과 함께 당장 오늘 하루라도 무사히 지켜줄 것이라는 가냘픈 기대와, 마침내 손바닥 보듯 빤하게 보이는 여자와 관계된 현실의 절망이 레이션 똥 썩는 감정으로 그의 가슴에 부글부글 끓어오르곤 했다. 죽음의 공포와 비례하는 성욕의 괴로움 위에 희멀겋게 생겨먹은 퇴역 헌병중사가 살아 있는 한, 또 그렇지 않더라도 여자에게 가는 길은 어차피 막혀 있는 게 아닌가 하는 막

다른 절망감에 뛰어든 창녀의 배 위에서 그는 희한하게도 거세된 자기를 보아야 했다.

긴장으로 인한 신경쇠약으로 밀어붙이기에 이미 여자는 망막에 어리는 모습을 지나 가슴속 깊은 곳에서 그의 일부로 자리하고 있었던 것이다. 왜 그러한 거세를 미칠 듯한 기쁨으로, 사랑으로 바꾸어 생각지 못했을까. 부패한 죽음의 그림자가 드리워진 절박한 상황과 어린 나이, 너무나 맹목적인 사랑이어서 오직 절망밖에 더 있을 수 없는 그런 이유로서였을까. 그는 발작적으로 창녀들을 찾았지만 번번이 실패였다. 그런 사실이 여러 번 확인될수록 그는 눈에 보이는 살아 있는 모든 것을 식스틴으로 갈겨버리고 싶은 충동에 사로잡혀 가고 있었다. 찢어버린 사진처럼 그녀도 사라지고 이제 몸뚱어리를 벌집처럼 날려보내 버리겠다는 미친 결심이 그에게 가져다준 것은 어깨 관통상과 흔해빠진 훈장 하나였다. 그는 현지에서 치료를 마치고 귀국했다. 재수없게도 제대가 아직 4개월이나 남아 있었다.

이제 서늘하게 웃는 여자의 눈매를 직접 볼 수는 있겠지만 앞에 나타나기는 두려웠다. 그동안 그의 집은 큰형의 결혼과 동시에 이사를 했다. 말년휴가를 나왔을 때 그런 사실이 이상스레 안도감을 주면서도 여자를 볼 수 없음에 그의 가슴은 터져버리고 말 것 같았다. 여자를 다시 보지 못한다는 것은 죽기보다 참을 수 없는 노릇이었지만, 여자 앞에 선다는 것은 어떤 짓을 저지를지 모르는 스스로로 해서 무서웠다.

닷새 동안 술을 퍼마시며 그가 알아낸 것은 퇴역 헌병중사는 여전히 살아 있었고 여자는 그가 전에 살던 동네의 시장에서 장사를 한다는 사실이었다. 손에 잡힐 듯한 서늘한 눈매의 웃음과 월남에서의 참혹한 기억들이 그를 광포한 불면의 밤으로 몰아넣고 있었다.

나흘 동안 여자가 눈치채지 못하게 시장 주위를 배회하던 그는 마침내 어둠에 잠긴 시장통에 섰다. 검게 탄 얼굴에 여위어 광대뼈가 더욱 불거져 나온 정글복을 입은 육군병장의 눈빛을 본 사람이라면 어둠 속에서도 광기의 불길을 발견할 수 있었으리라. 하지만 그의 내면은 한편으로 지극히 순결하고 평화로웠다. 이건 여자에게 가는 유일한 길일 뿐이야. 월남에서의 일을 여자에게 어쨌든 전할 수만 있다면, 여자는 이해해줄 것이다.

아홉 시가 가까워서, 그것은 그 시장통에서 가장 늦게 문을 닫는 시간이었는데, 여자가 손가방을 들고 혼자 시장통을 빠져나왔다. 컴컴한 옹기전 철망 곁에 서 있던 그가 성큼 다가갔다. 그는 곧장 여자의 손목을 잡았다. 그의 손은 불타듯 뜨거웠고 어떤 날카로운 칼로도 가르지 못할 만큼 단단했다.

"아니, 누구?"

"저예요, 근수."

"아, 너구나! 사람을 놀라게 하긴."

"할 얘기가 있어요. 지금 당장 들어줘야 해요."

여자는 그때 모든 것을 알아챘을까. 사랑의 광기에 휩싸인 젊은이의 손아귀로부터 결코 벗어날 수 없다는 것을. 여자의 여윈 가슴속으로 늦가을의 야기가 주는 서늘함 대신 알 수 없는 사랑의 정염으로 해서 온몸의 힘이란 힘은 다 빠져나가기라도 했을까.

"아니, 왜, 무슨?"

그는 천천히 여자의 손을 끌었다. 다소 밝은 거리를 지날 때 여자는 그의 옆에 가까이 서서 끌려가는 느낌을 지웠다. 여관 앞에 섰을 때 여자가 순간 걸음을 멈추었지만 어느새 여자는 육군병장의 무서운 힘에 의해 문턱을 넘어서고 있었다. 지나고 나서도 생각해보면 모든 게 참으로 꿈같이 빠르게 지나간 것만 같았다. 좁은 방에 둘만 내던져졌을 때 그는 무릎을 꿇었다. 여자는 두 손을 뒤로해 벽을 짚고 고개를 돌려 외면했다.

"용서하세요. 어쩔 수가 없어요."

그리고 그는 일어나 미친 듯이 여자를 껴안았다. 그는 할 말이 너무나 많았고 또한 아무 말도 할 수가 없었다. 월남에서 있었던 일은 물론이고 그 훨씬 이전과 지금의 심경을 더듬거리며 털어놓았지만 여자는 입을 열지 않았다. 싸늘함을 지나 때로는 얼음처럼 차갑기도 했던 여자의 몸속으로 뜨겁고 병든 그의 영혼과 몸이 자지러지듯 녹아갈 때마다 자신의 사랑이 지극히 허황되게 느껴만져서 그는 고통스러웠다.

남은 휴가기간 동안에도 여자가 그의 손을 뿌리치는 일은 없었다.

"내일 귀대예요."

"……"

"내가 나빴나요. 내 마음의 백분의 일이라도 알아주신다면."

여자가 눈을 들어 거의 처음으로 그를 똑바로 바라보았다. 그러나 그 눈길은 아무것도 말하고 있지 않았다.

"한마디만 제발 해주세요!"

결국 여자를 골목에 세워둔 채 돌아서며 그는 울었다. 사랑은 아니더라도 너를 이해한다는 말 한마디도 왜 못 해주는 걸까. 다시는 인간답게 살 수 없을 거야. 영원히 추방된 자, 사랑을 얻을 수 없는 죄인으로 살아갈 거야. 퇴역 헌병중사를 죽이고 여자를 차지하는 일도 이제 와서는 더욱 용서받을 수 없는 짓이 되고 말 게 아닌가.

그리고 20년이 더 지났다. 그는 여자가 있는 부산에서 살 수 없었기에 울산으로 갔고 음식점으로 자리를 잡은 뒤 8년 전에 부산으로 나왔다. 그동안 그는 가슴이 뛰고 조여오는 듯한 심장병을 하나 얻었다.

냉장고를 다시 열었지만 맥주는 없었다.

그가 이후 몇 년을 살아오면서 살짝곰보도 결혼하여 자식도 키울 수 있다는 것을 알았지만 그 여자에 대해서는 아무것도 더 알지 못했다. 잊으려고만 했을 뿐이었다. 아내는 저 지난주 이후 남편이 잠자리에서 이상스레 끙끙대고 마침내 손찌검까지 하는 걸 보고 사업상 무슨 일이 있는 게 아닌가로 생각을 모아볼 수밖에 없었다. 그는 폐선의 쓸 만한 기관부품을 서면 부속품 상가에 넘기는 일을 하고 있었다. 그가 이제 와서 제일 겁나는 일은 이웃 박사장처럼 투서질로 경찰과 세무서에서 한꺼번에 들이닥치는 일도, 큰자식이 전문대학에라도 못 들어가는 그런 게 아니었다. 그 여자로 인해 지난날의 광기가 되살아나는 일, 그것이었다. 그러면서도 그는 "그 여자로 인해"라는 말을 용납할 수 없었다. 여자가 그런 식으로 자신에게 존재한다는 사실을 인정할 수가 없었기 때문이었다.

그런데도 왜 그는 속수무책으로 앉아만 있었는가.

다시 예전의 월남에서처럼 죽으려고 환장한 자포자기가 그의 내부에서 되살아나지 않으리라는 믿음도 없으면서. 그리고 신체적 이상이 벌써 가슴을 휘저어놓을 때도 있었지만 그보다 그는 '그 자신'의 불행이 더 무서웠다. 그는 두려웠던 것이다. 지저분한 엉터리 준종합병원에 누워 암으로 온몸이 말라 휑한 눈을 뜨고 있을 여자를 사랑했다는 기억 자체가 무서웠으리라. 그러나 정작 더 두려웠던 것은 병원을 찾았을 때 여자가 그를 보고는 침대 모퉁이로 고개를 돌려버리는 일이었다. 그러므로 그는 지금과 같은 늦가을의 어느 미친 휴가기간 동안 어느 한순간이라도 여자가 자기를 사랑했다는, 또는 이미 용서하고 있다는 사실 확인에 목을 매달 수밖에 없었다. 여자가 한번도 손목을 뿌리치지 않고 말없이 여관

문턱을 넘던 그해 늦가을, 여자의 가슴속에 무엇이 자리하고 있었을까. 이해했을까, 사랑은 아니더라도, 여자가 그때 만일 자신의 마음을 떨어지는 가랑잎 하나만큼이라도 눈여겨보아 주었다는 사실만 확인할 수 있다면 나는 회복될 수 있지 않을까. 신학박산지 목사 따위나 입에 올리는 구원 따위는 필요없이.

그의 생각은 점점 단순해지고 있었다.

그때는 증오했더라도 살아가면서 여자는 이해하고 용서했을지도 모른다.

일요일 밤을 뜬눈으로 새운 그는 다음 날 K병원에 찾아갔다. 그는 몇 달치 사업자금을 호주머니에 넣고 있었다. 모든 입원실 사람들이 보는 앞에서 죽어가는 여인의 입술에 입을 맞출 수도 있고 돈으로 두 달을 더 버티게 할 수 있다면 그렇게라도 할 것이었다. "그동안 어떻게 연락할 수가 없었어. 네가 그때 일로 한평생 상처받지 않을까 하는 생각을 하면 가슴이 터질 지경이었다. 이미 늦었다는 마음도 수백 번 들었지만 포기할 수는 없었어. 이제는 마음놓고 눈을 감을 수 있겠구나." 환청처럼 들려오는 그런 말을 그는 들어야 했다.

여자는 이미 퇴원한 뒤였다. 여자는 간암이었다. 그 깨끗한 살결과 영혼을 가진 여자에게 암이라니. 그러나 그런 연민은 잠시였고 그의 마음은 또다시 바빠졌다. 그는 보호자란에 적힌 한명주의 주소와 전화번호를 수첩에 적고 병원을 나왔다. 그래 헌병중사는 결국 먼저 죽고 말았구나. 머릿속에는 엉뚱하게도 "이렇게 미인인 이모가 있는 줄은 몰랐는데요"라면서 눈빛을 빛내던 고릴라의 얼굴이 떠올랐다.

"어머니는 돌아가셨어요. 꼭 만나시려면 저녁에 부전동 P 상고 뒤쪽 골목에서 '달아달아'를 찾으세요."

둘째딸의 전화대답이었다.

그는 끊어진 수화기를 귀에 댄 채 모든 게 틀렸다는 생각을 하고 있었다. 암으로 썩어가는 여자의 입술에서 어떤 말도 들을 수 없다는 사실이 갇힌 공중전화박스 안에서 영원히 밖으로 나갈 수 없을 것 같은 절망감으로 바뀌어 자신의 머리를 전화통에 처박게 했다.

"우리가 구원을 이야기하는 것은 인간존재 자체가 영원히 자유롭지 못하고 그래서 죄악의 주위를 거닐고……"

그의 머리는 뜨거웠고 가슴은 파열되고 말 것만 같았다. 그는 제대로 무엇을 헤아릴 수가 없었다. 예전의 여자로 향한 자신의 복잡한 감정 중 가장 순결하고 단순했던 마음까지도.

내가 한 행위는 결국 폭력의 범주를 벗어나지 못하고 만 것인가. 바깥에 선 여자가 100원짜리 동전으로 유리문을 두드리고 있었다. 그는 문을 열고 밖으로 나왔다. 끌어내 준 여자가 고마웠다.

좌담회 프로와는 상관없을 수도 있었다. 그에게는 이미 월남에서의 증세가 나타났고 예전의 헌병중사처럼 아내를 때리지 않았던가. 이건 예정된 것이었다. 그 여자가 이사를 왔을 때부터, 아니 그녀가 헌병중사와 반강제로 결혼했을 때부터. 차라리 '몬도가네'의 겁 없는 살짝이로 내처 내던져졌다면 이런 형벌은 피할 수 있었을까. 졸업식 때의 그 화사하고 서늘한 미소도 아무런 부적의 영험 없이 전투 투입 일주일 만에 다리 하나를 날렸더라도.

그는 거리를 거닐었다. 그렇다고 명주를 만나지 않을 수는 없었다. 이제 어미가 아니라 딸이 그의 유일한 희망이 되었다. 하지만 그가 기댈 것은 아무것도 없었다. 아, 철부지 연정과 전장의 막다른 골목이 한 인간을 이렇게 파괴시킬 수 있다니. 고등학교 때 일주일간 변소청소를 하면서 읽은 소설의 독후감에 이런 말을 적어 넣어야 했다. '당신으로 해서 나는 이제 영원히 자유롭지 못하리라.' 그는 자신의 심장이 두려웠다.

'달아달아'는 짐작대로 조잡스럽기 그지없는, 칸막이가 네 군데쯤 쳐진 맥줏집이었다.

"글쎄 기억날 것 같기도 하지만, 난 그때 워낙 어려서, 오빠, 아니 아저씨는 고등학생쯤 되었던가요? 그런데 무슨 일이죠?"

"집의 어머니에게서 명주 어머니가 편찮으시다는 얘길 들었어. 어머니가 병문안이라도 한번 가보라고 했는데 차일피일 미루다 그만……"

"아유, 얘기만 들어도 고맙군요. 늦긴 했지만."

아버지는 10여 년 전 친구들과 바다낚시를 하다 혈압으로 급사했다. 어머니는 아버지가 어질러놓은 일을 수습한다고 그때 다 늙어버렸다. 병도 그쯤에서 얻은 건지도 모른다. 못난 딸들도 어머니 고생만 시켜드렸다. 언니는 서울에서 그렇고 그렇게 사는데 문병 와서 바로 초상까지 치고 갔다. 어머니는 거의 5, 6년 혼자 사시다 일주일 입원하고 퇴원 이틀 만에 죽었다.

작은딸 명주의 이야기는 참으로 담담했다.

"어쨌든 고마워요. 그게 동네 인정인지. 그러고 보니 어머니도 돌아가시기 전에 어떤 아주머니 얘기를 했는데 그게 아저씨 어머니였는지도 모르죠. 지은 죄 때문에 연락을 못 한다고."

그는 자신도 모르게 탁자 쪽으로 몸을 기울이고 있었다.

"글쎄 돈문제가 아닌가 해요."

"자세히는 몰라도 집의 어머니가 일수놀이를 조금 할 때 명주 어머니가 심부름을 했던 모양이야……"

"글쎄 그 뒤로 몇 군데를 더 이사 다녔으니 잘은 모르지만 빚도 좀 얻어 썼겠죠. 어머닌 여기저기 돈을 많이 빌렸어요. 이자 갚는다고 생돈 빌리고 뭐 그렇게. 근데 설마 그런 일로 이 못난 딸을 찾아오신 건 아니시겠죠."

명주의 말 속에 약간의 장난기도 묻어 있었다. 다소 어두운 조명 아래서 화장한 얼굴의 둘째딸은 어머니보다 아버지를 닮아 있었다.

"무슨 소리야. 허허. 자 한잔해. 그런데……"

"그런데 뭐예요? 아 참……"

명주가 잔을 받다 말고 짧은 신음소리를 냈다. 어쩌면 신음소리는 그의 입에서 새어나온 건지도 몰랐다.

"편지 얘기를 한 적이 있어요. 우리 엄마가."

"뭐라고?"

"누군지 말을 하지 않았지만 어떤 아주머니 집 주소를 모른다고 하면서, 입원 전에 딱 한 번 이야기했어요. 그걸 손지갑에 넣어 침대 머리맡에 두기도 했는데."

"그걸 어쨌는데?"

"글쎄 내가 어머니의 다른 물건들하고 불에 태웠나, 어머니가 없앴던가? 경황이 없어놓아서……"

헌병중사의 딸답게 이게 무슨 수작을 부리고 있는 거야.

그는 가까스로 진정했다.

"편지라고 했나?"

"그래요. 내가 집에 찾아가 입원 이야기를 했을 때 어머니가 주소를 몰라 못 부치는 편지가 있다고 분명히 말했어요. 나는 한 귀로 흘렸죠. 그런데 어머니는 입원해서 손지갑을 머리맡에 두었는데 그 속에 편지가 들어 있지 않았나 싶어요. 내가 열어보지 못하게 하려고 그랬는지 베개 밑에 넣어 두었어요."

"편지가 그 속에 있었으리란 건 짐작이잖아."

"아니 그건 맞을 거예요. 내 육감이 틀림없어요. 어머니는 며칠 뒤 통장 하나를 주셨어요. 그리고 전세문서. 그런데 편지는 없었어요."

그는 다소 급하게 술을 한 잔 마셨다.

"내가 그 뒤에 태운 물건 중에 편지 같은 건 없었어요. 그건 분명해요. 그런데……"

명주가 정색을 해서 그를 바라보았다.

"왜?"

"좀 이상하다. 내가 편지 얘기를 꺼내긴 했지만 그 편지가 아저씨와 상관있을 리는 없잖아요. 그게 또 아저씨 어머니에게 보내는 것이라 하더라도 기껏 고맙다 미안하다 정도일 테고."

마스카라에 눈화장을 짙게 한 명주의 눈빛이 빛났다.

"그런데 편지 이야기를 듣는 아저씨 태도가 너무나 진지한 거 있지. 혹시 우리 어머닐 짝사랑한 거는 아니에요?"

그 말을 할 때 명주의 자세는 적당히 풀어져 있었다. 단순히 술집 하는 여자가 터득한 생리일까. 아니면.

"우리 엄마는 미인이었으니까, 호호."

"그래 그 말만은 맞구나. 학교 다닐 때 그렇고 그런 사고를 낸 적이 있는데 명주 엄마가 대신 학교에 찾아와 해결해준 적이 있었지."

"그 정도예요? 시시하게. 그래도 안주 하나는 더 사실 만하겠네. 아이구 불쌍한 우리 엄마!"

돌아오는 길의 그의 머릿속에는 여자가 써서 간직했다는 편지의 내용만이 가득했다. 그는 몇십 번을 지우고 다시 썼지만 어떤 구절도 자신의 마음을 편안하게 해주지는 않았다. 누구에게 썼는지도 모르는 사라진 편지에 대한 집착부터가 자신의 허망함이라는 생각이 그를 못 견디게 했다. 그것은 감정으로만 자리해서 가슴을 들쑤셨기 때문에 여자와의 관계나 현재의 자기 입장을 정리하는 계기로 더 이상 진전될 수가 없었다. 그토록 절망하면서 머뭇거리며, 끝내는 광포하게 다가갔던 땀내 나는 한 젊은이의 고통이 20여 년이 더 지나서도 고스란히 되살아날 수 있다는 사실이 그로서는 불가사의하기만 했다.

그는 택시를 타고 집으로 가는 동안 심장의 답답함 때문에 두 번이나 내렸다. 늦가을의 찬바람도 아무런 도움이 되지 못했다. 결국 병원을 찾고 딸을 만난 일이 이런 식으로 끝나고 말 것이라는 사실을 짐작했다는, 자기 예감을 떠올려보기도 했지만 이제 와서는 사라진 편지만이 그의 가슴을 압박해올 뿐이었다. 약국은 이미 문을 닫은 시간이었고 병원으로 가기에는 증상이 명확지 않았다.

그날 밤 어떻게 귀가야 했겠지만 그의 심장은 이미 병들어 있었고 그것은 한 인간이 세상을 살면서 저지를 수도 있는 죄의 표시가 되었다. 하지만 그는 자신이 그토록 매달리고자 했던 여자로부터의 어떤 확인이 두 사람의 만남에 있어 전혀 본질적인 문제가 아니었음을 모르고 있었다. 그건 매우 어렵고도 쉬운 것일 수 있어 어느 한순간 그의 마음을 스쳐 가기도 했겠지만 끝내 붙들지는 못했다.

그는 그동안 귀신같이 주소를 알아내어서 보내온다고 생각한 파월 제대자에 관한 한 단체에 가입할 수도 있겠지만 그게 별스런 일은 아닐 것이다. 또한 얼마 동안의 고통과 시일을 지나 그가 제일 두려워하는 증상이 사라질 수도 있겠지만, 그렇더라도 그는 인생의 가장 중요한 한 부분을 여전히 놓치고 있음도 사실이었다.

나는 이유를 알고 싶다

나는 이제 이야기를 하나 해야겠다. 그러지 않으면 나는 한 발짝도 움직일 수 없다.

이야기를 하기 위해 나는 걷는다. 버스정류소까지라도 우선.

그 남자에 관한 게 되든 나의 이야기가 되든 그건 상관없다. 어쩌면 그라 하더라도 내 이야기일 것이다. 그는 언제나 모든 것을 내게 돌려주어 왔으니까. 그것이 우리들 사이의 존재방식이었는지 모르겠다.

이별이라는 흔해빠진 정서를 수반한 결과는 아무것도 아니다. 사랑도 그런 것 아닌가. 나는 알고 있다. 우리의 삶이 정서로 이루어져 있지 않다는 것을. 그가 그러한 것을 가르쳐주었다고 말하고 싶지는 않다. 내가 처음 원한 건—지금도 그렇다—사랑이었다. 하지만 어느덧 나는 그게 물질에 대한 욕망 같은 무한대라는 것, 아니 정확히 물질이라는 것을 알게 되어버렸다. 문제는 내가 그걸 알게 되었을 때 나는 이미 너무 깊이 내 길을 가고 있었다는 것이다. 한 남자를 사랑한다는 것, 그건 소유 이외에 아무런 덧붙일 게 없는 성질의 것이다. 내가 언제나 잘 다려 입은 그의 깨끗한 와이셔츠 단춧구멍만큼만 자리할 수 있다면, 그의 발밑에 엎드릴 수 있었다.

그런데 그를 이야기하기 위해서는 또 다른 '그'를 들먹이지 않을 수 없다. 그게 문제다. 문제는 '그'로부터 나왔다고 할 수도 있다. 나는 다소 기분이 나빠진다. 그와 '그'는 나의 다른 절반이었다. 나는 어느 쪽에도 속하지 못했다. 바로 그 이야기이다.

그가 내 앞에 나타났을 무렵 나는 짧은 결혼생활을 막 끝낸 상태였다. 그러므로 나는 실의에 빠져 있었던 만큼이나 의욕에 차 있기도 했다.

그는 나를 찾지 않았다. 그게 차이점이었다. '그'는 나를 찾았다.

"여자 유혹하는 법 같은 책 없나요?"

토요일 오후였다. 엉뚱한 소리에 몇몇의 손님들이 고개를 돌렸지만 그는 태연했다. 이마에는 땀이 조금 비쳤다. 날씨 때문만은 아니었다.

그는 서가를 한 바퀴 돌고는 잡지가 놓여 있는 곳에 머물렀다. 그냥 나가는 손님이 마지막 머무는 곳이다. 대개 거기서 한두 권을 뒤적이다 나가버리는 것이다. 쉽게 책명을 들먹이지 않는 사람은 서점출입을 해본 사람들이다. 그는 시사월간지 한 권의 목차를 살피더니 덮어버렸다.

"왜, 찾는 책이 없으신가요?"

나는 해오던 대로 했다.

"글쎄요."

그의 목소리는 지극히 차분했고 땀내 같은 건 떠돌지도 않았다.

젊은 남자는 장난기가 철철 넘쳤다. 그러면서도 당당하게 나왔다. 그게 그의 본질이었다. 그날도 가게로 최루가스가 한차례 지나갔다. 붉은 띠를 불끈 이마에 둘렀을 그에게는 익숙한 냄새였다.

나는 내 가게를 찾은 손님을 그냥 놓치는 법이 없다.

"글쎄요." 그는 자못 심각한 표정이었다. 나는 그게 우스웠다.

"선생님은 처음 오신 것 같군요. 언제 필요하신 책이 있으시면 이야기하세요. 구해드릴게요."

그는 슬며시 나를 바라보았다. 희미한 웃음을 보았다고 나는 생각한다.

"책을 별로 안 읽어요."

어째서 단박 친숙하게 굴고 싶었을까.

"가을인데요."

그는 낮게 웃었다.

"그렇군요."

그리고 그는 나갔다. 빈손으로.

그는 그 뒤 말했다.

어떻게 여자가 그리 스스럼이 없을 수가 있어. 너무나 자연스러워서 내가 무엇을 착각하고 있나 싶었어.

하지만 넥타이도 매지 않고 막무가내로 덤비는 '그'에게 나는 책을 권하지 않았다. 가판대에 내놓은 주간신문이나 사 갈 사람이었다.

"그런 건 책으로 배우는 게 아닐걸요." 나는 여자를 유혹하는 법이라는 말은 하기 싫었다.

"소설이라는 게 뭐 전부 그런 이야기일 텐데 뭐. 책으로 배우지 않으면 어떻게 배워야 하는지 차라리 그걸 좀 가르쳐줘요."

"여긴 서점이에요."

"누가 간판도 못 읽는 사람인 줄 알아요."

그는 시비를 걸기 위해 찾아왔고 대상은 나였다. 그는 외사촌 오빠를 통해 나를 알고 찾아왔던 것이다.

나는 혼기를 놓친 지점에 와 있었고 당연히 집안에 소문이 나 있었다. 나는 그때서야 그가 입고 있는 갈색 잠바의 오른쪽 가슴팍에 찍힌 ○○정밀 마크를 읽을 수 있었다.

"노처녀가 책이나 팔고 앉았으면 어떡해요. 가장 값나가는 건 그대로 두고."

"책을 파는 여자가 아니라 책을 읽는 여자군."

어쩜 그렇게 다를 수 있단 말인가.

저만큼 도로가 보인다. 빈 택시가 지나가기도 했다. 하지만 택시는 안 된다. 얼마나 싱겁고 답답한 일인가. 내게 있었던 일이 그 따위는 아니다.

"왜 시비를 못 걸어 안달인 사람같이 굴어요. 세상이 온통 만만해 보이는 사람 같기도 하고."

"말 잘하셨어요. 세상이 바로 그래요. 시비를 걸지 않으면 제대로 주지를 않으니까. 직장폐쇄할 똥배짱도 없는 것들이 무식한 정치꾼들을 업고 착취나 해왔으니까요. 세상이 만만해 보인다는 자신감이 생길 때 비로소 우리의 권리도 눈에 띄는 거더라고요."

6·29선언 뒤라 모든 게 땀내와 구호로 가득 차 있었다. 나는 그에게서 '건강'을 떠올렸다. 그게 유일한 이유다. 내 나이를 빼고는. 그건 아버지에게서 맡을 수 없었던 것이었다. 아버지는 지극히 땀나는 일을 하면서 우리 가족을 먹여 살렸지만 한 번도 건강하게 보이지 않았다. 아버지는 그저 딸 셋에 아들 둘을 겨우겨우 고등학교라도 마치게 하기 위해 우편행낭으로 양쪽 어깨가 처졌을 뿐이었다.

두 번째 그가 나타났을 때 솔직히 나는 뛸 듯이 기뻤다. 그는 웃어 보였고 나도 웃었다. 지극히 자연스러운 일이었다. 나는 대학생들의 진로를 위해 기획한 어느 대학전문 출판사의 기획물 중 『금융인의 길』을 예쁘게 포장해서 내밀었다. 번역판인데, 미국은행의 조직과 업무, 사업 확장방법 등의 내용이었다. 그러나 내용에 비해 기획은 실패한 것 같았다. 졸업반 학생에게는 절실하지 않았고 일선 종사자들에게는 알려지지 않았다.

"그냥 대학생들을 위한 이야기가 아니더군요. 이런 책이 있다는 건 처음 알았네."

며칠 후 들른 그는 상당히 흡족해했다.

나는 이미 그를 위해 준비를 하고 있었다. 왜 그냥 직장이 부근인 단골 한 명이어서는 안 되는가. 그건 설명될 수 있는 성질이 아니다.

나는 '그'에게 질려버렸다.

그에게서 나는 그리스 냄새와 금속성 냄새는 건강이 아니었다. 그의 땀내는 그의 직종인 선반과는 관계없었다. 그는 사회적 계층에 대해 동물적인 증오에 차 있었다. 오직 자신이 공고를 나왔기 때문에 6 · 29 당시 '넥타이 부대'로 불린 사람들을 미워하고 같은 맥락에서 책 읽는 나를 경멸했다. 나는 그에게 있어 책 파는 여자여야 했다. 그러므로 나의 몸은 그가 다루는 금속류와 다름없었다. 그는 적어도 나를 육체적인 면에서는 길들였다.

"넌 여상 나온 계집답지 않게 고상한 척할 때가 있어."

야간 나왔다는 소리를 덧붙이지 않은 게 다행이었다.

나는 버스표를 사야 한다고 생각했다.

몇 개를 살까. 하나만 사면 된다는 걸 안다는 건 참으로 미칠 일이다. 둘이면 돌아올 수가 있다. 돌아올 수 있을까. 왜 토큰 하나를 사서 한 방향으로 가지 않았을까. 노조에 관계하고 지극히 거칠면서도 당당한 노동자의 아내로서 왜 살지 않았을까. 6 · 29 뒤에는 모든 게 건강하게 보였거나 건강할 수 있다고 믿었다. 그건 당연하지 않을까. 토큰 하나보다는 두 개, 두 개보다는 다섯 개를 동전주머니 속에 넣어두고 싶은. 그러나 그게 결혼이나 인생이기에 문제인가.

나는 아이를 가지고 나서야 후회하기 시작했다. 서점을 넘기지 않은 것만도 천만다행이었다. 10년 가까이 공을 들인 그곳을 탐내는 사람들이 있었다.

그는 아이를 가지고 나서도 거기에 대해 이야기하지 않았다. 그는 여전히 내가 책을 파는 여자면 그만이었다. 살림은 시어머니가 살았기에 나는 그의 월급을 만져본 적이 없었다. 따라서 맨살을 섞으면서도 속옷은 만져보지 않았다. 그 무렵에 공장이 도시 근교인 양산으로 옮기게 되었다.

"결국 있는 놈은 앉아서 돈 버는 거야. 도심지가 된 지금 땅 3만 평이면 돈이 얼마야. 사원아파트를 세 동 짓는대나. 독신자 아파트도 세 동 짓고, 기혼 기능공들은 출퇴근시키겠다는 거지. 개새끼들, 통근버스에서 다 늙으라는 거잖아. 우선 두 동 짓기로 했으니 우리는 들어갈 수 있을 거야."

노조간부들에게 우선권이 있다는 얘기일까. 나는 생각했다. 지금 들어가면 평생을 못 나온다. 18평짜리든 32평짜리든 그게 문제는 아니었다. 롬바트커피와 〈책 읽어주는 여자〉와 고전음악을 모르는 사람과 단지 결혼했다는 이유 하나만으로 평생을 살아야 한다는 건 얼마나 끔찍한 일인가.

결혼을 결정했을 때는 토큰이 하나뿐이었다. 그게 최선이라고 생각했다. 그게 아닌 걸 알았을 때는, 아무런 가능성이 없다 하더라도 알아차렸다는 사실 자체가 바로 가능성 아니겠는가.

여상을 나온 계집이 여상 나온 계집답게 살아간다는 건 어떤 것인가. 그는 공고를 나온 자답게 살아간다는 것이다. 2학년 때 나는 대학교 연구실의 사환으로 뽑혀 나갔다. 같은 재단이었던 관계로 성적과 용모가 고려되었다는 말도 있었다. 우리는 공납금 면제였다. 내가 소속된 영문과 학과장은 시를 가르치는 선생님이었다. 그는 때때로 연구실에서 영시를 소리 내어 읽었다. 그리고 나는 그의 연구실 오디오의 먼지를 닦으면서 사람이 밥을 먹는다는 것은 지극히 사는 것의 일부에 지나지 않는다는 사실을 알았다. 나는 10년도 훨씬 더 넘는 그때 원두커피를 갈아 커피를 끓일 줄 알았다. 약 1년간 나는 심한 착각 속에 살았다. 강의가 없는 토요일이나 방학기간의 대부분은 내가 그 방의 주인이기도 했다. 몇 년 뒤 50도 안 되어 보이던 그 교수님이 죽었다는 소식을 듣고는 그렇게 빨리 죽을 사람에게 그건 사치와 허세가 아니었다고 나는 생각했다.

하지만 나는 야간 여상을 다니는 가난한 계집애에 불과했다. 그러므로 나는 인간이 아니라 부속물이었다. 학교에서 배정해준 취직자리인 해운회사의 전무가 그랬다.

그는 나를 숙녀로 만들어주겠다고, 부임 첫날 껄껄거리며 다른 직원들 앞에서 얘기했다. 그리고 그 끝은 몇 차례의 동침이었다. 불가항력에 가까웠다.

2년 만에 나는 그곳을 나왔다. 내가 안 건 여상을 나왔지만 여상 나온 계집으로 살지 않아야 한다는 것이었다. 돈을 모으고 혼자 살면 될 일이었다. 유행가도 좋지만 코헨의 노래나 조용한 기타 연주도 좋을 수 있다는 걸 아는 건 어렵지 않았다. 친구와 떠들썩하게 어울리는 법이 없는 나로선 자연스러운 일일 수도 있었다. 나는 때때로 2학년 때의 햇볕 잘 드는 연구실과 수염 흔적 하나 없던 그 교수를 떠올리고는 했다. 그래서 나는 그와 결혼해야 했다.

해산과 공장 이전이 거의 같은 시기에 이루어졌다. 나는 결국 애 하나만을 낳은 것 외에 그와 관계 맺은 건 없다고 스스로 우겼다. 나는 모질어야 했다. 어쩌면 모성애라는 것조차도 무지나 빈곤의 연장이라고 생각했을 테니 나는 확실히 물질적인 인간일지 몰랐다.

나는 내가 탄 버스가 신호에 걸려 한참을 서 있다는 걸 깨달은 뒤, 버스가 해운대로 가고 있다는 걸 알았다. 관할이 있다는 건 알지만 나는 우선 집을 나서야 했고 그래서 아무 버스나 탄 것이었다.

그때서야 나는 나의 무의식이 무엇인지를 알았다. 결국 나는 그곳에 가고 싶었던 것이다. 그곳은 바다가 보이는 언덕 위에 있었다.

"지나가다 보기만 했어." 호텔 입구에서 내렸을 때 어색한 듯 그가 말했다.

"누가 뭐래요. 난 당신이 바람피우지 않는 남자라는 걸 알아요."

"지금은?"

"난 지나가 버리는 바람이 되고 싶지는 않아요."

결국 그런 거 아닌가. 남녀란. 우리가—내가 먼저 차 한잔 사주세요 했다—만날 때부터 우리는 이미 남자와 여자였다.

넌 나와 자고 싶을 때가 있을걸. '그'는 뻔뻔스럽게 그렇게 말했다.

나는 그와 잤다.

나는 우선 커피숍에 앉았다. 바다만큼 실내는 한가했다. 늦가을의 바다가 유리창을 덮씌운 햇살만큼 답답했다. 오직 내 마음이었다.

우리는 방문을 닫고도 말없이 창밖만 내려다보았다. 절벽 밑으로 바다가 가득했다. 그리고 바다는 그 바다를 보여주는 창으로 해서 무한히 넓었다.

"20킬로는 되겠지?" 어째서 그는 그 방에서 처음 거리를 떠올렸을까. 그는 팔짱을 낀 채 한참 후 그렇게 말했다. 배가 한 척 보였다. 그건 왼쪽 창문—아니, 바다 끝에—으로 나타났다.

"배가 나타났어."

그 배는 틀림없이 항내로 가고 있었다. 일본 쪽이라면 훨씬 작게 보여야 할 것이었다. 일직선. 왼쪽 창은 동해에, 오른쪽 창은 항구가 있는 도시였다.

그는 신기한 거라도 발견한 듯 외쳤다.

나는 그 배가 오른쪽 시선을 벗어날 때까지 그가 내처 그 자리에 서 있을 것만 같았다. 거리를 두고 싶겠지. 그는 그걸 생각하는 거야.

"배가 보이는 동안 이야기를 하나 해봐요."

"아, 그거 재미있군. 저 배가 우리가 볼 수 있는 바다 위를 통과하는 동안 무엇을 할 수 있는가를 생각해본다는 게."

나는 그때 말해야 했다. 그건 유리창 밖의 일인걸요.

나는 그와 분명히 같이 있었지만 그건 벽과 창으로 닫혀진 공간이었다. 나는 그와 같이 밖으로 나가 직접 배를 볼 수가 없었다. 그게 거리였다. 한쪽 벽면을 다 차지한 유리창 사이의 거리를 바다 전체로 생각한 것, 그건 착각이었다.

그는 싱긋 웃기만 했다.

"이야기를 하나 해볼 수 있는 시간이라니까요."

"또?"

"초등학교 학생이 시험 칠 수 있는 시간."

"……그건 어울리지 않군."

"엘피판 한쪽 면을 들을 수 있고,"

"또."

"최고급 호텔에서 풀코스의 양식을 먹을 수도 있을 테고. 안 해봤지만."

"그거야 해보면 될 테고."

"창구 여직원 한 명이 이천삼백만 원을 아홉 명에게 인출할 거고."

"대부분 소액이지."

"한 여자가 한 남자의 유혹에 넘어갈 수 있기에는 조금 짧을 수도 있고."

"또."

"……"

"없어?"

"사랑을 나눌 수 있는 시간이지."

"바로 그거지."

그때서야 그가 내게 다가왔다.

커피는 맛이 없었다. 생각해보니 벌써 집에서 두 잔이나 마신 것 같았다. 간밤에 역에서도 열차에서도.

그날 나는 결국 그에게서 배가 우리가 바라보는 바다 위에서 사라질 수 있는 시간 동안의 이야기를 들었다. 그는 순시선처럼 빠르면서도 포인트를 찾는 서투른 낚싯배처럼 이리저리 두리번거렸다.

그에게는 아이가 없었다. 그제서야 첫날 그가 망연히 잠시 섰던 자리를 생각할 수 있었다. 그는 왜 어린이 만화나 아동도서가 꽂힌 곳에 아주 잠깐 머물렀던가. 그걸 이제야 알아차렸다기보다 극히 순간적이던 그 기억이 남아 있다는 사실이 놀라웠다. 그에게 비어 있는 공간이 거기였다. 아내가 아이를 가지지 못하는 남자에게는 나이에 관계없이 메마른 쓸쓸함이 있다. 나는 확연하게 깨달을 수 있었다. 그에게서 내가 붙잡을 수 있었던 감정의 한 실마리는 바로 그의 외로움이었다.

"그럴 수도 있죠 뭐."

나는 그가 심각해져서는 안 된다고 생각했다. 내가 오로지 내 스스로 힘쓴 일이 있다면 그것이었다. 그럼에도 한동안 그는 전화를 주지 않았다.

기혼자로서 다른 여자와 관계를 맺은 남자들이 가질 수 있는 조심성이었다. 그리고 그는 또 다른 입장이었다. 나는 조금도 서운하게 여기지 않았다. 나는 오직 결혼에 실패한 여자로서 '새로운' 남자와 만남을 계속할 수 있다는 것으로 족했다.

그런 지극히 인간적인 일까지 그가 두려워하게 해서는 안될 것이었다. 전화선 너머의 거리에는 또 다른 자기존재를 갖지 못한 남자가 사귀는 여자에 대해서 가질 수 있는 본능적인 두려움이 있었다.

호텔 이름은 영어였다. 진달래거나 개나리. 나는 조심스레 방문을 닫고 창가에 섰다. 방문은 거의 저절로 닫힌 것 같다. 내가 나를 닫아버렸듯이. 왜 이름이 헛갈리는 걸까.

평일날 한낮의 호텔방에 혼자 든 여자. 이상할 건 하나도 없다. 어딘가 멀뚱하고 초조해하는 남자도.

"자정까지만 잡아둘게요."

그리고 나는 바닷가에서 봄인데도 그의 저고리 앞섶을 열고 안기곤 했다. 어색해하면서 겨우 마지못해 한쪽 팔을 내 어깨 위에 두르던 남자에게서 단춧구멍만한 가능성을 엿보기 시작했다. 그가 앞서서 시간을 정하고 과장되게 포옹했다면 나는 파고들 내 자리가 없다는 걸 확실히 깨달았을까.

바다를 등지고 잘 정돈된 침대의 시트를 나는 바라본다. 완강히 그것은 나를 거부한다.

나는 누웠다. 잠을 잘 수가 없다. 이제는 어디에서도 그러리라. 천장은 보이지 않고 절망만이 떨어진다. 침대는 출렁이지도 않는다.

나는 아이를 가질 수도 있었다. 하지만 그게 내 자존심이었다.

"어디 아팠어? 문까지 닫고."

아이를 지운 다음 날 나는 일하는 아이까지 쉬게 했다. 그에게 나는 내 자존심을 보이기가 싫었다. 차라리 닫혀진 셔터를 보이는 게 나았다. 하지만 내 셔터는 그에 의해 올려질 수 있는 것이었다. 다만 그가 한번도 느껴보지 못했을 애기 가진 여자를 안아보게는 했다. 그는 몰랐다. 자신의 생명을 키우는 여자를 애무하면서도 그는 내 뱃속에 크는 그를 몰랐다.

"우린 언제 헤어지죠?"

그의 애를 지우고 처음으로 다시 그를 받아들였을 때 나는 물었다. 그전에 아파트로 이사했지만 결코 그는 그곳을 찾지 않았다. 그가 차장 승진과 같이 옮겨온 지점 부근의 내 가게에 나타난 지 1년 만이었다.

"왜 그런 말을 해?"

"내가 불편하게 하지는 않은가 해서, 열한 시까지 있어달라 토요일을 빌려달라 그런 것이."

"새삼스럽긴."

그는 또 당황하고 잘 설명할 수 없는 자신의 감정에 짜증이 나서 침묵한다. 나는 감정을 극히 절제하며 가볍게 사과한다. 감정대로 한다면야 나는 그의 침묵 속에 어떻게든 비집고 들어가 미친년처럼 무릎 꿇고 빌고 또 빌 것이었다.

병적인 것은 거의 매일 책을 구입하러 가며 오며 그 여자의 가게 앞을 지난다는 것이다. 이틀이나 사흘에 한 번 갈 일도 나는 매일 도매상으로 갔다. 내가 할 수 있는 일은 기다리는 것이었다. 유리창 너머로 고급유리에 덮여 있는 자그마한 여자를 보면서 나는 일말의 질투심도 일어나지 않았다. 그러므로 병적인 것은 중고 승용차의 운행거리뿐이었다. 마음이 옮겨가는 것일까. 한번은 그가 묻지도 않은 이야기를 했다.

"집안에서 이래저래 말은 있지. 특히 형제간에 더해. 이상한 일이지. 한둘뿐인 조카를 양자 들이고 싶다고 말을 꺼낸 적도 없는데. 형님은 이런 말까지 했어, 어중간하게 나이 들어 헤어지면 난감할 거라고. 내가 아예 굳은 표정을 지으니까 수그러들었지만 언제나 시한폭탄이지. 정작 당사자들은 아무렇지도 않은데, 이해할 수 없는 일이야."

그날 밤 썰렁한 아파트 내 방에 누워 두 가지 생각을 했다. 그는 이혼했을 때 그와 십수 년을 같이 살던 여자가 오도마니 떨고 있을 것을—나는 거리를 헤맨다는 표현을 하고 싶었다—못 참아하는 것이다.

그러나 결국 그건 나를 두고 한 말이었다. 아이를 열 낳아도 안 될 것은 안 된다는.

두 번째 아이를 지웠을 때 나는 불임에 대한 두려움에 사로잡히기 시작했다. 거기까지가 내 한계였는지도 모르겠다. 나는 내가 나를 지킬 수 있는 유일한 선이라고 여겨온 자존심이고 뭐고 다 던져버리고 싶었다. 두 번째는 내 실수였는지도 모르겠다. 하지만 날짜 계산의 착오가 무슨 중요한 일이랴. 내 몸은 언제나 열렬히 원했으니까.

나는 일어났다. 침대는 출렁이지 않았다. 바다는 배도 한 척 없이 햇살을 안고 퍼질러 앉아 있었다. 나는 욕실로 갔다. 울기 위해서. 이미 사라진 아이를 지우기 위해서.

내가 그에 대해서 묻지 않은 것처럼 그도 나에 대해 묻는 일이 없었다. 가족관계, 학교, 재혼에 대한 고려, 서점의 경영상태조차도. 그러면서도 우리가 만날 수 있었던 건 순전히 눈물겨운 내 노력이었다. 그러면서도 저 여자가 불쌍해 보인다거나 애라도 뱄다고 덤벼들면 어쩌지, 라는 생각이 손톱만큼이라도 들지 않게 했다. 나는 할 말이 없었다. 내 동기 하나는요, 외환은행 콸라룸푸르 지점으로 발령받은 남편 따라 지난여름 나갔는데 모기 때문에 전쟁을 치렀대요. 우습잖아요, 최고급 아파트라는데도. 큰올케언니 친정오빠가 재무부에서 제법 높다는데 승진운동해드릴까요.

그러므로 나는 나에 대해 할 말이 없었고, 그는 절로 나에 대해 아는 것이다.

나는 두 번째 거품을 내며 머리를 감고 있었다.

지금은 다 잊었지만 타자와 부기 외에 좋아서 읽었거나 팔기 위해 읽은 소설과, 저절로 보게 되는 잡지와 대학생 손님들을 상대하기 위한 사회과학서가 영어선생 여편네 동창생 하나보다도 못한 것이다.

나는 뜨거운 욕조 안에 들었다. 수건을 베개 삼아 베고 나는 눈을 감았다. 타일벽 밖 언덕 아래로 바다가 출렁인다. 어젯밤 타고 온 열차도 심하게 흔들렸다. 내가 안 건 사랑이 물질이라는 것인데 그것을 설명할 방법이 없다.

그러므로 나는 음모를 꾸몄다. 이혼을 받아들이겠다는 말로써는 안 된다. 그러면 그는 크리스털 제품 가게 안에서 루주를 붉게 칠해 더욱 애처로울 여자 때문에 밤마다 눈물지을 것이니까. 여자가 사라지는 수밖에 없는 것이다.

나는 '그'를 찾았다. 그는 재혼을 미루고 있었지만 관계없는 일이었다.

여자를 소개해줄게. 크리스털 유리잔처럼 투명하고 맑고 깨끗하면서 지적인 여자는 당신을 증오케 하잖아. 그 여자의 죄는 그러면서도 자기 몸에 생명을 키우지 못한다는 거야. 그건 무엇보다도 우선하는 신성한 노동인데도. 얼마나 부도덕하고 불평등한 일이야. 산모의 고통과 기쁨을 모르면서도 크리스털의 투명함으로 살고 있다는 게. 당신 회사의 사장과 무어 다를 바가 있어. 그 속살조차도.

그리스, 강철보다 더 견고한 것도 깎아낼 수 있는 밀링. 그러나 내 몸은 지극히 따스한 욕조물에 잠겨 있다. 그는 한번도 나와 같이 욕실을 쓰지 않았다. 나는 그에게 내 아파트를 약속했다. 서점에 딸린 2평짜리 어둑한 방에서 10년간 키워온 내 재산의 절반은 그의 손을 잡고 내가 오를 엘리베이터에 비한다면 서푼 잔돈에 지나지 않았다.

그는 어이없다는 표정이지만 진지한 내 설득에 술집 의자에 깊이 몸을 묻는다.

나더러 여상 나온 계집답지 않다고 했지, 그것도 잠자리가 끝난 직후에. 뭐가 당신에게 그런 느낌을 주게 했을까. 천하게 신음소리를 내지 않는다구. 당신 어머니 싫어하는 커피향을 방 안 가득 배게 한다구.

손님이 없을 때 둘은 들어간다. 안으로 문을 닫아거는 일로써가 아니라 내가 있어야만 여자는 그에게서 사라질 것이다.

욕조 속의 내 몸은 떠오르지 않는다. 모든 미세한 자극들에 의해서라도 어째 내 몸은 가라앉아 있기만 한가.

무엇이 가능한 일일까. 나는 신문 사회면과 내가 읽은 모든 소설의 책장을 샅샅이 넘겨 보았다.

크리스털 향수병이 뒤창으로 보이는 승용차에 여자가 오를 때 내 차가 뛰어든다. 운전 미숙으로 인한 과실치사. 그러나 그건 결정적으로 그를 달아나게 할 일이다. 내가 아니라고 소리치며 브레이크를 밟으면 밟을수록 그게 악셀이었다 해도.

결국 나는 당신의 아이를 낳을 수 있다. 그냥 잠시 만난 거로 족했지만, 와이셔츠 단춧구멍만 한 자리를 내가 차지할 수 있는 것으로 과분했지만 이제는 그럴 수 없다. 전부가 아니면 안 된다.

나는 타월을 감고 창가에 선다. 햇빛이 목덜미를 흘러내리는 물방울을 찔러대며 뜨겁게 한다. 뜨거운 건 머리다.

나는 당신을 보았어. 당신은 떠나야 해. 당신이 속해 있다고 생각해온 크리스털의 세계는 이제 끝났어. 돈으로라면야 나도 그걸 살 수 있어. 당신은 그냥 크리스털잔처럼 장식에 지나지 않는다는 걸 알잖아. 아이를 칼로 지워보지 않은 여자.

내 아파트를 한사코 마다하는 걸 보면 나는 결국 뭔가요. 왜 한사코 호텔이어야 하죠. 뭐가 두려워요. 나는 당신을 손끝 하나 다치게 하지 않는데. 내가 언제 당신 집 엘리베이터를 타자고 했나요. 크리스털로 만들어진 그 고상하고 지적인, 그리고 또한 견고한 세계를, 왜 나는 안 되나요.

그건 너도 사랑하고 내 아내도 사랑하기 때문이야. 난 네가 임신했다는 것도 알았어. 그리고 그냥 넘어가 주었기 때문에 지금껏 만나고 있는 거야. 당신이 내가 바람피우지 못하는 남자라는 걸 알았듯이 나 역시 당신이 하루 셔터문을 내리면 내렸지 내게 매달리지 않을 여자라는 걸 알았으니까. 아이를 갖고 싶은 만큼이나 내 아내를 혼자 오도마니 이 세상에 던져둘 수는 없는 거고 또 그만큼이나 너에게 상처 줄 수도 없어. 당신에겐 기회가 있지만 나는 그러지 못하잖아. 근데 왜 남들은 나에게 늘 기회가 있는 거로 생각하는 거지. 당신조차도.

그는 말할 것이다. 이제 때가 된 것 같애.

이제 때가 되었다. 내가 그를 위해서 몇 번이나 내 몸을 죽였듯이 그 여자도 한 번은 죽어야 했다.

그런데 그 여자가 죽었다. 포항 친정에 혼자 다녀오다 철강을 실은 트레일러를 추월하려던 덤프트럭에 구겨지듯 부서지고 만 것이다. 크리스털 향수병은.

어디 갈 일이 있는데라고 중얼대던 그를 내가 마지막이라고 붙잡았던 저녁이었다. 정말 마지막이 되었다.

그는 근무지를 옮겼다. 아내는 잊기 위해, 나는 떨치기 위해. 그때 내가 임신을 했더라도 그는 떠났을 것이다. 왜냐하면 그는 초혼에 실패한 약사와 6개월 뒤 결혼을 했으니까. 그러므로 나는 사랑이 물질이라고 또 말하지만 여전히 헛돌고 있음도 안다. 결국 나는 그의 엘리베이터를 탈 수 없다는 것, 그것만이 내가 할 수 있는 말이다. 여전히 내가 야간 여상을 나온 친구 중 어느 누구도 싱가포르 지점에 나가 있는 남편이 없다는 걸 말하지 않았음에도.

나는 어제 다른 도시로 그를 찾아갔다. 다시 한번 마지막이라면서. 나는 그가 나를 택하지 않은 이유를 알고 싶었다. 단지 그것뿐이었다.

"행복하세요?"

"그걸 물으러 여기까지 온 건 아닐 텐데."

"너무 얼어붙지 마세요."

"글쎄."

그는 웃지도 않았다.

"왜 나를 택하지 않으셨어요? 이런 질문 할 자격이 있는지는 모르지만."

그는 술잔을 만지작거렸다. 그리고 마셨다. 흔해빠진 싸구려 양주잔.

"할 말이 없어."

"진달래, 아니 개나리라는 이름의 그 호텔 창으로 보이던 바다 위를 배가 나타났다 사라지는 만큼이 아니라도 좋아요. 어차피 우리가 바라본 바다는 세 걸음에 지나지 않았으니까. 또 아니면 오른쪽 창에 나타났다 어느새 다시 항구로 되돌아간 배, 회항은 있을 수 있는 일이니까."

"그냥 사랑이면 되는 거잖아."

"그건 인정해요. 그러지 않으면 내가 미쳐버리고 말 테니까. 하지만 나에게 그 이상의 것이 있어요."

"그건 이상한 일이군."

그때 내 입에서 속삭이듯이 나온 말은 스스로도 생각지 않았던 것이었다. 그래서 나는 지금도 내가 영어로 말한 거는 아닌지 의심스럽기도 하다.

"당신은 계급이라는 걸 인정하지, 그렇지 않은가?"

그는 한참 뒤에 말했다.

"너무 예민해졌군. 하나하나 설명하거나 정리해야 된다고 생각도 했지만, 난 덤프트럭 운전사 뒷조사를 했어. 그런 상태였던 내가 당신에게 무엇을 설명하고 이해를 얻을 수 있었겠어."

그 순간, 나는 잘 기억나지 않는다. 깔깔대며 웃지는 않았다. 나는 일어섰고 천천히 문을 밀고 나왔다. 비어 있는 지하실 계단은 가파르고 멀었다. 잠시 뒤 그가 따라 나왔다. 나는 돌아섰다. 그는 기대거나 안긴다고 여겼던 것 같다. 나는 생각도 없이 가방에서 작은 식칼을 꺼내 그를 찔렀다. 심장이라고 생각되는 쪽을 향해. 그는 비명도 없이 굴러 떨어졌다.

바다는 너무 멀다. 언덕은 완만하고도 완만하다. 굴러 떨어져도 바다는 아니다. 타월로 닦지 않았는데 머리는 말라 있다. 내 몸은 언제부터 말라 있다. 나는 증발해버리길 원하는 것이다. 나는 손볼 것도 없는 침대 시트를 반듯이 했다.

그리고 밖으로 나왔다. 어디에도 바다가 보인다. 오른쪽 아래로 철 지난 해수욕장이 보인다. 모든 호텔 건물들이 바다와 햇빛으로 출렁이며 반짝거린다. 나는 그쪽으로 걸어간다. 토큰이 손에 잡힌다. 나는 경찰서로 가야 한다.

"바다 색깔이 너무 좋죠. 이게 바로 에메랄드 아닌가요."

나뭇잎이 바람에 흔들리는 산책길에서 나타난 남자가 내 옆으로 걸음을 맞추며 말했다. 나는 돌아보지 않았다. 대신 그의 구두가 반짝인다. 나는 그가 교수였으면 싶었다. 학기 중이겠지만, 그래 안식년 중인 대학교수.

나는 너무 아는 게 많아 탈이다. 나는 옆의 남자에게 들리지 않게 한숨을 내쉬었다.

지나간 시간은 없다

새떼를 보러 간 사람들은 직접 새들을 보고서야 왜 그들이 '되새'라는 이름을 가졌는지 그 이유를 알 수 있었다. 떠나기 전, 되새라는 이름이 궁금했던 사람들이라면 가만히 고개를 끄덕이기도 했을 것이다. 남자와 여자도 바로 그런 사람들이었다.

새가 아니라 새떼라고 해야 제대로 표현한다고 할 수 있을 만큼 그들은 무리로 날아올랐다. 그러므로 새의 모습은 군무(群舞)로 눈에 잡혀 올 수밖에 없었다. 남자는 자신이 새를 보러 온 게 아니라 새떼, 또는 군무를 보러 왔다는 사실을 새삼 확인하지 않을 수 없었다. 물론 남자가 새에 대한 소식을 안 것은 신문과 TV를 통해서였다. 새들은 하늘을 까맣게 덮고 있는 모습으로 사진이나 화면으로 보여졌다. 처음 되새라는 이름을 만났을 때 그냥 막연히 귀엽고 작을 것 같기는 했지만 이제 남자는 그걸 자기 눈으로 확인한 셈이었다. 하지만 귀엽다는 데에는 여전히 자신이 서지 않았다. 새들은 너무 멀리 있었고 날씨조차 흐렸다.

그리고 무리로 날아오른다는 점에서도 그러했다.

일찍 자리를 잡고 새떼를 구경하고 있는 사람들의 입에서는 연방 탄성이 터져 나왔다. 새떼들이 홀연히 어느 쪽 산자락에선가 솟아오를 때마다 그곳으로 시선을 모은 사람들의 입에서는 아—라는 탄성이 절로 새어 나오고 마는 것이었다. 그건 참으로 자연스러운 일이었고 목소리는 하나로 뭉쳐져 바람을 타고 길게 이어지고는 했다. 남자도 처음 몇 번은 그 목소리에다 자기 것을 얹어 보냈다. 남자가 간간이 터져 나오는 탄성 속에서 어떤 이상스런 느낌 같은 걸 받은 것은, 새가 제 모습을 닮아서 되새라는 이름을 가졌다는 생각을 하고도 한참 뒤였다.

"저기 온다!"라는 소리가 들리고 "어디, 어디?"라는 성급한 물음들 뒤에 구경꾼들은 하나같이—아, 아—라는 탄성을 내질렀다. 남자는 떠오른 새떼들에게 조금 늦게 눈을 맞추었다. 맞은편 산자락 한켠에서 수십 마리, 곧 수백 마리의 새들이 일제히 솟구쳐 바람을 타고 흐르면서 그들이 떠난 산자락을 한 바퀴 휘돌고는 하늘로 날아오르고 있었다. 드물게 하늘 어느 편에서 갑작스레 나타나는 무리도 있기는 했지만 대체로 새들은 그런 식으로 떠올랐다. 어느 산자락에 잦아 있다가 시간을 맞추기라도 하듯 비상하여 계곡 입구의 하늘로 모여드는 형태였다. 남자는 바람에 흔들리듯 서서히 잦아드는 사람들의 경이로운 탄성 속에서 언뜻 무엇을 보거나 헤아려낼 게 있다는 이상스런 느낌에 다시금 사로잡혔다. 사람들은 한두 걸음씩 떨어진 채 일행끼리 또는 다른 사람들과 뒤섞여 하늘을 까맣게 덮고 있는 새들을 보고 있었다. 망원경을 가지고 있는 사람들도 눈에 띄었다. 물론 마을 아래, 절로 오르는 도로변에 차를 세워놓고 구경하는 사람들도 있었지만 숫자는 마을 앞, 남자가 서 있는 언덕 쪽이 훨씬 많았다.

절 입구의 상가에서 오른편으로 몇 가구의 집들이 있었고 그걸 두고 신문에서는 석문마을이라고 했는데 승용차를 가져오지 않은 남자로서는 주차에 대한 걱정이 없었기에 아무런 걱정 없이 이렇게 마을까지 왔다.

그런데 뭐란 말인가. 남자는 자신이 추위 속에서 그리고 눈을 들어 하늘을 나는 새떼들을 보면서 착시나 이명 같은 현상에 빠져든 건 아닌지, 그런 생각까지 슬며시 들었다. 사실 날씨는 굉장히 추웠다. 어둠이 내리는 지리산 깊은 계곡에서 몰아치는 바람에 실린 칼 같은 추위가 대지와 하늘을 꽝꽝 얼리고 있었다. 그는 벌써 그렇게 30분 이상이나 서 있었다. 그러나 누구도 자리를 뜨지 않았고 새로운 구경꾼들은 또 떠들썩하게 뒤늦은 감탄사를 터뜨렸다.

방금 떠오른 새떼들은 그렇게 자기들이 떠나온 숲과 계곡을 살펴본 뒤 이미 하늘을 가득 채우듯 선회하고 있는 무리들에게 다가갔다. 어둠까지 묻어 더욱 차갑게 느껴지는 바람 속에서 수많은 까만 점으로 너풀거리는 그 모습은 어떻게 생각하면 섬뜩한 무서움을 주기도 했는데, 남자는 그쯤에서 사람들이 내지르는 낮은 탄성이 어디서부터인지도 모르게 내려앉는 깊은 산중의 어둠과 희번득하니 여러 색깔들이 뒤섞인 광활한 하늘과 그 하늘을 맴도는 새떼들에 대한 공포심을 씻기 위한 가늘한 몸부림으로 보이기도 하는 것이었다. 새떼들은 오직 침묵의 가벼운 날갯짓으로 어두워 오는 하늘을 온몸으로 받아들이고 있었다. 남자는 잠시 현기증과 더불어 자신의 몸뚱어리가 하늘 저편, 흔들리듯 선회하는 새들에게로 빠져드는 그런 착각 속에 빠지기도 했다. 그리고 다시 탄성이 터져 나오기 시작했을 때, 바람에 흩어지는 그 많은 목소리 속에서 분명히 가려내어야 할 소리가 있다는 느낌에 또다시 사로잡혀버렸다. 이상스럽고도 강렬한 끌림을 좇아 그는 하늘에서 눈길을 거두었다.

사실 여자도 진작부터 누군가가 자신의 시선을 잡아끄는 듯한 묘한 느낌에서 벗어나지 못하고 있었다. 불안감이라기에는 너무나 엷고 기대라기에는 너무도 얕은, 바람같이 뒤흔들리는 마음으로 하늘에 눈을 두고 있다가 남자와 눈길이 마주쳤다. 완전하게 어둡지 않은 묘한 박명 속에서 그들은 서로를 확인했다. 불과 서너 걸음이었고 몇 사람 간격이었다. 남자가 조금 멈칫한다 싶더니 자기에게 다가오는 걸 지켜보며 여자는 이게 뭐람, 새를 보러 왔다가 사람을 만나다니, 그런 생각 사이를 재빨리 헤맸다.

남자 역시 몇십 년 만이라는 되새떼의 출현이나 어두워 오는 하늘을 배경으로 그들이 펼치는 군무 이상의 놀라움으로 여자를 보았다. 그리고 여자의 이름을 지금 보고 있는 되새라는 이름보다도 더 확실하게 떠올렸다.

"오셨군요." 남자의 인사를 받으며 여자는 그 말이 약속을 해놓고 만난 사람에게 하는 말투라는 걸 얼핏 느끼며 "오래간만이네요"라고 답했다. 그러면서도 이런 데서 남자를 만났다는 사실이 하나도 이상스럽지도 어색하지도 않다는 생각을 하는 자신이 약간은 놀라웠다.

그때 다시 술렁임이 일었다.

"저기 온다!"

"어디? 어디?"

"아! 아!" 남자와 여자도 어색하지 않게 서로에게서 시선을 거두고 두런거림에 빠져들었다.

그들이 서 있는 쪽에서 보면 맞은편, 칠불암으로 들어가는 도로의 건너편 산자락에서 새떼들이 솟아올랐다. 소리없는 날갯짓들! 바람에 얹히듯 그들은 하늘로 떠올랐다. 하늘은 밝지도 않았지만 충분히 어둡지도 않았다. 날씨가 흐려지는 해의 기운은 어디에도 묻어 있지 않았다. 깊은 산으로부터 서서히 퍼져 오는 어둠이 산자락들을 먹물 먹이듯이 그늘 지우며 하늘을 덮어 왔다.

남자와 여자는 처음 그렇게 한마디씩 주고받은 뒤로는 곧장 침묵에 빠져들었다.

한번 모습을 드러낸 새들은 끊임없이 하늘을 맴돌았다. 그들은 도대체 어디에 머물다 날아올라 어느 시간 저 하늘을 비울 것인가. 남자와 여자는 동시에 그런 상념에 사로잡혔고 누가 무슨 말을 어떻게 해야 하나라는 마음이, 달려드는 날카로운 바람처럼 머리를 스치기도 했다. 새들이 나타나고 그들이 잠을 잔다는 마을 옆 대숲으로 앉기까지의 시간, 사람들은 잠시 그 시간을 빌리고 있을 뿐이었다.

"오신 지 오래됩니까? 저는 겨우 서너 번 감탄사를 터뜨렸습니다만."

남자가 하늘에서 시선을 거두며 말했다. 감색 목도리를 목에 두른 여자의 얼굴은 시린 듯해서 오히려 얼굴 윤곽을 뚜렷하게 해주었다.

"제가 조금 더 일찍 왔는지도 모르겠군요."

여자가 간명하게 대답했다.

"정말 할 말이 없을 만큼 굉장하군요. 오길 잘했다 싶은데요."

"그렇죠? 철새들에게야 그냥 일상일 뿐일 테지만 사람들에게는 일탈이군요."

주위가 다시 한번 두런거림에 빠져들었고, 인간들의 그 어떠한 감정과 대화도 정지시킬 힘을 어둠살을 타고 오르는 새떼들은 갖고 있었다.

잠시 뒤 남자가 다시 말했다.

"이십 년이 더 됐죠?"

아, 이 말. 너무나 머나먼 시간의 저편이 이토록 쉽게 드러날 수 있다니! 여자는 속으로 부르짖었다.

바람이 다시 한차례 광포하게 휘몰아쳤다.

"그렇지요…… 오래됐죠……"

여자의 말이 바람에 끊어졌다.

어둠이 차오르는 연봉과 연봉, 그리고 그 사이의 깊이를 헤아릴 수 없는 계곡을 가로지르는 시간들이 둘 사이에는 있었다. 바람은 그들이 건너 뛰어온 시간을 몰아주듯 두 사람의 가슴속을 파고들었다.

"성미와는 연락이 되나요?"

"요즘은 좀 뜸한 편이에요. 소식은 자주 들으시겠네요."

"어쩌다 사촌을 만나면. 잘 있나 보더군요."

"살기는 어디나 마찬가지일지도 모르죠."

남자가 뭐라고 덧붙이기 전에 여자가 말을 이었다.

"새들이 마냥 저렇게 하늘을 맴도는 건 사람들이 돌아가 주기를 기다리기 때문이 아닐까요?"

여자는 어디로 눈을 두어도 어둠이 뚝뚝 떨어져 내리고 있는 산줄기들을 보았다. 거리로서가 아니라 도저히 도달할 수 없는 시간을 어둠에 잠겨드는 산들은 보여주고 있었다.

남자는 여자에게 일행이 없다는 걸 그때서야 깨달았다.

걸음을 옮기기 전에 그들은 하늘에다 눈길을 다시 한번 두었다. 새들은 좀 더 짙게 흐리고 어두워 오는 하늘을 마냥 맴돌았다. 바람이 나무들과 돌들과 마른 풀잎들의 웅얼거림들을 모조리 모아 계곡을 울려댔다. 어쩌면 새떼들은 그런 바람의 흔적, 흩어지는 바람의 날갯짓일지도 몰랐다. 아래쪽 도로

변에서 차들의 불빛이 물러터진 감귤 같은 빛을 내며 움직였다. 걷는 동안 어느 누구도 혼자이시군요라는 말을 꺼내지는 않았다.

불이 환하게 들어와 있는 상가들 앞의 공터에 승용차들이 어지럽게 자리 잡고 있었다. 불빛들은 얼어붙은 물체들처럼 단단하게 빛났다. 어디선가 물 흘러가는 소리가 바람을 비집고 나지막하고 가냘프게 들려왔다.

불빛과 바람과 물소리 속에 갇힌 듯 두 사람은 그렇게 망연히 서 있었다. 여자가 말했다.

"찻집이 저기 있던데 차나 한잔하실래요?"

남자로서도 무슨 말인가를 해야 할 때였다. 여자가 시선을 둔 곳은 절에서 흘러내리는 개울가 쪽이었다. 거기에 전통차를 파는 가게가 있었다. 모든 가게들은 어둠과 바람과 불빛 아래서 허술하게 보였다. 남자가 말없이 몸을 돌렸고 여자가 조금 앞장서 그들은 문을 열고 들어갔다. 바람으로부터, 바람의 흔적인 새떼들로부터 그들은 벗어났다. 이상스런 정적이 실내를 감싸고 있었다. 안에는 아무도 없었다.

"조금 있으면 가게주인이 어디서 우리를 보고 올 거예요."

조금은 어리둥절한 채 서 있는 남자에게 여자가 말했다. 여자는 낮에도 한번 그렇게 들러 차를 마시고 갔노라고 덧붙이며 난롯가에서 조금 떨어진 곳에 자리를 잡았다. 처음 문을 열고 들어왔을 때는 느끼지 못했던 개울물 소리가 한결 가까이에서 서늘하게 가슴을 쓸어댔다. 소리를 피할 수 있는 곳은 어디에도 없을지 몰랐다. 불그레한 불빛이 바깥으로 내비치는 석유난로 위의 주전자에서는 김을 내뿜으며 물이 끓었다. 찻집은 제법 큰 편이었고 어느 곳이나 그렇지만 차 산지답게 판매용 차와 다기들이 면적을 제법 차지하고 있었다.

"새를 보러 왔다가 사람을 만났군요."

처음 남자를 보았을 때 가졌던 생각을 여자는 말했다. 남자는 가만히 고개를 끄덕이며 미소 지었다. 남자의 마음에 있던 말인지도 몰랐다.

바람이 쏴하니 몰려들면서 문이 열리고 "오늘밤도 추울 낀갑다. 오셨어요?" 보랏빛이 도는 두툼한 털스웨터를 입은 젊은 여자가 인사를 했다.

김이 나는 뜨거운 물잔이 그들 앞에 놓이고 남자가 주문을 망설일 때 여자가 "세작이 괜찮을 거예요"라고 말했다. 남자가 실내를 한번 돌아보며 수묵화 한 점과 글이 새겨진 커다란 바가지 몇 개, '無爲自然'이라고 쓰여진 편액 하나를 발견하는 동안 주인여자가 다기 주전자와 보온물통, 그리고 찻잔을 내왔다. 여자가 회색빛 도는 귀때그릇에다 물을 붓고 찻잔을 부시었다.

"학교에 계시지는 않을 텐데 평일에 어찌 시간을 내셨어요?"

물이 식을 동안, 그리고 다시 찻물이 우러나는 시간이 있다. 말을 해도 좋고 말을 하지 않아도 더욱 좋은 시간이 다도에는 있는 것이다. 그러나 침묵은 아주 익숙하지 않은 사이가 아니라면 견디기 힘든 시간의 빈틈이다. 남자가 말했다.

"윤주씨는 여전히 학교에 계시는 게 틀림없군요."

둘은 소리 없이 웃으며 눈을 마주쳤다. 목도리를 하지 않은 남자의 바바리 차림이 약간은 허술해 보인다고 여자는 생각했다. 남자는 남방에 스웨터를 입고 있어 목이 드러나 보였다.

여자가 귀때그릇의 물을 찻주전자에다 옮겨 부었다.

"교정공무원이 무언지 아시죠?"

여자는 지금은 이민 간, 여고시절 친구에게서 사촌오빠가 무슨 일을 한다고 들었던 기억이 없는 듯했다. 그럴 리 없는데 싶었지만, 기억을 더듬기를 여자는 이내 포기했다.

"네에, 그곳에 근무하시군요."

여자가 번갈아 찻잔을 채우면서 "들어보세요"라고 말했다. 남자는 찻잔을 싸안듯이 두 손을 모아 잡았다. 그리고 한 모금을 마시고 이어서 두 모금, 세 모금을 마셨다. 잔은 바닥을 드러냈다.

"날씨가 보통 춥지 않죠."

여자가 다시 주전자를 들어 찻잔을 채웠다.

"듣기에 따라서는 조금 이상스런 직업일 수도 있죠."

남자가 찻잔을 감싸 쥐며 말했다. 여자 역시 그렇게 잔을 든 채 남자의 눈을 바라보았다. 메마른 남자의 눈이 잠시 복잡한 표정이더니 이윽고 평범하게 풀어지며, 웃는 듯이 바뀌었다.

"뭐, 그냥 직장일 뿐일 테죠."

여자는 그 말을 언젠가 남편에게 한 적이 있다는 걸 깨달았다.

"보통들 생각하는 대로 반은 갇혀 지내고 반은 자유로운, 야근이 특별난 그런 공무원이죠."

"그렇겠군요."

여자는 자신의 잔이 비었다는 사실을 알고는 나무탁자 위에 놓았다. 조금 뒤 남자도 찻잔을 내려놓았다.

"20년을 채울려고 노력도 해보다가, 그러다 사표를 썼어요. 닷새 전에."

연금, 사고, 그런 낱말들이 얼핏 여자의 머리를 스쳤다.

"우습게도 되새떼에 대한 기사를 보고는 결심을 앞당겼달까, 비번날이 아니라 영원히 자유로운 상태에서 새떼를 보고 싶다는 마음이 엄청 가슴을 뒤흔들었거든요."

남자의 말소리가 나지막해서 여자는 줄곧 뒤편의 물 흐르는 소리만 들은 것 같았다.

"탈출을 하신 거군요. 철새 소식을 듣고는."

"새들을 보면서 사람들에게는 일탈이라고 하셨죠. 말이라는 게 여러 힘을 가지는군요. 우리들에게 제 모습을 보여줄 뿐인 새들은 아무 말도 없었는데."

바람 타듯 하늘을 날던 새떼들을 바라보는 눈길로 두 사람의 눈은 제각기 무엇을 좇는 표정이 되었다.

"소리가 없었죠. 날갯짓만, 엄청난 바람이 흩어지며 만들어낸 바람의 날갯짓만이 있었던 것 같군요."

"전혀 힘들지 않게 그런 표현을 하시는군요."

여자의 얼굴이 조금 달아오르듯 상기되었다. 참으로 머나먼 시간의 저편, 당장 귓전을 맴돌고 흘러가는 물소리에 담겨 있는 아쉬움, 계곡을 맴도는 깊이 모를 바람, 어둠 속에 몸을 숨긴 뼈만 남은 나무들의 가만가만한 숨소리, 여자는 깊고도 어두운 산자락 어디메를 헤매는 기분이었다.

"그때 겨울, 어디로 갈 작정이었어요?"

여자는 자신이 하고 만 말에 놀란 듯, 손으로는 찻잔을 으스러지게 잡고는 오히려 남자의 눈을 똑바로 바라보았다. 남자의 눈이 가볍게 흔들렸다.

"지금은 잊었지만, 여기처럼 절이 있는 어느 곳이었겠지요."

개울물소리와 난로의 김 나는 소리가 그들 사이를 가로막았다. 여자는 스스로도 헤아리지 못했던 말을 해버렸다는 후회로 가슴이 답답해 왔다. 그러나 남자의 입에서는 더 놀라운 말이 나왔다.

"그러나 사실은, 윤주씨의 그 방, 윤주씨가 누우면 바라보이는 곳임이 틀림없을, 시가 있는, 아니 사진이 있는 그 방에 가고 싶었어요. 청담빛 바탕에 검정 선과 참외껍질같이 노오란 색으로 산과 달이 그려져 있던 표지의 책에 실렸던 그 시에 나오는 파스테르나크가 있는 방에."

"그 사람의 사진은 선생님의 그 방에도 있었잖아요?"

"그러나 내게는 잔느 모로는 없었고 더구나 시를 쓸 줄 몰랐으니까."

푸성귀 머리를 가진 영감과

턱이 짧은 잔느 모로가 웃고 있는 벽 한구석

파스테르나크는 어떤 연회석상에 서 있었다.

공허한 눈일랑 먼 곳으로 던져버리고
목 긴 잔을 들고 있었다.

윤곽을 잃어버린 입술은
약간의 지껄임도 허락할 수 없었다.

(중략)

나는 잔 속 비애의 향기를 맡고 있었고

허황한 그의 풍채에서
얼핏 지바고의 최후를 보았고
이미 그는
잔과 자신을 기억 속에 묻어버린
연회석상의 부재자임을 알았다.

고등학교 3학년 초봄에 여자는 남자의 동갑내기 사촌여동생과 같이 카메라를 들고 나타났다. 남자의 집에는 꽃나무들이 많았다. 매화는 지고 목련이 필 무렵이었을까. 카메라의 검정 테두리 속에서 웃고 있는 그녀를 보면서 남자는 영원히 그 시간이 멈추었으면 싶었다. 남자 집은 살기가 그런대로 괜찮아 정원도 있고 방도 여유가 있었다. 갓 나오기 시작한, 상표나 병부터가 촌스러운 국산 맥스웰 대신 상카나 일제 네스카페 중 여자는 네스카페를 원했다. 그러나 취미도 아니고 괴벽도 아니게 마당으로 난 사용하지 않는 문의 창호지 두 면을 도배하듯이 가득 채운 사진들을 보고서도 그녀는 아무 말도 않았다. 광복동 야시장에서 사들인 타임이나 라이프, 또는 뉴스위크나 에스콰이어에서 오려낸 사진들이었다. 그 뒤 다시 그들이 왔을 때 남자의 누이가 표지가 인상적인 교지를 내보였고 거기에 2학년으로 표기된 여자의 시가 있었다. 남자는 당장 그녀의 방에, 그녀가 누우면 보이는 벽에 잔느 모로와 파스테르나크의 사진이 있다는 걸 알아챘다. 앉아서도 사진이 보일 수도 있다는 생각은 전혀 할 수 없었다. 사진기 속에 담긴 그녀가 남자의 가슴속에 그대로 박혀 왔듯이, 남자는 여자의 그 방에 가고 싶은 깊은 욕망에 사로잡혔다. 그러나 그들이 처음 본 영화가 〈닥터 지바고〉가 아니었듯이 잔느 모로와 파스테르나크가 있는 그녀의 방에는 영원히 가지 못했다.

여자가 다시 차를 따랐다. 온기는 그런대로 남아 있었지만 남자에게는 쓴맛이 받쳤다.

"그때 우리는 겨우 대학 2학년이었어요."

여자는 여행을 가자고 느닷없이 남자가 제의했던 그때 일을 다시 말하고 있었다.

"윤주씨는 졸업반이었고 나는 군대에 가기 전이었지요. 그 말을 들으니 영화를 보고 했던 말이 기억나는군요."

"입학을 하고는 〈졸업〉이라는 영화를 보았으니……"

"이제 우리는 겨우 입학했을 뿐이에요, 그렇게 말했죠."

첫 여름방학. 지금은 헐리어 은행건물이 들어선 영화관. 어떤 낱말을 집중적으로 지운 자막. 한국의 1969학번으로서는 멀기만 한 미국의 상류사회. 결혼식이 시작되는 교회 문을 십자가로 막고는 웨딩드레스를 입은 연인의 손을 잡고 텅 빈 대로로 뛰어가는 키 작은 남자.

잠시면서도 아주 긴 침묵, 놓아버린 대화로 해서 그들은 좀체 같은 분위기, 같은 화제로 되돌아갈 수가 없었다.

생각에서 벗어나는 표정이 되더니 여자가 이렇게 말했다.

"그 많은 새들이 마을 옆 대숲에서 잔다는 게 믿어지나요? 하늘을 까맣게 덮고 있던 그 많은 새떼들이 말이에요."

"신문에도 그렇게 났었죠. 사람들처럼 이불을 펴고 다리 뻗고 몸부림치면서 자지는 않는다 치더라도 너무 좁겠군요."

"저는 만원버스를 떠올렸어요. 지금은 다소 덜하겠지만, 문에 매달린 손님을 차장이 안으로 밀어 넣던 옛날의 만원버스 속에 촘촘히 매달린 승객들 있잖아요."

"그거 재미있는 발상이네요."

"앞으로는 무얼 하실 작정이세요? 잘해야 되새는 1년에 한 번밖에 날아오지 않을 텐데."

"글쎄, 아직은, 무얼 염두에 두고 나온 건 아니니까. 차차 꾀가 나겠죠."

"이제는 완전히 어두워졌을 테니 새들은 만원버스를 타러 갔을까요?"

"부산까지는 세 시간 정도 걸리겠죠?"

"밤이니까…… 차를 가져오셨나요?"

일어나기 전에 여자가 물었다.

"버스를 타고 왔습니다. 새처럼은 아니지만."

"그럼?"

버스가 끊겼을 거라는 걸 여자는 떠올린 모양이었다.

"별장에 방을 하나 빌리려고, 바쁜 게 없게 되었으니."

그들은 밖으로 나왔다. 둘의 시선이 동시에 가닿은 하늘은 별도 없이 아주 깜깜했다. 어떤 형체도 찾아낼 수 없었다. 그러나 그들은 새에 대해 이야기하지는 않았다. 바람만이 떠나갈 듯 산중을 울렸다.

"새떼 가까이 주무시게 되는군요. 쌍계별장 말씀이시죠, 할머니가 계시는."

"네, 거기에."

"제가 낮에 가보았는데 할머니는 손주 보러 진주 나가시고 계시지 않았어요. 식사가 안 된다고 그러더라구요. 된장찌개와 산채나물이 별미인데."

"잠만 자도 되기는 하는데……"

남자는 갑자기 허탈해지는 기분이었다. 상가에서 흘러나오는 불빛 뒤로 겹겹이 둘러싼 두터운 어둠이 감당할 수 없는 허전함을 몰고 오는 듯했다.

“여기 보이는 음식점 어디에선가 저녁과 아침을 드셔야 할 텐데, 거칠지 않을까요? 내려가시겠다면 제 차를 타도 좋아요.”

여자는 남자를 바라보았다. 남자는 여자를 보고 있지 않았다.

“어둠이 닥치니 감당할 수 있을 것 같지 않네요.”

여자는 남자의 말이 솔직하게 들렸다. 그러나 남자가 자신을 만난 것을 어느 한편 후회하고 있다는 것까지는 물론 헤아릴 수는 없었다. 별장 이야기를 할 때 여자도 자기 위해 그 집에 들렀었다는 걸 남자가 헤아리지 못했던 것처럼.

“하동도 있고 진주도 있으니까, 일단 여기서는 나가겠습니다.”

“그러세요.”

이 남자는 어쨌든 어디선가 잘 생각이구나, 여자는 생각하며 먼저 자동차 쪽으로 걸음을 옮겼다. 메말라 보이던 눈을 떠올리며 남자가 지쳐 있다는 생각도 떠올랐다.

“앞에 앉으세요. 이야기를 앞뒤에 앉아 나누기는 불편하니까.”

여자는 차문을 열고 반코트를 벗어 뒷자리에 놓았다. 남자도 바바리가 불편할 것 같아 바람에 펄럭이며 바바리를 벗었다. 남자는 그것을 자기의 무릎 위에 놓았다.

자동차의 헤드라이트가 일정한 길이와 폭으로 어둠을 푹푹 잘라내었다. 대부분의 차들은 이미 빠져나간 뒤였다. 아주 천천히 다리를 지나고 절로 접어드는 소로를 지나 그들이 언덕에서 내려다보던 도로에 올랐을 때까지 아무도 입을 열지 않았다. 엔진소리만이 낮게 차 안을 맴돌았다. 창문을 꼭 닫았음에도 바람 소리가 차를 흔들어댔다. 텅 비고 차가운 개울과 산자락들이 빠르게 모습을 내보이다 어둠 속에 다시 파묻혔다. 그들이 서로 어긋나게 보낸 시간들이 흘러가듯이 어둠은 뒤쪽으로, 헤아릴 수 없는 빠른 속도로 물러갔다. 여자의 운전은 차분하고 안락하다고 남자는 생각했다. 그럼에도 그는 안전벨트가 가슴을 압박해 오는 기분을 지울 수는 없었다. 너무 늦게, 너무 가까이 앉았다는 마음이 한없이 가슴을 뒤흔들었다. 맞은편에서 불빛 하나가 달려왔다. 여자는 속도를 조금 낮추었다. 소형트럭이 스쳐 지나갔다. 마을의 불빛들이 나타나고 커다란 다리가 보이면서 '화개'라는 자그마한 사인보드가 눈에 들어왔다.

"나이가 들어서 전직을 생각한다는 건 어려운 일이잖아요? 뒤늦은 고집이 생겼던가요?"

여자가 고개를 아주 잠깐 남자 쪽으로 돌리며 말했다.

"고집이라는 말을 아직 기억하십니까? 자주 싸웠죠, 고집이 왜 그리 세냐고 내가 자주 탓했었죠."

"가난한 육남매 중에서 자기 것을 지키려면 고집이 아니고는 아무것도 되지 않는다고 생각했으니까. 파스테르나크와 잔느 모로의 그 사진도 동생 둘과 같이 쓰는 방에서 모서리의 벽면 하나를 내 것으로 한 유일한 위안이었어요. 부잣집 외동아들의 넉넉함이 부러운 만큼 병적으로 싫었어요. 내가 교대에 입학하고 나서 인섭씨 집에 들렀을 때 인섭씨 어머니의 눈치를 나는 읽었더랬어요. 여자들끼리만 읽을 수 있는 그런 동물적 감각으로요. 그리고 대학 2학년 때 어떻게 결혼 이야기를 꺼낼 수 있는 건지 도저히 이해가 가지 않았어요."

"앞으로 남은 시간들이 별다른 변화로 읽히지 않았기 때문에, 맹목적인 생각들이 가능했겠지요. 어쩌면 새롭게 사람을 만나보아야 별다를 게 없다는 단순함 같은 게 있었던 거죠."

"생활의 넉넉함이 만들어주었을 그런 명쾌함이 사는 데는 도움이 될 것도 같은데요."

남자는 여자의 말에 비난이 담겨 있다고는 생각하고 싶지 않았다.

"대학에서 만난 아내가 교회에 나간다는 건 알았지만 거기에도 정도가 있다는 건 몰랐어요. 시부모가 경원할수록 병적으로 되어갔고, 중간에 끼인 내가 할 수 있는 일이 이상하게도 아무것도 없더라구요. 분가하고 별거하고 그러고는……헤어졌습니다. 헤쳐 나온 게 아니라 흘러가는 대로, 일이 되어가는 대로 두고 보았다고 할까. 지나고 보니 그런 느낌이 들더군요."

남자는 쩍쩍 갈라지듯이 펼쳐지는 도로를 노려보며 말했다.

여자는 상향등까지 켠 헤드라이트 불빛 앞으로 무엇이든지 불쑥 뛰쳐나올 것 같은 기분에 사로잡히며 운전대에 힘을 주었다.

"외동도 물림인지, 애가 서울에 있는 대학에 합격했다는 걸 알고는 갑자기 할 일이 없어져버렸다는 생각이 드는 거 있죠.

그때 되새 소식을 들었습니다."

여자는 바람이 앞창에 부딪혀 형체도 남기지 않고 소리 없이 하늘에 퍼져 오르는 모습을 보고 있는 듯싶었다. 어긋난 시간이라는 말을 떠올리며 그녀는 하동 2km라는 사인보드를 보면서 왼편으로 천천히 핸들을 꺾었다. 그러나 마음은 영원히 모르고도 충분히 살아갈 수 있는 어느 마을로 들어가는 어두컴컴한 길을 한사코 뿌리치듯 했다.

마을의 불빛들이 조금씩 자주 보였다. 전방만 뚫어지게 응시하는 남자의 모습을 보며 여자는 남자의 망설임을 읽을 수 있었다.

"하동이군요." 남자가 말했다.

그들이 탄 차는 주유소를 지나 읍내의 입구로 들어섰다. 날씨 때문인지 행인도 거의 보이지 않고 상가의 불빛과 가로등만이 얼어붙은 채 썰렁하고 차가웠다.

"인섭씨를 여기 내려놓고 가기에는 너무 황량해 보이는데요. 쌍계사가 오히려 나았을지도 모르겠군요."

"그렇게 책임감까지 가지실 건 없습니다. 아니면 내가 한 이야기가 너무 서글프게 들렸는지도 모르겠군요."

잠시 뒤 훨씬 낮은 음성으로 남자가 말을 이었다.

"아직 진주가 있으니까."

여자가 액셀러레이터를 조금 힘주어 밟으며 천천히 말했다.

"인생이라는 집에는 제각기 수천 개의 창문이 있나 봐요."

자동차는 어느새 읍내를 빠져나와 삼거리에 다다랐다. 오른편으로 자그마한 역사(驛舍)가 몇 개의 탁한 불빛으로 서 있었다. 삼거리에서 어긋나는 차들을 보내며 잠시 지체하다 그들은 오른쪽으로, 오래전에 어둠에 잠겨든 강을 끼고 달렸다.

"이 길도 참 자주 지나다녔어요."

잠시 뒤 여자가 말했다. 다음 이야기를 기다리던 남자는 여자가 입을 다물어버리자 조심스럽게 물었다.

"시가가 이 부근인가요?"

"그런 생각이 드셨어요? 하기야, 우리에게는 그런 대화도 가능하겠죠."

한동안 두 사람은 묵묵히 정면만 응시했다.

"결혼하고 변화가 많았어요. 우선 남편 따라 서울로 학교부터 옮겼죠. 동생들 때문에라도 사표는 낼 수가 없었어요."

여자가 이야기하기 시작했다. 남자는 조금 전 여자가 그랬듯이, 긴장할 것까지는 없다고 스스로에게 속삭였다. 모두가 지나가 버렸다, 남자는 속으로 말했다. 그러나 얼핏, 대학 다니던 그때 어디로 가려고 했느냐는 찻집에서의 여자 말이 떠올라 허리를 바로 폈다.

"그리고, 남편은 해외주재원이 되기 위해 정보부에 들어갔다고 말을 했을 정도로 파견근무에 대한 애착이 강했어요. 동남아에, 첫 번째 주재국에 딱 1년 같이 있었어요. 학교에 휴직계를 내고요. 그리고 국내로 다시 들어왔다가 이번에는 중동이었어요. 방학 때만 갔었죠. 그리고는 남편이 꿈에도 그리던 미국이었는데, 이번에는 사표를 내고 갔죠."

남자에게는 잡범과 시국사범, 그들 한 사람마다 따라다니는 기구하고도 제각각인 수많은 서류, 담벽과 길고긴 복도, 그런 게 두서없이 떠오르고 미국이라는 말이 역시 앞뒤 없는 미국 영화 몇 장면으로 떠올랐다.

"2년을 지내면서, 견딜 수가 없었어요. 우리에겐 아이가 없었고, 사교모임과 골프도 시들했어요. 결국 신경쇠약까지 앓았더랬어요. 남편은 같이 근무하던 선생님의 사촌 시동생이었는데 명문대 출신이었죠. 서로 반하는 건 잠시고 결국 취향과 환경은 영원하다는 걸 알았어요. 남편과 다투고 혼자 들어오게 되었답니다. 남편은 눌러앉을 생각을 하고 있었으니까요. 들어와서 다시 복직을 했고, 남편은 결정을 하라고 했어요. 나는 차를 사서 시간만 나면 몰고 다녔어요. 막막한 미국의 하이웨이를 증오하며 좁고도 위험한 이 나라의 구석구석을 찾아다녔어요."

여자가 뚜벅 말을 끊어버리자 한참 동안 침묵이 있었다. 차가 조금 흔들렸다. 남자가 속도계에 눈을 두자 눈금이 110에서 흔들리고 있었다. 눈을 거두는 사이 속도는 90에서 곧 80까지 떨어졌다. 남해와 순천, 부산 등을 가리키는 사인보드가 보였다.

두 사람은 차가 고속도로에 오르기까지 입을 다물었다. 남자는 목이 마르는 기분이었다.

"그런 일이 있었군요."

따스하지만 건조한 침묵을 밀어내기라도 하듯이 남자가 겨우 말했다.

“인생은 참으로 알 수 없는 그 무엇이에요.”

혼잣말 같은 여자의 짧은 독백에 남자는 끼어들지 않았다.

두 사람은 제각기 깊이 헤아릴 그 무엇이라도 있는 양 또다시 침묵에 빠져들었다. 빠른 자동차 불빛의 교차, 차체의 가벼운 흔들림, 짐작할 수 없는 나지막한 소음, 재빠르게 지나치는 산과 들, 별빛도 새떼도 없는 어두운 하늘, 그들이 탄 차는 앞으로 죽죽 뻗어나갔다. 그들이 아주 오랫동안 서로 다르게 보내온 시간들이 어둠으로 재빨리 사라졌다. 오른편 들로 일정한 간격의 불빛이 줄지어 서 있었다. 들이 아니라 비행장이었다. 철조망과 그 앞의 개울이 언뜻언뜻 보였다.

“새들은 비상하기 위해 엄청난 활주로를 필요로 하지 않아요.” 여자가 서리제거 버튼을 누르며 말했다.

“그렇죠. 엄청난 굉음도 내지 않고.” 남자가 말했다.

“그러나 사람들은 활주로가 필요하다고 믿고 있죠. 그것도 길이가 길수록 좋다고 생각하죠. 윤주씨의 그 시를 보았을 때, 내 방의 어지러운 사진들을 보고 아무 말도 않았을 때, 나는 활주로를 가졌던 것 같군요.”

여자가 남자 쪽을 잠시 보았다.

“여행을 가자고 했을 때 나는 그게 어떤 의미인지를 알았어요. 활주로가 길수록 높이 날 수 있다고 믿은 사람이 바로 나였어요. 어느 정도의 머리와 그보다 몇 배 나은 삶에 대한 애착과 오기, 나는 되새떼로 날아오르기보다는 한 마리 청둥오리나 도요새로 아침 물살을 차며 날아오르기를 고집했던 거예요."

몇 대의 차들이 빠르게 추월선으로 죽죽 빠져나갔다. 진주를 지시하는 녹색의 사인보드가 다가왔다. 밤에는 거리와 불빛에 따라 색깔을 달리한다는 걸 남자는 처음 아는 기분이었다.

"곧 진주죠? 이번에는 일단 들르기로 해요. 도로에서 금방이니까. 식사를 해요, 선생님은 술을 드셔도 좋고, 부산은 그리고 다시 생각하셔도 되잖아요."

"끝없는 유예군요."

"그렇게 되나요?"

두 사람은 가볍게 웃었다.

"우리는 되새떼를 보러 와서 많은 이야기를 했군요."

"새들이 엄청났으니까요."

잠시 뒤 남자가 말했다.

"새들은 내년에도 올까요?"

여자는 진주를 가리키는 두 번째 사인보드를 읽었다.

"인섭씨 말대로 우리 자신부터 계속 유예되고 있는데요? 새들은 소리도 없이, 한 뼘 활주로도 없이 하늘을 날으는데 우리는 한 치 앞도 내다보지 못해 이렇게 계속 이야기를 하고 있잖아요."

"그게 비상하는 방법인지도 모르죠. 대화가 치료라면서요."

"그래요, 정신과 의사들이 하는 일이라는 게 이야기를 나누는 것뿐이에요."

차는 반원을 그리며 인터체인지로 들어섰다. 남자는 무엇을 헤아려내려는 표정이더니 이윽고 이렇게 말했다.

“시는 그 뒤에 어떻게 되었나요?”

“시가 어떻게 될 게 있나요, 사람이 어떻게 되는 거죠. 혼자 썼죠. 어디에 보내거나 보이지도 않은 채. 그러므로 없는 거나 마찬가지예요.”

남자의 눈에는 잔느 모로와 파스테르나크가 흑백으로 바랜 채 붙여진 어떤 방의 벽면이 어른거렸다. 그리고 여자는 그 겨울, 약속된 시외버스터미널로 갈 것이지 어쩔 것인지 혼란스럽던 그때의 망설임이 아련하게 가슴에 차올랐다.

“겨울새들도 여러 번의 시행착오를 겪고 어느 한 철 쉴 곳을 찾겠죠?”

톨게이트를 빠져나오며 여자가 말했다.

“그들이 이번 겨울에 지리산 쌍계사 자락을 찾은 것이 실패인지 아닌지는 1년이 지나봐야 우리로서는 알 수 있는 거겠지요?”

“우연하게 거기에 찾아든 거는 틀림없이 아닐 겁니다.”

남자가 허리를 바로 세우며 대답했다.

그들이 탄 차는 도심지로 다가가며 다른 차량 속에 묻혔다.

中國山行

대구행 통일호 열차는 붐비지 않았다. 일요일 아침에 떠나는 차편치고는 의외였다.

"오늘은 행운이군요."

총무 남선생이 연두색 차표 석 장을 흔들며 말했고 김선생과 내가 한마디씩 거들었다.

"사람들이 날씨에 참 민감한 거지. 밤에 안개비가 내리고 새벽까지도 들지 않으니까 오늘 약속들을 취소한 거라."

"전화만 바빴겠구만."

우리 셋은 웃으면서 한산한 개찰구로 다가갔다. 그러고 보니 등산복 차림새나 상춘객의 모습은 거의 보이지 않았다. 나와 김선생이 같이 앉고 남선생은 앞자리에 앉았다. 김선생이 배낭에서 신문을 꺼내고는 안경을 고쳐 썼다. 구포에서 꽤나 많은 사람들이 탔다. 그래도 선 사람은 없었다.

"오늘은 어인 일고, 여기 오면 시끌벅적, 야단인데."

김선생이 신문의 다른 면을 펼쳐 들며 한마디했다.

“이렇게 화창할 줄 몰랐던 거죠. 근데 한선생님, 포석의 「낙동강」 있잖습니까. 로사가 바로 이 구포역에서 기차를 타고 떠나가는 게 마지막인데, 그 작품이 괜찮은 겁니까? 본고사에 나올 확률이 매우 높은 것 중의 하나로 요즘 떠오르거든요.”

남선생이 플랫폼을 돌아보며 내게 말했다. 그때 새마을호 열차를 보내기 위해 잠시 대기중이라는 안내방송이 있었다.

「낙동강」은 포석 조명희가 1927년에 발표한 단편소설이다.

“아, 여기가 그 구포역이죠. 애들한테는 좀 무리가 아닐까요. 목적성이 너무 앞서 설명 위주에 감격체죠. 그러나 소설과 작가의 기구한 운명만으로도 대단한 작품인 건 틀림없죠.”

일제시대의 검열제도는 혹독한 것이어서 제목만 목차에 나오고 본문은 깡그리 삭제된 작품도 있지만 게재가 되었으면서도 반 정도가 복자로 된 작품이 「낙동강」이다. 그것도 소련으로 망명했다는 작가경력 때문에 몇십 년이 지나 ‘해금’되었다.

“이 유월에 여자 주인공 로사가 떠나는 겨울을 떠올리기는 난망하군요.”

“가운데 판무식 하나 앉혀놓고 월경해서 대화할 겁니까? 북한하고 미국하고 속닥거리니 한국정부 기분 어떤지 알지요? 로사라는 이름도 우리 소설에 있었나.”

남선생과 김선생은 학원에서 국어와 수학을 가르친다. 아주 빠르게 연청색 열차가 창문을 흔들며 지나갔다.

“순자나 점이라는 이름 갖고 독립운동하러 만주 가느니 그런 애칭이 훨씬 낫지."

"만주 소리 하지 마라. 중국정부에서 주현미 노래도 못 부르게 했단다."

"왜요, 〈비 내리는 영동교〉가 반중국적인가?"

나는 김선생의 무릎 위에 놓여진 신문을 가만히 들었다.

하얼빈에서 열리고 있는 중국 내 조선족 축제에 초청된 우리나라 대중가수들의 공연을 공안당국에서 금지시켰고 항의하는 군중들을 강제해산시켰다는 보도였다. 표면적인 이유는 가수들이 관광목적으로 들어왔기 때문에 공연을 할 수 없다는 것이지만 최근 한국관광객이나 선교단체의 고토(故土) 회복이나 한(韓)민족 동화 주장에 중국 공안당국이 민감하게 반응한 결과라는 것이다. 정치면 톱이었다. 아침에 집에서 읽은 신문에는 없던 보도였다.

"덩샤오핑 촛불 목숨에 십수 억이 가슴 졸이고 있는데 소수민족 문제에 기름을 부으면 되는가. 체제유지를 위해서는 안팎으로 못 할 짓이 없는 나라가 중국이라구!"

예전에 명문 국립사대를 학과수석으로 나왔다는 수학선생이 단호하게 중국 입장을 정리했다. 새삼스럽게 들린 건 그의 입에서 나온 덩샤오핑이라는 등소평의 중국식 발음이었다.

몇 년 전 나는 중국 연길에서 덩샤오핑을 위하여 건배를 든 적이 있었다.

"이런 자리를 만들어주신 덩샤오핑 주석을 위해 건배!"

이런 자리란 호텔 주점에서 술 마시고 어떤 노래나 마음대로 부르면서 블루스까지 추게 해준 자리라는 말이었고 술잔을 먼저 든 사람은 이선생이 데리고 나온, 개방정책 이후 돈을 벌어 문화사업을 해볼련다는 장사장이었다. 실제 그는 내가 미리 알고 간 이선생 부인과 익숙하고도 산뜻하게 블루스 한 곡을 추고 와서 그렇게 건배를 제의했다. 방송국에 나가면서 번역일을 한다는 이선생은 장사장이 자기 부인과 춤추는 모습을 나와 같이 테이블에 앉아 콩을 까먹으면서 즐거운 표정으로 보았다. 등소평이 부주석이 아니고 주석인가 하는 의문 따위는 위해(威海) 항에서 대련(大連)으로 가는 뱃머리에서 본 이별 장면에 가려져버렸다. 장사장의 건배와 더불어 위해항에서 본 그 광경은 중국여행을 하는 동안 내게 매우 인상적으로 작용했다.

"그럴 거라. 우리나라 사람들 기질상 거기 가서 할 소리 못할 소리 마구 지껄여댈 거라. 선교단도 많이 들어간 모양이지."

김선생이 한심하다는 투로 말했다.

"민족동질감을 찾자는 게 뭐가 나빠서요?"

젊은 남선생은 불만인 모양이었다.

"무슨 소리. 언제부터 남한이 중국동포 챙겼는데? 50년 동안 그들은 친북한 성향의 중국사람들이었어. 엄연한 중국사람들이구말구. 가정형편을 보고 꼬셔낼 처녀가 따로 있지 무조건 기웃거려? 안 될 말이라."

"김선생님 말이 맞을지도 몰라요. 워낙 복잡한 집안인지라 우리로서는 헤아려내지 못할 부문이 많을 거예요."

내 말을 끝으로 화제는 이어지지 않았다.

기차는 삼랑진을 지나 밀양을 향해 가고 있었다. 비가 많이 오기는 했는지 육안으로도 강과 논에는 수량이 풍부했다. 맑은 하늘과 산의 푸름이 들판까지 드리우고 있는 듯 차창 풍경은 싱그러웠다. 풍광은 느리게 바뀌면서 장대한 화면을 구성하고 있었다.

사람이 살면서 목격한 사실에 대해 명확하게 정리하지 못하고 그냥 지나쳐야 하는 일이 있을지도 모른다고 생각한 적이 있다. 사실로 설명해버리면 그뿐일 테고 의미를 부여해버리면 또 그만일 테지만 도대체가 다른 사람들에게 내가 본 사실 자체를 말하고 싶지 않은 그런 목격도 있다는 걸 중국여행에서 알았다.

위해항 부두에서였다. 젊은 여자 한 명이 부두에 서서 배를 바라보고 있었다. 햇빛 때문인지 이마를 손으로 가끔씩 가렸고 뱃전을 향해 무슨 말인가를 하고 있었다. 이윽고 배가 움직이기 시작하자 떠나는 배 쪽으로 걸음을 옮기며 여자는 손을 흔들었다. 부두에는 출영객이 얼마 되지 않았기에 여자의 모습은 인상적이었다. 하얀 블라우스에 하이힐을 신은 키가 조금 작은 듯한 아가씨는 걸음을 옮기며 손을 흔들다 이윽고 거짓말같이 분홍색 손수건을 꺼내 흔들었다. 아가씨는 어쩔 수 없이 점점 작아지고 그렇게 점으로 남아 마지막을 보였다.

내가 본 것은 그것뿐이었다. 부두는 그냥 평범하고 쌓여진 화물들로 산만하기도 했다. 어떻게나 승선객들이 많든지 외국인인 우리들도 여섯 시 출항하는 배를 타기 위해 화덕 같이 구워대는 터미널에서 네 시경부터 줄을 서야 했다. 겨우 배에 올라 2등석 침대에 걸터앉아 창밖을 보니 마침 내 자리는 부두 쪽을 향해 있었고 아래편에 여자가 서 있었던 것이다. 침대가 아래니 위니, 선풍기가 돌아가느니 어떠니, 화장실이 대단하다는 그런 일행의 떠들썩함 속에서 나는 붙박이처럼 여자의 모습을 지켜보았다. 그 여자의 이별의 대상이 누군지 어느 갑판에 나와 있는지 나는 그런 걸 확인할 엄두도 못 내고 아주 옛날 사진 찍히듯이 내 가슴에 남아 있던, 마그네슘 화연이 펑하고 터지는 소리를 듣고 있었다.

여자가 완전히 보이지 않고 항구조차 원경으로 떠오를 쯤에야 총무가 저녁 먹일 걱정도 안 한다는 재촉에 나는 침대에서 내려왔다. 본 사람이 없는지 예사롭게 넘긴 건지 아무도 내가 목격한 장면을 화제로 삼지 않았다. 나도 입을 다물었다. 그 장면을 나는 아끼고 싶었던 것 같다. 들머리에 선 중국여행에 대한 인상의 밑그림이 된다고 여겼던 것일까.

이별의 장면이 사람 사는 세상 어디엔들 없으랴. 보여주는 형태가 조금씩 다를 뿐 그것은 인생살이에서 사람들이 행할 수밖에 없는 가장 극진하고 솔직한 표정일 터이다. 이국에서, 그것도 처음 찾는 공산주의 국가에서 목격했다는 사실이 나에게 강력한 인상을 심어주었을까. 그럴 수도 있을 것이다. 아, 여기도 사람이 사는 곳이구나, 라는 그런. 하지만 그런 정도라면 나는 가벼운 마음으로 동료들에게 내 감상을 말 그대로 감상 섞인 표현으로 이야기할 수도 있었으리라. 그리고 개방 이후의 급격하게 달라지는 중국의 모습이야 바로 그날 서너 시간 전에 끔찍한 상태로 겪은 터였다. 본래 계획대로라면 우리는 신라 장보고 유적지를 둘러보고 배를 타게 되어 있었는데 일행 중 한 분이 분실한 짐을 찾느라 시간을 낭비했기에 보잘것없는 도시 안팎을 돌아보게 되었다. 그러다 재래시장을 구경하기 위해 버스에서 내려 길을 건너다 한 명이 순식간에 오토바이에 치이고 만 것이다. 어렵고 더딘 병원 입원절차 끝에 안 일이지만 그는 갈비뼈가 세 대나 부러졌다. 난감한 일이었다. 가이드인 설매(雪梅)는 "제가 교통사고, 차를 조심하라는 말씀을 드리지 않았군요!"라면서 울었다.

중국땅을 밟은 지 몇 시간 만에 당한 턱없는 사고가 이놈의 나라에서는 모든 게 가능하구나, 라는 그런 인식을 무섬증과 같이 주기도 했다.

그렇다 하더라도 내가 배에서 바라본 이별장면은 전혀 별개의 것이라는 고집이 내 마음속에 자리 잡았다. 어쩌면 나는 이국의 항구에서 목격한 이별장면을 오래된 흑백사진 한 장으로 내 가슴에 간직하고 싶었는지도 몰랐다. 다만 왜 그랬을까에 대한 해명은 스스로에게조차 허용하지 않고 있었다.

유천에 다다르기 전에 다시 강을 보았다. 청도 운문사에서 흘러내려 밀양을 지나 낙동강과 합쳐지는 맑은 물줄기이다. 유천역에 내린 등산객은 우리뿐이었다.

우리는 개인택시를 기다렸다가 탔다. 총무 남선생이 기사에게 "대현초등학교 갑시다. 삼거리 검문소에서 왼쪽으로 가는 평양마을 말입니다"라고 했다.

50대 후반쯤 되어 보이는 기사는 잘 알고 있다는 듯이 고개를 끄덕이고는 "구름이 끼어 걷기 좋겠습니다"라고 인사를 했다.

"평양이라니요?"

이북 평양이 생각 나서 나는 말했다.

"평탄할 평자에 볕 양자죠. 아랫마을은 음지리거든요."

앞자리에 앉은 남선생이 정면을 본 채 설명했다.

"이곳에 대해 많이 아시네요." 기사아저씨가 말했다.

단짝 친구놈이 늦바람나듯이 고등학교를 빠져나와 학원가에 몸을 담았는데 그 학원에 산에 빠진 선생이 있다고 무취미한 나를 몇 차례 동참시켰다.

남선생이 곳곳의 산을 잘 아는 데다 큰산 욕심을 내지 않아 친구가 빠져도 나 혼자 곧잘 따라 나서게 되었다. 남선생과 김선생이 주축이고 몇 명이 더해지는 구성이었다.

확장 중인 비포장도로를 한참이나 달려 마을에 다다랐다. 회관 앞에는 화악산(華岳山) 정기를 이어받아 예로부터 인물이 많이 났다는 마을자랑이 새겨진 커다란 돌이 버티고 있었다. 새긴 내용이며 돌 모양새가 좀 싱거웠다.

"집집마다 감나무가 있고 미나리를 많이 합니다."

남선생이 배낭을 추스르고 마을에 들어서며 말했다.

싱그러운 잎을 단 감나무들이 장난꾸러기 같이 키 자랑을 하고 있었다. 수령이 오래된 듯한 감나무들은 누렇게 시들어 낙화상태에 접어든 감꽃잎들을 매달고 있기도 했다.

“3년 전에 왔었나, 서울 간 천선생이랑 왔지요?”

“91년 가을이었습니다. 그때는 밤티재까지 트래킹을 한 후 정상으로 치달았죠.”

김선생과 남선생이 주고받는 말이었다. 비탈논 자리에 물이 가득 차 있고 미나리들이 하늘을 향해 푸른 줄기를 뻗대고 있었다. 동네사람들이 물살 빠른 개울에 앉아 미나리를 씻고 있었다. 개울물 흐르는 소리와 마을 가까이 내려온 뻐꾸기 울음이 마을을 더욱 한가롭게 했다.

한두 채 독립가옥을 지나자 곧바로 산길이었다. 산행에 말이 너무 많아도 맛이 떨어지지만 침묵도 거북하다. 이 팀은 대체로 말이 없는 쪽이었다.

1990년 그해 여름 학교동료들과 16일 일정으로 중국에 갔었다. 대체로 젊은 교수 위주에 비행기만 부릉 타고 백두산이나 오갈 게 아니라 힘이 들어도 중국의 동북지방은 다 돌자며 대련—심양—하얼빈—연길—장춘—집안—북경 코스를 잡았다. 설매는 장춘에 있는 길림성 해외여유총공사 소속이었다. 버쩍 마른 키에 검은 피부에다 앳되기까지 한 아가씨가 우리 여행팀의 총가이드라고 자기소개를 했을 때 나는 한순간 암담하기도 했다. 우리는 국내여행사의 가이드를 동반하지 않기로 했기에 현지의 총가이드는 매우 중요했다.

여행가로 호가 난 유교수가 팀장을 맡아 여행사 주선도 하고 일정을 잡았지만 자잔한 일들은 아무래도 내 몫이었다. 그런 첫인상에 발을 디딘 몇 시간 만에 사고까지 일어났으니 나는 설매가 이래저래 마땅치 않았다.

"남자들 판에 아가씨가 힘들겠는데"라고 웃으며 첫말을 건넸을 때 설매가 본래 지명된 가이드는 남자였는데 재미교포팀이 갑자기 오는 바람에 자신이 대신 왔다고 솔직하게 털어놓았다. 그리고 울기는 했지만 교통사고를 매끄럽고도 단호하게 처리하기도 했다. 그녀는 길림대학 일어과를 전년도에 졸업했다고 했으니 초짜는 초짜였다.

중국에는 여행팀을 처음부터 끝까지 이끄는 총가이드가 있고 지역마다 현지가이드가 있었다. 위해시 가이드는 얼마나 우리말이 능숙하고 허멀쑥하게 생겼던지 인천에서 같은 배를 탄 젊은이로 착각할 정도였다. 북경 이외의 가이드는 모두가 조선족이었지만 그들은 각양각색이었다. 새벽 세시에 하선한 우리들에게 텅 빈 스탈린 거리를 가리키고 아침 여덟 시 심양행 기차를 태우던 대련의 아주머니부터 이북사투리가 진하게 배어 나오는 하얼빈의 끝없이 불친절하던 젊은이, 북한에 삼촌이 있어 자주 그곳을 왕래한다면서도 그곳 사정에 대해서는 극도로 말을 아끼던 통화 집안의 교사 출신 가이드 등. 그들은 고학력 소지자라는 공통점 말고는 조선족의 복잡한 모습을 그대로 보여주는 듯했다.

하지만 그들은 6·25 때 참전한 의용군 문제에 대해서는 아는 바가 없거나 시원찮은 대답만 했다. 여행을 할 무렵 나는 작품 하나를 구상하고 있었다. 6·25 당시 군인이었던 '내'가 중국여행길에 거기 사는 사촌을 만나는데 사촌은 의용군 출신이었다는 것, 그리고 둘은 같은 고지 전투까지 치렀다는 그런 사연과 감회. 이선생과의 서신왕래에서 내비치지 못했던 것을 이번 방문길에 한번 알아보리라는 작심이 있었다. 이선생은 길림성에서 번역사업꾼으로 꽤나 알려진 인물이었다. 국내 문예지에 발표된 내 단편을 번역하고 싶다고 동의서를 보내와 연락을 트게 되었다.

"야, 물 좋다!"

나보다 몇 걸음 앞서가던 김선생이 계류 횡단지점에서 걸음을 멈추며 반갑게 말했다. 선두에 섰던 남선생이 미리 거기서 휴식을 취하고 있었다. 나도 배낭을 내리고 물가로 갔다. 마을을 벗어나 줄곧 계류를 바싹 끼고 올라온 셈이었지만 계류 횡단은 처음이었다. 어제 내린 비로 수량도 풍부했고 청정도도 좋았다. 나는 세수를 했다. 김선생은 수통에 물을 담았다. 수통이 두 개나 되었다. 나는 집에서 물을 담아 오는데 두 사람은 언제나 산행초입에 물을 공급했다. 셔츠를 벗은 김선생의 러닝이 땀에 흠뻑 젖어 있었다. 나 역시 땀을 꽤나 흘렸다.

"소금을 가져와야겠군요."

"혹서기 종주 때는 필요하지만 당일치기야 관계없습니다."

참외를 깎으며 남선생이 말했다.

"계류가 끝나면 지능선 합류지점까지 제법 가파를 겁니다."

들어도 곧잘 잊어버리지만, 등산용어로 가파른 산행을 된비알 오름 코스라고 한다.

참외를 한 조각씩 먹은 후 처음 순서대로 우리는 출발했다. 그때까지 다른 등산객들의 자취는 없었다. 계곡이 끝나자 잡초와 잡목이 우거져 길을 가리고 가팔라지기 시작했다. 나는 등산을 다니고부터 어떤 화제 하나씩을 붙들고 굴리는 습관을 붙이려고 애를 썼다. 그러지 않고서는 산을 오르기가 막막하고 힘이 들었다. 직장사람들과 한두 번 산행을 한 적이 있는데 앞뒤에 주고받는 대화도 잦았고 그게 대개는 한 마디씩 끼어들어야 하는 것들이었다. 그런 면에서 이 팀은 내게 자유로웠다.

나는 이선생과 장사장에게 한국전쟁 때 의용군으로 참전한 사람들이 남한의 관광객을 어떻게 보는지, 혹시 가까운 사람 중에 그런 분이 있는지를 물어보았다.

동석시켰던 설매야 질문의 대상자가 아니니까 앉은 사람들을 둘러보는 게 당연하겠지만, 내 말에 다른 세 사람도 그렇게 두리번거리는 모습을 보였을 때, 괜한 화제를 꺼냈음을 알았다. 세 사람은 서로를 그렇게 살피다 장사장이 먼저 입을 열었다.

"더러 있습니다. 어떻게 생각하는지는 그런 걸 이야기하지 않기에 잘 모르지만, 지난 일인 데다 그들은 나이가 들었으니

정세에 영향을 주지 못하는 것만은 사실입니다."

이선생이 술잔을 들며 덧붙였다.

"도문이나 용정 가시다가 어둡고 무심한 눈길을 보내는 노인들을 만난다고 그들을 당사자들이라고 생각지는 마세요. 워낙 많은 일들이 일어나 그것은 아주 과거사가 되어버렸어요. 한교수님 술 드세요. 이번에 노래하는 분은 연변이 내세우는 가수입니다."

나는 그들이 바라는 분위기에 맞춰 술을 마시면서 무대를 주시했다.

그때 장사장이 중국말로 아주 짧게 한마디했고 이선생이 답했다. 등장한 가수는 남자였는데 그는 조용필의 노래를 두 곡 연속으로 불렀고 중국 노래를 한 곡 불렀다.

그것은 마오 주석, 즉 모택동에게 바치는 연변 조선족의 마음을 담은 노래인데 크게 유행하여 중국 전역에 알려졌다고 이선생이 설명했다.

나는 두만강을 보기 위해 도문으로 그리고 용정으로 가면서 관광버스를 어두운 눈길로 바라보는 노인들을 찾고 있었다. 이선생의 말을 어쩐지 반대로 듣고 싶었던 것이다. 그게 그냥 내 마음의 헛된 헤맴에 지나지 않다는 걸 알면서도.

연길 코스가 끝난 어느 차중에선가 설매가 지나가듯이 그 문제를 꺼냈다. 그때 그 자리에서 이선생 부인의 친척 중에 의용군 출신이 있다는 이야기를 그들이 했다는 것이었다. 그들은 가끔씩 필요에 따라 내 앞에서 중국말을 하기도 했는데 내가 자리를 비웠거나 어떠했을 때 그런 말을 나누었던 모양이다. 한없이 복잡한 그들의 심적 상태가 놀라웠지만 내색은 하지 않았다.

나는 지금도 이선생과의 술자리에서 내가 월남전에 참전했다는 말을 할 필요는 전혀 없었다고 생각하고 있다. 그렇다고 월남전에 갔다 온 조카가 의용군 출신의 삼촌을 중국에서 해후하는 식의 스토리를 생각해본 것도 아니다. 쓰고자 했던 중국소설은 그 뒤 잊다시피 던져두고 있었다.

정상인 줄 알았더니 아니었다. 말안장같이 가운데 지점이 파였다고 해서 안부라고 불리는 지점을 통과하여 2백 미터 정도의 된비알 오름코스를 힘들게 오르고 서야 시야가 탁 트였다.

"여기는 아래화악산이고 정상은 저쪽입니다."

뒤올라온 내게 남선생이 왼편 능선을 가리켰다.

"저게 남산이지요?"

김선생이 반대편을 보며 말했다.

"네, 청도 남산인데 일반적으로 저기가 더 많이 알려졌습니다. 교통편도 좋고요. 자 출발합시다. 10분 정도 가면 정상이니 거기서 점심을 들죠. 김선생님 기다리는 소주가 있습니다."

"산에까지 와서 소주 마시는 사람들, 이해를 못하겠다."

김선생이 능청을 떨었다. 열두 시 십 분이었다.

능선 끝에 정상이 있었다. 사진을 한 장 찍고 우리는 점심

먹을 자리를 찾았다. 김선생이 열차에서 보던 신문을 바닥에 깔았다.

"조선족 문제도 식후 금강산이다."

"김선생님, 그것도 문자라고 쓴 겁니까?"

남선생이 소주병을 따며 말했다.

"수학선생치고는 잘 쓴 문자다, 그렇지요 한선생님?"

"그럼요."

우리는 소주 한 잔씩을 들고 밥을 먹기 시작했다.

정상인데도 바람이 없었다. 하늘은 흐렸다.

하산 코스는 주능선 산행으로 시작한다고 출발 전에 남선생이 설명했다. 지나왔던 아래 화악산에서 우리는 처음으로 다른 등산객들과 인사를 나누었다. 주능선 산행은 오름과 내림에 대한 일종의 보상이다. 주위의 경치도 보면서 발걸음도 가볍다.

나는 중국여행을 하는 사람들에게 반드시 집안에 가보라고 권하곤 했다. 고구려 유적지 그 자체도 감격이지만 탁 트인 압록강이 가슴을 시원하게 할 거라고, 두만강과 다르게 거기에는 북한땅이 지천으로 눈앞에 펼쳐져 있기도 하다. 운이 좋으면 만포로 가는 기차도 볼 수 있고 보트를 타면 빨래하는 북한사람과 말도 나눌 수 있는 곳이다.

설매에게서 아버지가 문화혁명 때 죽었다는 말을 들은 곳도 거기였다. 이름이 재미있어 가명이냐고 동료들이 장난스레 물었을 때 "왜 아버지가 지어준 이름 두고 그런 걸 써요?"라고 의아해하던 설매가 고구려 옛 수도에서 부친이 역사선생이었다고 밝혔다.

"문화혁명 때는 조선족이 고구려라는 말을 입에 올리는 것도 조심스러웠나 봐요. 아버지는 감옥에서 한 고생 때문에 돌아가셨는데, 나는 아버지 얼굴을 사진으로밖에 몰라요."

통화에서 집안으로 넘어가는 길은 비포장인 데다 고개가 많았다. 버스가 두 차례나 말썽을 부렸는데 한번은 시간이 꽤나 걸려 우리는 길 밑의 계곡에서 더위를 식혔었다. 설매도 발을 물에 담갔는데 신발의 테두리가 하얗게 드러나면서 반대로 발등의 그을은 피부가 인상적이었다. 그때 나는 설매의 한 모습, 어쩌면 조선족의 모두를 본 듯한 어처구니없는 생각을 언뜻 한 적이 있었다.

우리가 누구에 대해 무엇을 제대로 안다고 말할 수 있는가. 집안에서 되돌아 나오는 늦은 오후에 설매는 내 어깨에 기대기도 하면서 깜박깜박 졸았다. 동료들은 "거 풍경 좋다!"고 놀려대기도 했지만 그때 나는 내 어깨에 기대어 잠이 든 화장품 냄새 하나 없는 설매의 검은 머리카락을 내려다보며 그런 생각을 했었다. 그러면서 위해항에서 본 이별장면을 떠올렸다. 어쩌면 그 장면에 대해 내가 어떤 의미 부여도 치장도 않기로 한 것은 설매의 이야기를 듣고 난 뒤인지도 모른다. 중국에 대해 알은척할 거는 하나도 없다!

그럴까? 앞뒤의 연관관계에 대해서는 자신이 없다. 그것은 시간상의 문제이기보다는 심리의 문제이기 때문이다.

1971년 가을, 나는 부산 제3부두에서 벌어진 집단적 이별의 현장에 서 있었다. 군악대의 연주, 고등학생들이 흔드는 태극기, 그러나 이별은 개인적인 것이다. 주소와 소속부대, 이름이 적힌 팻말을 든 가족들, 가족들 모르게 파월지원을 해버린 나는 한갓 구경꾼임을 자처하고 있었다. 팔짝팔짝 뛰는 모습으로 머릿속에 새겨진, 위해항에서 그 아가씨가 연출해낸 이별 장면에 비하면 내가 서 있었던 부두며 수송선은 한갓 거짓된 형식에 불과했을지도 몰랐다.

물론 그런 생각은 아주 한참 뒤, 이데올로기라는 말조차도 모르고 배를 타고 총을 쏘아댔던 베트남이 내게는 무엇이었을까, 나는 잘못된 전쟁에 잘못 뛰어들었던 게 아닌가 하는 자책이 고개를 들었던 30대를 통과했기에 도달할 수 있었을 것이다.

어쨌거나 나는 나와 관계된 또 다른 이별의 장면을 찾아야 하지 않을까? 마음 한켠으로 밀려오는 초조함을 달래며 나는 김선생을 좇았다.

능선의 한켠에 암봉이 솟아 있고 미리 도착한 두 사람이 땀을 식히고 있었다. 750봉, 일명 소화악산이란다. 암반 위에 오르니 지나온 능선이 제법 길게 뻗어 있다. 우리가 출발했던 마을이 보였다. 그러니까 지금까지의 산행은 삼각지점의 두 변을 그으며 진행되고 있었다. 습기가 묻기는 했지만 바람도 제법 불었다.

"이제부터는 저 아래 안부까지 급경사입니다."

우리는 순서대로 산을 내려가기 시작했다. 넝쿨과 잡목이 뒤엉켜 시야가 불안정했다.

"옻나무가 있습니다이……"

김선생의 말에 나는 걷었던 팔소매를 내리고 면장갑을 찾아 끼었다. 나는 아직도 옻나무를 구별하지 못한다. 내리막길에는 아무래도 어깨에서 노는 배낭부터 성가시다. 허리끈의 고리를 채웠다. 그래도 어깨에는 허전한 빈틈이 있다. 제 몸 밖의 것을 조여서 제 몸처럼 붙게 한다는 것은 생각처럼 용이하지가 않다. 인생살이에도 그런 면은 있을 것이다.

앞선 김선생의 "옻나무!" 경고와 넝쿨을 헤치느라 마음 편히 무엇을 생각할 여유 없이 안부지점까지 내려왔다. 거기서 담배 한 대씩을 피우고 쉬었는데 습기 먹은 송림지점이어서인지 하늘 탓인지 주위는 매우 기분 나쁘게 어두웠다. 소나무들은 거의 고사한 상태로 터널을 이루고 있었다. 축축함이 사방에서 몸을 적셔 오는 기분이었다. 송림지역이 끝나자 다시 안부지점이었다. 정면에는 또 다른 산이 가로막고 있었다.

"저번에는 여기서 하산했죠. 그때 점심을 1시간 20분이나 먹었더라구요. 술판이었지 뭐."

남선생은 산행일지를 쓴다. 그러므로 같은 산을 오기 전에 저번 산행일지를 읽고 오는 것이다.

"2백 미터만 오르면 정상입니다. 한 30분이면 되는데 한선생님 괜찮습니까?"

김선생은 몰라도 남선생은 처음부터 계획에 넣었던 모양이다. 나는 반대할 수가 없었다.

"500 하나가 마음에 걸리기도 하나 보죠?"

"허허, 표고로는 630입니다. 다른 사람들에게는 아무것도 아닌 일이 어떤 사람에게는 중요할 수도 있죠. 그래봐야 별거는 아니지만."

"아니, 별거 아닐 리가 있나요."

그렇게 이야기를 끝내고 몇 걸음 오르기 시작했을 때 비가 떨어졌다. 앞선 두 사람은 거기에 대해 아무 말도 하지 않았다. 코스를 바꾼다 하더라도 비하고는 아무 상관이 없을지도 몰랐다. 비는 아주 수월하게 그어댔다. 앞의 두 사람처럼 나는 배낭에서 파카를 꺼내 입었다. 빗방울이 거세지고 천둥까지 쳤다. 이 팀과 산에 올라 비를 만나기는 처음이었다. 그들은 언제나처럼 말없이 걷기만 했다. 시작했던 것처럼 아주 쉽게 비가 그쳐주기를 고대하면서도 젖어오는 옷을 보고는 포기하는 마음도 쉽게 들었다. 감겨 오는 바지가 걸음을 더디게 했다. 폭우 속에서 정상에 올랐다. 철마산이라는 나무팻말이 있었다. 정상일대는 암릉 구간이었다. 주위에는 아무것도 보이지 않았다.

"미안합니다." 남선생이 웃으며 말했다.

나는 손으로 얼굴을 훔치며 같이 웃었다.

미안하다. 비는 계속 쏟아진다. 750봉에 다다르기 직전 나를 불안하게 했던 것. 어쩔 수 없이 나는 P에게로 다가갈 수밖에 없었다. 미안하다. 비까지 내리고 있다. 내 곁을 5년이나 서성이던 P가 미국에 들어가기로 했다고, 내일 들어간다고 하던 날 하루종일 비가 내렸다. 밤에는 특히나 폭우였다. 술집에서 나와 P가 집에 들어가겠다고 했을 때 나는 조금만 걷자고 청했다. 포도를 때리는 빗방울이 바지 아래를 다 적셔왔다. 잠시 뒤 P가 "이제 그만"이라고 발길을 멈추고 택시가 번들거리며 다가왔을 때 나는 하지 않음만도 못한 미안하다, 그 말을 바보같이 하고 있었다.

중국여행을 하기 바로 전해였다. 이국의 항구에서 본 이별 장면에 어떤 수식은 물론이고 아예 입을 다물어버리기로 한 것은 미리 내 마음에 작정되어 있던 건지도 몰랐다. 그러므로 부두에서 보았던 하얀 블라우스를 입은 아가씨가 손수건을 흔들며 떠나는 배를 향해 뒨걸음을 놓던 그 광경이, 중국여행에 대한 내 인상 전체의 밑그림이 되리라는 기대를 가졌다는 말은 잘못된 것이다. 다만, 그로부터 사람은 누구에게도, 심지어는 제 자신에게도 이야기하거나 해명하지 않으려는 장면이 있구나, 라는 사념이 자리 잡기는 했다.

입을 다물어버린다는 것, 그러므로 가슴속에서 암(癌)이 되든 꽃이 되든, 어쩌면 그런 것조차도 무관하게 수장(水葬)시킨 그림 하나씩이 사람들 가슴마다 있을 거라는 생각. 비가 얼굴을 타고 마침내 등산화에도 빗물이 스며들기 시작했다.

길은 산행로가 아닌 군데군데의 묘지로 이어졌다. 다시 어두운 송림지대가 나왔다. 천둥이 때리고 번개까지 쳤다. 몸을 한껏 낮추는 김선생의 모습이 빗발 사이로 보였다. 그러고 보니 고압선이 통과하는 철탑이 있었다. 나도 걸음을 재촉했다. 길은 미끄럽고 등산화는 절벅거렸다. 지능선 꼬리부분에 몇 채의 집이 보이고 바로 도로였다. 그러나 남선생은 국도 쪽으로 곧장 걷기만 한다. 대책 없는 트래킹에 나는 조금씩 화가 나기 시작했다. 국도에 나서니 빗발을 튀기며 달려가는 차들의 속도가 무서울 정도였다. 이대로 유천역까지 걸을 셈인가. 트럭의 화물칸에라도 오를 수 있다면.

1킬로 정도 걸었을까. 달려가던 버스가 길가에 멈추어 섰고 우리는 차례대로 뛰기 시작했다.

"대단하십니다."

빗물이 차 바닥에 흘러내리는 걸 보면서 젊은 기사가 말했다.

"세워줘서 정말 고맙습니다." 김선생이 인사했다.

유천역에 내렸을 때는 몸이 조금씩 떨려왔다. 배낭 속까지 물이 찼음에도 어디서 꺼냈는지 김선생이 마른 수건을 건네었다. 얼굴과 머리를 대충 훔치고 나니 그런대로 살 것 같았다.

"여섯 시간 산행에 한 시간 반은 폭우 속 산행이었습니다."

후줄그레한 몰골이지만 환하게 웃으며 남선생이 팩소주를 내 밀었다.

"우중 산행도 익숙해지실 겁니다."

"그런 건 익숙해지지 않는 게 좋아요."

김선생이 말을 가로챘다.

"대책이 없다는 게 무언지 알겠던데요."

나는 너털웃음으로 한기와 피로를 털었다.

열차는 5분 늦게 도착했지만 붐비지 않았다. 비 내리는 저녁 들녘은 고즈넉했다.

보스니아에 대한 꿈

잘못은 문우용이라는 친구를 찾고자 한 데서 비롯되었다. 20년이 넘도록 소식을 모르고 지낸 친구를 별스럽게 기억하다니.

스스로 헤아릴 수 없는 게 마음이라 하더라도 문우용이가 느닷없이 다가선 것에 실낱같은 끈이 없을 리는 없었다. 그게 사촌형의 죽음과 아버지의 감기라면 구름 잡는 소리일까.

어쨌거나 "또 보스니아예요?"라는 소리와 더불어 "대우(待遇) 꼭지 뗄려고 보스니아를 물고 늘어져?"라는 말까지 듣고는 그간의 내 심중을 헤아려보지 않을 수 없게 된 것만은 사실이었다.

그저께 아침이었다. 나는 아주 짤막한 보스니아 회교정부에 대한 세르비아계의 포격소식을 올리자고 했다. 잠시 침묵이 있었고(그게 어색하다고 나는 느끼지 못했다) 차길재가 "또 보스니아예요?"라고 볼멘소리를 했다.

"응, 무슨 소리?"

"부장님, 3일 동안 보스니아를 지면에 올린 건 우리뿐이라구요. 그래봐야 여섯 죽고 아홉 부상인데."

나는 뭐라고 얼른 대답할 수가 없었다. 잠깐이지만 어색한 분위기를 한차장이 나서서 풀었다. "한 가지 문제를 놓치지 않고 다루어줄 수도 있지 뭐." 회의는 그 정도로 끝났다. 조간에서 다루지 않았다는 걸 나는 안다. 하지만 AP로 들어와 있었고 나는 그걸 뽑아 올린 것이다.

차길재나 누구도 아침 일을 입에 올리지 않고 1판이 나왔고 점심과 오후가 지났다.

그리고 퇴근 무렵 어김없이 전화기를 뚫어져라 바라보고 있는데 편집부의 김시중이 다가와 "대포나 한잔" 했다. 나는 쏘아보던 전화기에서 눈을 떼고 뒤따르듯이 편집국을 나섰다.

"요즘 왜 그래?"

"무슨 소리야?"

사내(社內) 사람들이 자주 들르는 술집을 두고 다른 곳을 찾은 것도 김시중의 배려일지 몰랐다. 대포잔이 놓이자마자 김시중은 요즘 왜 그래라고 말했고, 나는 무슨 소리냐고 반문했다. 그리고 똑같이 술잔에 입을 댔다.

"대우 딱지 뗄려고 그래 보스니아를 물고 늘어져?"

"무슨 소리냐니까."

아침에 있었던 회의가 잠시 생각났지만 나는 같은 말을 되풀이할 수밖에 없었다.

"아직도 혼자 모르고 있구먼, 밑에 애들이 전부 그렇게 쑥덕거리는데도. 보스니아가 처가라는 소리 나올라. 보스니아는 무조건 올린다면서?"

김시중은 장난기 묻은 눈을 내게서 떼지 않고 말했다. 편집부장인 그는 입사동기였다. 본래부터 사람 모자라는 국제부인데다 앞에 있던 이부장이 다섯 개 지방신문이 컨소시엄 형태로 해외특파원 제도를 만드는 바람에 북경에 갔고, 내가 그 자리를 '대우'라는 딱지를 달고 메웠다. 어떻게, 김시중이나 나나 한 부서에 오래 있다 보니 승진이 다소 들쭉날쭉이었다. 하지만 몇 달이 지나면 저절로 '대우' 딱지가 떨어진다는 걸 서로 모르는 바 아니다. 그렇다면 김시중은 또 무슨 농담이란 말인가.

"그게 글쎄, 오늘 아침에 차길재가 그런 소리를 하더라고. 난 그저 한 귀퉁이에는 걸칠 수 있겠다고 여겼는데."

내가 그만큼에서 입을 다물어버리자 김시중은 술잔을 들어 반 잔 넘게 마시더니 이렇게 다그쳤다.

"왜 하필 보스니아냐 그거지. 사라예보 특파원으로 나가고 싶어?"

거기서 둘은 잠시 공허한 웃음을 터뜨렸고, 나는 조금 마음이 편안해졌다.

"이상한 일이군. 사라예보발(發) 기사가 내 눈에 크게 들어오다니, 전혀 의식도 못 했는데. 차길재 그 자식도 그렇지만 한차장은 또 뭐야. 애들한테 들은 게 있으면 귀띔이라도 할 일이지. 회교정부로부터 돈 먹었다고 소문나겠네."

마음이 편안해졌다고는 하지만, 내가 했던 말을 되새겨보니 전혀 그렇지도 않았다. 앞의 세 마디는 전혀 내 본심이 아니었다. 조간에 보스니아 소식이 없으면 서운할 정도였고 통신실에서 넘어오는 기사 중에서 사라예보나 자그레브, 베오그라드나 제네바, 그리고 유엔본부 발신을 열심히 찾지 않았던가. 조간은 석간의 자료나 척도가 되니까 새벽이나 아침에 큰 게 들어오지 않는 한 외신면은 대개 조간의 기사선택을 따른다. 그러니까 나는 조간에서 다루지도 않은 보스니아를 억지로 찾아내어 1단이나 2단으로 밀어붙였다는 소리다.

몇 년 전 여름 폭우 때 화천댐에서의 현장중계가 TV에 딱 한 번 나오고는 소식이 없자 댐이 터져 물바다가 된 게 아닌가 싶었다는 누군가의 불안처럼, 나는 보스니아가 하루라도 들어오지 않으면 회교도들이 모조리 '청소'된 게 아닌가 하는 불안감에 사로잡힐 만큼 거기에 빠져 있었던 게 사실이다.

그런 만큼 나는 김시중에게 거짓말을 늘어놓을 수밖에 없는 처지이기도 했다. 도대체 보스니아 헤르체고비나가 왜 내 마음을 사로잡았는지, 내 자신에게도 명백하게 설명할 수 없었으니까.

"20세기 말에 그것도 유럽에서 일어난 전쟁이니까 동양인의 눈에는 재미있을 법도 하지. 그러나 복잡한 양상만큼 재미가 없어. 유엔평화유지군까지 허수아비로 들앉았잖아. 유엔이 끼어든 전쟁이 화끈할 리 있어? 그리고 도대체 이애리사가 우승

한 탁구대회나 사라예보 동계올림픽 때 보스니아 헤르체고비나라는 이상한 이름을 우리가 기억이라도 했나 뭐? 그런 사라예보를 붙들고 앉았으니 이상하게 여길 만도 하지. 음……〈아빠는 출장 중〉이라는 영화가 있었잖아, 거기에도 보스니아는 없지?"

"그럴걸."

나는 비디오로 본 〈만종(晩鐘)〉이나 〈사관과 장미〉라는 유고슬라비아 영화를 들먹이지도 않았고, 따라서 옛날 체육부 시절 동계올림픽 취재차 사라예보에 갔었던 사업국의 오국장에게 그곳에 대해 물었던 말도 꺼내지 않았다. 물론 숙소와 프레스센터만 오갔다는 그에게서 신통한 사진이나 이야기도 구해 듣지 못하긴 했지만.

대신 나는 술을 두 잔 더 시켰고 김시중으로부터 빨리 빠져나가고만 싶었다.

그래서 도달한 게 문우용이었다.

물론 우용이 찾기에는 사촌형의 죽음과 아버지의 감기가 앞서 있기는 하다. 어느 날 갑자기, 라는 말을 피하기 위해서라도 두 사건의 도입은 꼭 필요할지 모른다.

사촌형이 입원했다는 소리를 들은 게 두어 달 전이고 내가 두 번째 문병을 다녀온 닷새 뒤에 형은 죽었다. 간경화였는데 병원을 찾기 전까지 본인도 까맣게 몰랐다고 한다. 부산 우리 집에서 기숙하며 대학을 다닌 데다 어지러웠던 내 고교시절을 지켜본 형이기에 마음이 더 아팠다.

형을 묻고 돌아온 날 나는 손을 가지런히 가슴에 포개고 땅속에 누워 있을 고인이 눈에 어른거려 괴로워하다 잠이 들었는데, 뜻밖에도 보스니아에 대한 꿈을 꾸었다. 내가 어느 공동묘지를 헤매고 있었고 늙은이와 아이들, 특히 검은 수건을 쓴 여자들이 엉성하기 짝이 없는 무덤가에 서 있었다. 촛불을 든 사람도 있었다. 나는 사촌형의 묘를 찾을 수 없어 누군가에게 물어보았고, 얼굴을 돌린 사람들은 모두가 외국인이었다. 나는 깜작 놀라 여기가 사라예보예요? 라고 물었고 그들은 대답 없이 무덤을 내려다보거나 땅을 파기만 했다. 분명히 낮이긴 한데 바람이 부는지 어쩐지는 알 수 없었지만, 촛불만은 선명히 빛을 발하고 있었다. 왜 형님이 여기에 묻혀 있는 걸까. 차라리 어머니면 또 모를까. 내가 특파원으로 와서 왜 여기에 있지. 그런 어수선하고 괴로운 상태에서 나는 깨어났다.

사촌형이 죽었다는 사실이 먼저 잡혀오고, 조금 지나 며칠 전에 신문에 실었던 사진이 생각났다. "보스니아 보스타르에 사는 회교소년 크리알리크(5)가 3일 세르비아군이 쏜 포탄에 맞아 중태에 빠지자 의사들이 임시병원에서 촛불을 켠 채 진찰하고 있다. 그러나 이 소년은 전력난으로 수술을 못 받고 끝내 숨졌다(보스타르 로이터연합)." 벌거벗은 어린애가 눈을 뜬 채 누워 있고 접시에 촛불 두 개가 타오르는 사진이었다.

그리고 며칠 뒤 아버지가 감기로 고생을 하셨다. 일흔을 넘긴 아버지에게 죽음은 보스니아의 어린이나 사촌형보다 훨씬 가까이 있을 것이었다. 동생들이 천식으로 고생하시는 아버지의 감기 기운에 민감했던 것도 사실이었다. 아버지가 퇴원하신 그날 나는 본가에서 저녁을 먹었다. 그리고 담배 때문에 아버지가 불편하다는 터무니없는 생각을 했다. 아버지는 식사 후 거실 소파에 앉아 계셨는데 담배가 간절했던 나는 바람도 쏘일 겸 아예 마당으로 나왔던 것이다. 아버지가 돌아가시면 어디에서나 담배를 피울 수 있겠지. 간사하기 이를 데 없는 상념을 끊기라도 하듯 나는 몇 모금 피운 담배를 구둣발로 꽤나 힘주어 비벼 껐다. 막내가 결혼한 그해 어머니가 돌아가시고 어쩌다 보니 막내가 아버지를 모시게 되었다. 남의 눈이 어떨까 했지만 집을 팔고 사는 일이 번거롭다는 아버지 말씀에다 아버지는 아파트생활을 싫어하셨다. 하지만 문제는 그게 아니다.

그 시점에서 문우용이가 끼어 온 것이다.

아버지의 입원소동이 있고 난 얼마 뒤 나는 해운대에 다녀올 일이 있었다. 사람을 만나고 돌아오는 밤길에 수영강 부근에서 컨테이너 하치장을 보았고, 그때 아, 우용이라고, 감탄사에 섞여 그의 이름이 떠올랐다. 문우용이에게서 연하장이 날아온 기억이 난 것이다. 무슨 해운이나 통운이 들어가는 회사였는데 내 머릿속에는 무조건 컨테이너로 입력되어 있었다. 연하장이 놀랍고 반가웠으면서도 "자식, 전화를 하지 않구" 어쩌구 투덜대다 막상 전화 내는 일은 놓치고 말았다. 10년은 되지 않아도 6, 7년 저쪽일 것이다. 그런데 그날 왜 문우용이가 가슴에 짊어 온 것일까. 하치장은 여러 번 지나쳤을 테고 시내에서도 컨테이너 차를 보았을 것임에도. 사촌형의 죽음과 더불어 아버지의 입원이 다가오기는 했지만 나는 고개를 저었다. 그때까지만 해도 모든 게 내 마음에서조차 불확실했다는 소리일 것이다.

우용이를 기억한 그날 밤, 솔직히 나는 조금 불안했다. 담배 때문에 아버지가 불편하다는 터무니없는 상념이 가능하듯이 앞뒤 없이 스쳐 지나가는 이름과 지명과 장면들이 있기는 마련이고, 또 그것들은 그 나름으로 쉽게 스러져버리는데 문우용이는 계속 머릿속에 남아 있었다. 아마 동기가 좋지 않다는 자인(自認)이 더 오래 그에게 붙들려 있게 했을 수도 있다. 그렇지만 조금 두툼한 입술에 묘하게 비웃는 듯한 미소가 매력적이던 아주 옛날 친구를 찾아내어 맥주나 한잔 나누고 싶은 욕구는 의외로 강하게 마음을 사로잡았다.

다음 날 오후, 텅 비고 느슨한 시간에 결국 나는 인명전화부를 어질러진 책상 위에 올려놓고 말았다. 동창회란 게 얼굴 내밀 만한 놈들만 나오는 것이니, 대학도 가지 않은 우용이를 친구들이 기억할 리 없었다. 그는 학교 다닐 때 상당히 특이한 친구였다. 영화관은 다반사였고 사창가에도 출입을 했던 애였다. 나름대로 문학과 음악에 빠져 있었고 다른 학과는 형편없었지만 영어 하나만은 썩 잘했다. 거기다 언제나 혼자였다.

같은 이름은 여섯이었다.

"전화로 죄송합니다. 예전 친구를 찾는데 ○○년도에 D고등학교를 졸업하고 그때 살던 집이 초량이었던 문우용 씨 댁이 맞습니까?"

우선 두 집에서는 당연히 여자가 받았는데 첫말이 어디냐, 왜 그러느냐였다. 헤어진 친구를 찾는다는 소리를 되풀이 듣고서야 상대방은 나이도 틀리고 학교도 틀려요라고 쏘아붙였다. 세 번째 집에서는 전화를 받지 않았고 네 번째 집에서는 아주 어린 애가 나와 통화가 되지 못했다. 다섯 번째 집 번호를 돌리면서 나는 이 일이 아주 불편하다는 생각을 했다. 도대체 내가 왜 이 짓을 하지라는, 머뭇거림도 있었지만 하던 일이라는 마음을 내세우며 스스로를 다잡았다. 할머니 목소리여서 나는 아주 차근하게 설명했다.

"고등학교는 모르겠고 나이는 맞다. 컨테이너는 모르겠는데 배는 탄다."

우용이에게 할머니가 계셨는지 그리고 그의 어머니 말씨가 어쨌는지 헤아려보았지만 얼른 가닥이 잡히지 않았다. 하지만 나이에다 선박회사가 마음을 끌었다.

"예전에 초량 사신 적이 있습니까?"

"우리 우용이한테 무슨 일이 있나? 인자는 옛날하고 다르다. 마음 잡고 살림맛도 안다."

그때서야 나는 우용이 부모님의 고향이 이북이라는 데 생각이 미쳤다.

나이만 같은 문우용이었다. 나는 차라리 홀가분해졌다.

다섯 시가 가까워질 무렵 어린애가 나왔던 집에서 여자를 만날 수 있었다. 나이부터 열 살이나 차이가 났다. 이제 남은 집은 두 집이었다. 그러나 계속 통화가 되지 않았다. 나는 두 개의 전화번호를 무슨 암호라도 되는 양 쪽지에 적어 윗주머니에 넣었다. 회사사람들과 앉았던 술집에서 화장실 가는 길에 전화통을 다시 붙잡았다. 일곱 시 삼십 분이었고 오늘 안으로 끝장을 내고 싶었다. 정말 엉뚱하게 한 집에서는 문우용이라는 사람이 여자라는 바람에 우습기보다 화부터 났다. 남은 한 집에서는 사내애가 받았다. 나는 마음을 가다듬고 차분하게 설명했다.

"그래서 혹시나 아버지가 전화 거는 아저씨의 친구가 아닌가 해서……"

상대는 그 동안 뜸하게 네, 네, 라고 하던 말도 잇지를 않았다.

"어떠냐, 맞는 거 같냐?"

나는 확인을 서둘렀다.

"……맞는 것 같은데요."

나는 반가웠다.

"그래? 들어오셨니?"

"……아니오."

"그러면 내가 전화번호를 가르쳐줄게, 집과 회사 둘 다."

전화가 온 건 다음 날 열두 시 회의에 들어갔다 온 사이였다. 한차장이 내민 쪽지에는 문우용이라는 이름과 번호가 쓰여 있었다.

반가움에 나는 전화기부터 붙잡았다.

여자가 나왔고 나는 문우용 씨를 부탁한다고 했다. 여자는 어디냐고 물었다. 나는 회사와 내 이름을 말했다. 그때까지만 해도 나는 교환이거나 직원인 줄 알았다.

"네, 전화하신 분이시군요."

여자는 잠깐 뜸을 들였다.

"저는 우용씨 처 되는 사람입니다. 어제 이름을 보고 기억을 했습니다……"

나는 갑자기 말하기가 거북해졌다. 잠시 침묵이 있었고 서울 말씨라는 엉뚱한 생각만 머리를 채웠다. 무슨 말인가를 해야 할 쪽은 나였다.

"갑자기라면 뭣하지만, 한번 만나고 싶어서, 아주 예전에 연하장을 받고 회사이름을 잊어버리고 말아 전화번호부를 찾았습니다."

"네, 그러셨군요. 그런데 어떡하죠. 사실은 이 세상 사람이 아니니……"

상대가 문우용이 처라는 사실이 확인된 직후부터 터져버릴 것같이 조심스런 통화내용에서 나는 무엇인가 눈치 채고 있었는지도 모른다.

"네, 그렇군요……"

내가 생각해도 아주 힘없는 목소리에 반발이라도 하듯 나는 다시 목소리를 높였다.

"도대체 그게 사실입니까? 언제……"

"3년 되었군요. 회사사람들과 밤낚시를 갔다가……"

여자는 잠시 숨을 놓았다가 다시 말했다.

"회사에서도 인정을 받아 미국연수도 다녀오고 부장 승진도 되고 했는데 그런 일이 생겼답니다."

여자의 목소리는 명확하고 침착했다.

"어째서 그런…… 죄송합니다. 괜한 상처를 되살리게 해서……"

"아닙니다. 두 분이 만나셨으면 좋았을 텐데…… 그렇게 되지 못했군요. 신문을 보고 한번씩 선생님 이야기를 하시곤 했어요. 고등학교 친구라고는 없는 눈치였는데 반갑게 선생님 존함을 입에 올렸어요."

"그랬군요. 학교 다닐 때 친했다면 참으로 친했었는데, 초량 옛날 집에서 잔 적도 있죠. 음악을 듣고, 내가 배웠다고 할까. 예전 집은 초량에 그대로인가요? 언덕에 있는 기와집이 운치가 있었는데."

"네, 어른들이 그 집에 그대로 사셔요. 조금 고쳐 짓기는 했지만. 큰애는 할아버지 댁에서 학교를 다닌답니다. 여고 2학년이에요."

여자는 곱상스러운 서울말씨로 친절하게 설명했다. 내 머릿속에는 고풍스럽고도 음질 좋던 전축과 원판 레코드들이 떠올랐다. 그리고 원두커피 향기와 캑캑거리며 그에게서 배우려고 애쓰던 담배도 생각났다. 그러면서도, 또 다르게 떠올릴 게 있는데, 라는 생각을 하면서 문우용이가 내 이야기를 자주 했단 말이지, 하는 불확실한 상념이 마음 한켠에 자리 잡기도 했다. 그러나 생각이 어제 저녁 전화를 받은 아이에게 미치자 나는 다시 안정을 되찾았다.

"집에 있는 애가 밑이군요. 아이에게 미안하다고 전해주세요, 당황했을 텐데."

"초등학교 때 일어난 일이라 한동안 어려웠었는데 이제는 괜찮아요. 제가 가게를 하느라 늦게 들어가곤 하니까……"

한번 침묵이 오자 그것은 커다란 틈새가 되었다.

"정말 이런 식으로 통화가 되리라고는 전혀 예상치 못했습니다……제가 혹시 도울 일이 있으면 언제든 연락 주십시오……"

"말씀 고맙습니다. 전화도 고마웠구요. 결과는 아쉽게 되었지만 옛 친구를 찾겠다는 마음은 아름다운 거잖아요. 그럼 이만……"

전화가 끊기려는 그 순간, 형언키 어려운 서운함과 안타까움이 내 가슴을 벅차게 했다.

마음에 병이 생긴 건 그때부터였다.

전화를 한 건 순전히 내 잘못이다. 기껏 친구의 죽음을 확인하기 위해 애써 찾은 꼴이 되고 말았으니. 컨테이너 하치장을 보고 문우용이를 떠올리고 찾고 싶은 충동에 시달렸을 때부터 어쩌면 나는 그 친구의 부재를 미리 상정하고 있었던 것은 아닌지.

때때로 사촌형처럼 문우용이가 증명사진 크기로 (그게 꼭 증명사진 형태로만 떠오르는데) 내 시야를 가리면서 나는 그 두 개의 증명사진 속에서 그들에 대한 내 자신의 놀라운 배신감을 찾아내야 했다.

나는 너무나 가까이 다가온 그러한 자기진단에 스스로 깜짝 놀라고 말았다. 우용이의 부재를 확인하면서 너무나 당연한 듯 받아들인다 싶은 내 말투에 반발이라도 하듯이 그의 아내에게 목소리를 높인 것이, 그의 죽음에 대한 내 진심이었을 것이다. 그러나 중요한 건 분명 사촌형이 죽은 뒤 내가 우용이를 떠올렸다는 것이다. 사촌형의 죽음이 그 죽음 자체로 슬프게 다가온 것 외에도 나는 그에게 관련된 '나'를 찾으려고 했던 게 아닐까. 은연중 나는 내 입으로 고민을 털어놓았던 그때의 두 사람이 이 세상에서 사라진 존재이기를 원망(願望)하고 있었을지도 몰랐다. 아버지의 감기 기운이 내게 죽음의 예감으로 읽힌 것과 더불어.

어이없는 일이지만, 꼼짝없이 나는 내 무의식의 올가미에 갇힌 꼴이었다.

문제는 그다음에 또 있었다.

자책감은 그대로 두고라도, 나는 또 다른 갈등에 사로잡혀야 했는데 그건 우용이 처를 만나고 싶다는 충동이었다. 남편의 죽음을 남편 친구의 마음까지 헤아려가며 차분하게 설명하던 여자. 상세한 이야기를 더 듣고 싶어서, 또는 위로의 말을 직접 해주고 싶어서? 그건 아무래도 좋았다. 상대가 수화기를 내려놓는다 싶었을 때 내 마음을 벅차게 했던 안타까움이 이제는 그녀를 만나고 싶다는 주체 못할 격랑으로 나를 사납게 휘몰고 있었다. 하지만 서울 말씨를 쓰는 우용이의 미망인과 나를 이어줄 수 있는 유일한 선(線)인 전화기는 또 다르게 내게 억제와 금기를 의미했다. 죽은 친구의 부인은 아주 조심스러운 존재이지 않은가.

보스니아는, 우용이의 죽음을 확인하고 거기에 따른 자책과 더불어 그의 처를 만나고 싶다는 욕망에 시달리는 와중에 슬며시 다가온 것이다. 아버지가 불편한 건 담배 때문이 아니었다. 보스니아 헤르체고비나는 국제부를 맡고 있는 사람으로서는 당연한 관심사이다. 쏟아져 들어오는 외신 중에서 어느 것을 무시하고 어느 것을 선택해서 비중을 어떻게 하느냐는 것은 국장단이나 데스크의 균형감각에 의존한다. 그런 가운데서도 기자도 사람인지라 개인적 관심사가 있을 수는 있다. 보스니아가 내게는 그런 경우였다. 그러나 그 이유에 대해서만은 나는 내 스스로에게조차 입을 꾹 다물고 있었다.

1차 세계대전 발발이 그랬듯이 발칸반도는 언제나 유럽의 화약고였다. 거기에다 유고슬라비아 연방공화국은 독일 점령 당시의 항쟁과 사회주의라는 이념으로 무리하게 통합된 나라였다. 티토 사후부터 조짐은 있었지만 소련 붕괴 이후, 슬로베니아가 아주 쉽고도 재빠르게 떨어져나가고 다음에는 크로아티아, 그리고 이번에는 보스니아였다. 하지만 전통적으로 독일의 영향을 받는 두 나라와는 달리 종교가 뒤섞인 보스니아는 유럽의 고립된 섬으로 온갖 추악한 방법이 다 동원된 진흙구덩이가 된 것이다. 인종청소와 관련된 집단강간, 비디오로 본 〈만종〉과 〈사관과 장미〉도 보스니아가 아닌 크로아티아 이야기였다. 그러나 내가 살고 있는 이 나라의 입장에서는 유엔 가입국 하나가 더 늘어난다는 의미밖에 없을 머나먼 땅의 추악한 전쟁이 도대체 나와 무슨 상관이란 말인가. 김시중이 놀릴 만도 하지 않은가.

"또 보스니아예요?"라는 소리가 터져 나올 만큼 내가 보스니아에 몰두해 있었다는 걸 인정한다면, 그걸 한결 편하게 설명할 수 있는 방법은 문우용이 처에 대한 접근은 내게 금기사항이지만 보스니아에는 보도통제가 없다, 겨우 그 정도일 뿐일 것이다. 하지만 그럴까. 김시중이에게 그렇게 말할 수는 없었다. 술자리를 끝내기 전에 기껏 나는 이런 이야기나 했다.

"뉴스위크에 실린 건데, 보스니아군 4군단 부사령관이라는 사람이 포위된 자기 지역에 구호식량이 투하된 뒤 이런 말을 했어. 유럽과 전 세계는 흡사 투기장의 검투사 보듯 티브이를 통해 우리를 지켜보는 것만 같다. 유럽인들 눈에 누군가가 더 이상 견디지 못하고 쓰러질 것 같아 보이면 먹을 것을 조금 줘 싸움을 계속하게 한다."

정말 내가 하고 싶었던 말은 보스니아 내전이 종교전쟁으로 보다는 동족상잔으로 내게 읽힌다는 것이었지만 나는 엉뚱한 소리나 하고 말았던 것이다.

"자네도 부서를 옮겨야 되겠구먼, 붙박이로 오래 있다 보니 싸구려 휴머니스트가 다 됐어."

김시중과 술을 마신 다음 날 아침회의에서 그저께의 어색한 분위기도 있고 해서 농담부터 던졌다.

"오늘부터 내게 사라예보발 기사는 올리지 마라. 또 실자고 고집 피울까 겁난다."

부원들은 조금씩 웃기 시작했다. 내친김에 나는 차길재에게 눈을 두었다.

"보스니아는 길재 니가 읽고 결정해라."

요즘 들어오는 애들은 국제부를 한직이라고 여기지 않는다.

그러나 정신없는 오전이 지나고 한가한 오후가 오면 전화통으로 시선이 가는 것은 어쩔 수가 없었다.

왜 사람에게는 사안에 대해 미리 짚어보거나 헤아려보는 습성이나 능력이 있는 것일까. 내가 담배 때문에 아버지가 불편하다는 생각을 하면서 동시에 아버지의 죽음을 언뜻 연상한다든지, 문우용이 생각이 났을 때 이 자식이 살아 있기나 할까 하는 그런 것처럼. 죽은 문우용이 처는 내게 부정이라는 이름으로 가두어져 있는 것이다. 친구의 미망인은 조심스러운 것이다. 그것은 금기일 수도 있다.

차길재가 웃으며 다가와 "부장님, 이건 실어야겠지요"라면서 나토의 대 세르비아 강경선회 기사를 내밀었던 오늘 퇴근 무렵 김시중을 내가 술집으로 이끌었다.

그리고는 2차 세계대전 때 독일의 후원을 받은 크로아티아의 파시스트 단체인 우스타샤가 75만에 달하는 권내의 세르비아계를 학살한 이야기를 미망인이 된 형수를 사랑하는 주인공을 통해 보여주는 〈만종〉과, 전쟁 뒤의 자그레브를 무대로 펼쳐지는 혁명과 사랑을 다룬 〈사관과 장미〉에 대해 잔뜩 지껄여댔다.

“크로아티아가 아니라 보스니아를 다룬 영화를 내가 알아봐 줘야겠군. 회사에서 누가 비디오광이지?”

김시중은 겨우 그렇게 말했다.

나는 다시 사촌형의 죽음과 친구의 소식을 전하고 꿈 이야기를 했다. 그제서야 김시중은 두 개의 연결고리를 재빨리 찾아내어 나를 이해해주는 척했다. “직업이 왜 무서운지 알어? 모두 자기 관점에서 세상을 보려 하기 때문이야. 자네도 알잖아. 국제부 애들은 우리 정치 이야기 나오면 미국은 어떤데, 독일은 어떤데 언제나 그 식이지”라는 말을 보태면서. 하지만 나는 문우용이 처와 아버지 이야기는 하지 않았다. 15장짜리에서도 한눈에 핵심 되는 제목과 부제를 찾아내는 데 귀신인 그에게 어떤 단서도 던져줄 수는 없는 일이었다.

“그러나 어떡하나? 사라예보에 종군기자로 갈 나이도 아닌데다 너무나 먼 나라이니. 길이 트였으니 몇 년 뒤 워싱턴이나 모스크바로 날아갈 생각이나 하게. 엉뚱한 생각이나 하고 앉아 있는 편집위원들에게 뺏기지나 말고, 그나저나 두 사람의 충격에서 벗어나면 보스니아도 한갓 지겨운 1단짜리 기사로만 보일 테니 너무 걱정 말어.”

김시중은 마지막에 그런 얘기를 했다.

직업이 무섭다고? 하긴 세 번째 되돌아온 것까지 계산하면 국제부에만 10년째이다. 아니 그보다, 김시중이에게 자네는 택호(宅號)가 있는가? 그렇게 물어볼걸. 헤어져 돌아오는 길에 마음이 어지러웠다.

민족사가 어떠니 분단의 비극이 어떻다는 말들이 온 세상을 뒤덮을 때, 나는 눈을 감고 입을 닫고 가슴도 걸어잠근 채 지내지 않았던가. 보스니아에도 민족사나 이데올로기, 그리고 사랑이나 가문(家門)이란 말은 존재할 것이다.

고등학교 국어시간에 '택호'라는 낱말이 나왔다. 교과담임은 어른들을 칭하는 명칭으로 우리나라에만 있는 독특한 관습이라며 부모님의 택호 정도는 알아두어야 한다고 했다. 그러고 보니 집안사람들이 모이면 어머니를 '산내 아지매'라고, 아버지를 '산내 아저씨'라고 부르던 기억이 났다. 하지만 이상한 건 어머니의 고향이 '산내'라는 이름과 전혀 관계가 없다는 사실이었다. 외가는 지리산이 지척인 함양군 휴천면 호산리였다. 상상력과 호기심이 강한 나이였을까, 사진첩 한구석에 외롭게 꽂혀 있던 사진이 떠올랐다. 아버지와 어느 여인이 나란히 찍은 사진과 그 여인의 자그마한 독사진, 단 두 장만이 한 바닥에 꽂혀 있었다.

그리고 그해 여름방학, 면소재지인 고향의 바로 옆 마을 중에 '산내'라는 곳이 있다는 사실을 나는 알았다. 사진을 다시 한번 몰래 보았을 때 이상한 끌림이 있었다. 그전에는 예사로,

뒤에는 차마 두려워서 사진에 대해 누구에게도 물어볼 수 없었다. 언젠가 외갓집 친척 한 분이 "아무리 앞사람 택호를 따르는 게 법도라 해도 불편하건마는, 무슨 고집이던고, 도대체" 라던 말이 떠오르고, 나는 사촌형을 붙들고 늘어졌다. 대학생다운 정직성이었는지 형은 입을 열었다. 육이오 때 내 생모가 죽었다는 내용에 비해 나를 걱정하는 뒷말이 더 길었다. "세상에는 알고 그대로 넘어갈 일이 있고, 밝혀내고 고쳐야 할 일도 있다. 너 경우에 백번 앞쪽이다." 우용이에게, 굉장히 비감하고 과장되게 내 출생의 비밀과 생모의 죽음을 이야기한 뒤로, 대체적으로 나는 사촌형의 말을 따랐다고 할 수 있다. 아버지는 물론 어느 집안어른들에게도 파고들지 않았다. 나는 그저 어머니가 일찍 돌아가시고 새로 맞은 어머니 품에서 자란 아이였다. 아버지가 굳이 그런 기억을 내게 환기시킬 필요성을 느끼지 못하리만큼 나는 핏덩이였다.

그런데 50이 다 되어가는 나이에 보스니아에 매달려 속을 썩이다니. 버스정류소로 한 구역 정도가 남았음에도 나는 택시를 내리고 말았다. 도대체 과거는 얼마나 끈질긴 망령인가. 살아 있는 문우용이를 지금 만난다 해도 먹고사는 평범한 이야기 이상을 나누지는 않을 것이 아닌가. 인간은 자신을 말갛게 씻어내어 무얼 하자는 건가.

아버지가 다시 감기 기운으로 입원한 다음 날 나는 마침내 쏘아만 보던 수화기를 들고 말았다. 아버지 생전에 해야 할 일이었다.

문우용이 처와는 바로 그 자리에서 약속이 이루어졌다.

"저도 이야기 듣고 싶은 구석이 많아요. 그이의 고교시절은 언제나 공백이었으니까요."

구석이라는 말이 조금 여운을 주었지만 나는 이내 시간과 장소를 정하는 데 몰두했다. 그게 이루어지자 이번에는 하찮은 걸림돌이 생겼다. 사람을 어떻게 알아보느냐는 문제였다. 문우용이 처가 말했다.

"제가 모자를 쓰고 있으니까, 도움이 될 수 있겠죠."

전화를 끊고 나는 매우 실망했다. 모자를 쓰는 여자라니, 그것도 40이 지나. 나는 모자 쓴 여자를 아주 싫어했다.

수월하게 여자를 찾은 만큼이나 여자는 매력적이지 못했다. 그만한 키와 얼굴에 교양도 있었지만 모든 게 모자 때문이었다.

나는 문우용이 처에게 망인(亡人)과 나의 묘한 외로움 속의 고교시절을 이야기해주었다. 몇 차례이고 "왜 그때는 그럴 나이 아닙니까"라는 단서를 달면서. 여자는 유달리 힘들게 고등학교 시절을 헤쳐 나온, 이제는 이 세상 사람이 아닌 남편과 그 친구를 충분히 이해한다는 표정으로 고개를 끄덕였다.

나는 그녀에게서 밤낚시 가던 토요일 오후의 아주 맑았던 날씨 이야기까지 들었다.

"그날의 날씨를 머릿속에 떠올리면, 세상에 믿기는 일이라고는 정말이지 하나도 없다 싶어요. 오디오를 턴우드로 바꾼 지 두 달도 못 되었어요."

여자는 백화점에서 가게를 열고 있었다.

헤어질 때 나는 붉은 체크무늬가 얌전하게 가라앉은 회색 모자를 한동안 바라보았다.

병원에 들르지 않고 귀가한 그날 새벽에 전화벨이 울렸을 때, 나는 모든 사태를 알 수 있었다. 무엇보다 먼저 사진으로밖에 모르는 어머니가 떠올랐고, 사촌형과 문우용이가 뒤따랐다. 그리고는 어젯밤에 만났던 문우용이 처의 모자도 언뜻 생각났다. 그러나 담배 때문에 아버지가 불편하다는 따위는 생각나지 않았다.

아내를 태운 차 속에서, 새벽길을 아주 빠르게 달려가는 그 짧은 순간, 왜 사촌형의 죽음 다음에 연하장을 받고도 전화번호 찾기가 귀찮다는 이유로 팽개친 문우용에게 생각이 미쳤는지 스스로에게 설명할 수가 있었다. 그리고 보스니아는, 내가 또 다르게 만난 혹한의 겨울이었다. 거기서 나는 애초에 나를 싸안았던 피투성이의 외투를 다시 찾아 입은 것이다.

문상객들은 장례기간 동안 무슨 이야기를 할까. 망인에 대해 상주에 대해 아는 만큼 이야기할 것이다. 어떤 이야기에도 비밀스럽고 은밀스러운 부분은 있는 것이다. 내 출생에 대한 환기를 두려워할 나이도 아니었지만, 무엇보다 아버지와 관련된 기억은 이번 자리에서 당신과 같이 묻힐 게 확실했다.

죽은 사촌형과 문우용이가 아니더라도 아버지와 나를 아는 집안어른들이 어떤 화제를 은밀하게 나눌 거라는 걸 나는 읽어낼 수 있었다.

—아무리 인연이고 업이라 캐도 우리 산내양반 마음고생이 많았다. 그리도 좋아하던 양순이를 구천서는 다시 보겠제.

—젊어서 같이 좋아했던 친구부인을 그렇게 거둘 수도 있는 일이지. 우리 산내양반이 그 나이 되도록 와 장가가기를 마다 했는데. 그라고 양순인들 혼인한 지 사흘 만에 징용 간 사람한테 무슨 정이 있을 거며 자식이 있었나 뭐가 있어 그 집 귀신 되기를 원했겠노. 빨갱이 되어 불지르고 사람 죽인 그놈이 몹쓸 놈이지. 그래도 한때는 지 형수 아니던가.

—그놈이 해방되고 한동안 얼마나 설쳐댔노, 학교 다닐 때부터 빨간 물이 들었더라면서.

—징용 가서 죽은 것도 억울한데 산내 아저씨가 지 형수까지 데려갔으니 저쪽 사람들이 갈고리를 가슴에 품은 기라. 해방되고 좌우익이 흉흉할 때부터 우리 집안 쑥밭 된다고 야단이 안 났더나. 한동안 산내 아저씨가 집안에서 원망도 많이 들었다.

—여러 소리 할 거 없다. 다 지 가슴에 묻어두고 끝낼 일이지.

김시중과 차길재는 장지까지 왔다. 나는 그들에게 한동안 나와 관련된 보스니아에 대해 명확하게 설명할 수 있을까? 그렇지는 못할 것이다. 나는 스스로에게조차 내 과거와 관련된 부분들을 얼마나 지연시켜왔는가.

나는 또다시 보스니아에 대한 꿈을 꿀 수는 있을 것이다. 사라예보의 공동묘지에서나 어느 이름 없는 구릉의 묘지를 헤매면서 어머니를 찾을지도 모른다. 인생은 너무나 불가사의하고 거기에 시달린 마음을 실어 나르는 꿈은 더욱 비의(秘意)로운 것이니까.

그때도 그런 생각은

한 적이 없어

지금 나는 운전을 하고 있다. 뭐 바쁠 것도 없고 딱히 가야 할 목적지가 있는 것도 아니다. 그러다 보니 이런저런 생각을 하게 된다. 그건 요즘의 내 버릇이기도 하다. 사실, 근래의 내 형편에 몰입하지만 않는다면 이런 드라이브도 그런대로 견딜 만하다. 지금의 내 처지를 잠시라도 잊기 위해 돌아다니는 것이고 그러다 보니 이런저런 지난 일들을 반추해보게 된다는 것이다. 지금 내가 해보려는 이야기도 딱히 긴요한 일이 있어서 떠났던 여행은 아니었다. 그 대신 상당히 기대되고 충만했던 시작이었던 것만은 틀림이 없었다.

그날이 처음부터 내게 화사함과 강렬함으로 기억에 남아 있는 건 그의 옷, 어쩌면 타이 때문이었던 것 같다. 봄이긴 해도 쌀쌀맞은 바람이 한번씩 겨울이 다 가지 않았다는 위세를 보이는 4월 초여서 옷 입기가 까다로울 무렵이었다. 터미널 안에서라고만 약속을 했기에 나는 이리저리 헤매 찾아야 하지 않을까 걱정을 했었는데 그는 너무나 쉽게 눈에 띄었다. 화사한 미색 양복에 깔끔한 와이셔츠, 무엇보다 꽃무늬를 점잖게 엇섞은 넥타이가 내 눈을 확 끌어당겼다. 반갑기도 하려니와 그의 산뜻함이 어쨌든 좋아서 나는 소리를 내질렀다. "어이구, 훤합니다." 그는 특유의 흥흥거림이 섞인 목소리로 "응, 응, 날씨가 좋잖아"라고 응답했다.

화기 도는 밝은 얼굴에다 산뜻하게 차려입은 옷으로 그는 많은 시간들을 건너뛴 느낌이었다. 시간을 건너뛰는 게 그날 우리가 만난 목적이기도 했으니까 내가 이런 말을 하는 것이다.

그야말로 진짜 과거를 훌쩍 건너 뛴 사람이었다. 그가 아침 8시에 불쑥 "오늘 유동가자."라고 전화했을 때 내가 바로 "그럽시다."라고 한 것도 그 때문이었다. 그래서 "내가 따라가야 빛이 더 나겠지요."라는 말이 절로 나오고 그도 "흐흥 그렇지."라고 받아넘겼다. 버들실이라고도 불리는 유동(柳洞)은 20년 전에 우리가 같이 지낸 마을이었다.

버스가 낙동강을 지나 산과 들이 가까운 육안으로 잡혀 왔을 때 그는 대뜸 계절에 대한 찬사부터 늘어놓았다.

"봐라, 이선생. 얼마나 좋은 날이고, 개나리는 아직 남아 있제, 철쭉은 만개했제, 벚꽃도 흐드러지제. 너무 좋잖아, 나는 이즈음이 되면 그냥 가슴이 콩당콩당한다. 오늘 아침에도 목욕탕 가는 길에 떠오르는 햇빛에 하늘대는 벚꽃이 너무 좋아서 그냥 전화 안 했나. 종종걸음쳤제?"

벚꽃이 요즘 너무 흔하다는 말을 덧붙인 것도 같다. 말을 하면서도 그의 시선은 차창에 머물러 있었다. 차창 밖에는 무엇이 있는가. 그건 보는 사람만이 알 수 있는 일이다. 내 말은 결국, 보는 사람에 따라 다를 것이다라는 말이지만 그를 생각하면 앞의 표현을 꼭 쓰고 싶어진다. 기억에 따라 사람에 따라 같은 말이라도 표현을 다르게 하고 싶은, 내 능력으로는 설명할 수 없는 그 뭔가가 있는 모양이다.

요즘 드라이브를 자주 다닌다는 말이 먼저였는지 대구에 놀러 갔던 지난 일을 먼저 꺼냈는지는 불확실하다. 중요하고 아니고가 문제가 아니라 기억이 흐트러졌다는 게 나로서는 못마땅하다. 앞으로 되살릴 20여 년 전의 아주 하찮은 기억에 어째 신빙성이 있겠느냐고 물을지 그런 것도 내게는 걱정되지 않는다. 이즈음의 내가 아주 형편없이 망가져 있다는 바로 그 사실이 싫을 뿐이다. 사업에 실패한데다 이혼까지 겹쳤으니 그야말로 최악이다. 하지만 요즘의 내 형편을 떠올리기는 싫다. 그럴 것 같으면 차라리 방향을 바꾸어 고속도로에나 올라 정신없이 밟아버리는 게 더 나을 것이다.

하고 싶은 이야기는 그에 관한 것이다. 이즈음 내가 여기저기를 쏘다닌다는 면에서 그가 드라이브 이야기를 먼저 화제로 삼았다고 해도 되겠다.

"이선생, 구 만덕터널 들어가기 직전 오른쪽으로 난 샛길 가봤나? 그 길, 기가 차게 좋다. 아는 사람은 아는데 드라이브하기에는 아주 호젓하고 풍광도 그만이야." 뭐 그런 식이었다. 하긴 내가 그를 다시 만난 게 등산길에서였기 때문에 그가 등산이나 산책을 즐겨한다는 건 알았지만 굳이 드라이브라는 말을 덧붙이는 건 의외였다. 그는 운전을 배우지 않았다고 했기 때문이다.

"응, 응, 내가 필요할 때 차 태워 주는 사람들이 있어. 집사람이 절대 운전을 못하게 하니까."

왜냐고 내가 물었을 수도 있다. 그렇고 그런 대답을 그도 했을 것이다. 교통사고만큼 어이없는 일이 또 있겠는가. 조금만 서둘지 않았다면, 어떡하든 술을 마시지 않았다면, 왜 하필 그때 추월선을 택했단 말인가. 그런 건 끝이 없으니까 이쯤 해두자. 지금 운전대도 잡고 있으니까. 부인도 운전을 하지 않고 승용차도 없으면서 부산 근교의 잘 알려지지 않은 한적한 길을 많이 다녔다는 것은 그가 교회의 성가지도를 맡고 있다는 사실을 밝혀야만 설명될 수 있을지도 모르겠다. 내가 아는 한 그는 종교를 갖고 있지 않았다. 오히려 그런 쪽과는 어울리지 않는 사람이었다. 하지만 나는 어떤 꼬투리를 달거나 추가질문도 하지 않았다. 20년이면 얼마나 긴 세월인가. 많은 일들이, 심지어는 어떤 일들도 일어날 수 있는 시간이 아닌가.

그가 "내 목소리 요즘 참 좋다, 예전 목소리야 아니지만 내 나이에 만족할 정도다."라는 말을 한 건 그때였다. 그 말을 들었을 때 나는 기분이 조금 묘하기는 했지만 그게 무엇 때문인지를 헤아려보지는 않았다. 아마 성가지도라는 말에 더 신경이 쓰였는지도 모르겠다. 사람이 살다 보면 종교를 가질 수도 있을 테고 음악과를 나왔기에 합창지도는 당연할 수 있는 일이었다. 하지만 그 순간 내가 받은 인상으로서 그의 활력이 교회 때문인가 싶어 조금 맥이 빠졌던 건 사실이다. 종교를 갖지 않은 나로서 그의 회복이 그냥이었으면 하는 바람을 갖는 걸 굳이 편견이라고 지적하지 않았으면 좋겠다. 종교 때문에 한 인간이 절망을 딛고 일어선 이야기라면 내가 나서서 굳이 할 필요는 없을 테니까.

승용차 얘기 끝에 나는 그에게 아이가 있고 그 딸아이의 나이를 알 수 있었다.

"6학년이 된 지금은 이해하는데 말이지. 몇 년 전만 해도 차가 없다는 걸 어떻게 서운해하던지, 제 엄마가 이해시키느라 애를 먹었다, 흐—응, 애들이 그렇잖아. 자가용이 없으면 기가 죽어버리는."

귀엽겠네요. 나는 그쯤 해두었다. 농담이라도 한마디 던져 그를 놀려먹을 수도 있었는데 말이다. 그랬기 때문인지 오히려 그는 더 자세히 설명했다. 아내가 마흔넷에 어렵게 낳았다는 것, 처음엔 쑥스러웠지만 지금은 아무렇지도 않을 정도가 아니라 아주 잘한 결심으로 여긴다는 것. "사는 재미의 전부는 아니지만 보는 거로도 그냥 좋다는 거 있지, 그대루야." 그래서 나는 그에게서 풍겨나는 화사함을 다시 한번 상기했다.

유동에서 내가 먼저 떠난 뒤 우리가 재회한 것은 지난해 가을이었다. 일요일이라 사람들이 무척 많았다. 마을버스를 타기 위해 줄 서 있는 사람들 속에서 그가 걸어나왔다. "이선생 맞제?" 나도 무척 반가웠다. 그는 약간 어색하게 내 어깨에 팔을 둘렀으며 나는 몇 번이고 그의 잡은 손을 흔들었다. 내 일행들 승용차에 자리가 하나 비어 우리는 같이 온천장으로 내려왔다. 그때 주고받은 전화번호로 우리는 몇 차례 통화를 했다. 그때마다 유동 이야기가 나오다 오늘 이렇게 날짜가 잡힌 것이다. 차창 밖을 보며 그가 말했다. "저 봐라, 저 산 중턱에 발가무레하게 무더기로 띠 두른 게 보이제. 진달래가 이제 거의 다 피었어. 야생화도 지금이 제일 귀하게 필 때라 나는 산에 가면 무심코 밟을까 봐 무척 조심조심한다."

자연에 대한 그의 감명은 유별났다. 하지만 나는 과장 섞인 그의 탄성이 싫지가 않았다. 남들이 예사롭게 넘겨버리는 사소한 것에서 의미를 찾아내고 과장 섞인 느낌을 드러내는 버릇이 그에게는 있었다. 사근대는 말투까지 예전 그대로여서 그간의 격조함과 서먹함을 일순에 떨어버리는 것 같았다.

버스가 마산을 지나 구마고속도로 인터체인지를 지날 때 그가 "왜, 이선생. 같이 대구 간 적 있제? 기억나나"라고 말꼬리를 돌렸다. 내가 "그럼요, 그럼요." 두 번이나 강조한 그대로 그 여행은 그 옛날부터 우리들에게 커다란 추억거리였다.

최종 도착지를 대구로 정해놓았을 뿐 볼일이 있어서는 아니므로 우리는 이번 차로는 다음 읍까지, 또 다음 시간의 차로는 적당한 거리의 다음 읍까지 그렇게 쉬엄쉬엄 술을 마시면서 갔다. 그에게 술을 마시고 제일 고통스러운 일은 차를 탔을 때 마려운 오줌을 참는 일이었기에 그런 식의 방법에 동의하기도 했지만, 일도 없는 사람들이 술도 마시지 않고 곧장 간다는 건 그의 말대로 바보 같은 짓이라고 생각했기 때문이었다.

그와 같이 지내는 동안 알코올중독이라는 말을 내가 떠올린 적은 한번도 없었던 것 같다. 그저 심심한 시골교사 생활에, 그리고 술밖에 더 낙이 없는 사람이라는 정도까지는 갔어도 그 이상은 아니었다. 미국 영화에서 나도 본 적이 있는 호주머니에 넣고 다니는 술통을 마련하고 싶다는 이야기를 한 것도 그때였다. 실제 두어 번 가본 미국에서는 뒷주머니에 찔러넣었을 때 엉덩이 쪽으로 안이 패인 술통을 보고는 그를 떠올리기도 했었다.

우리는 잉어가 많이 나는 곳에서는 매운탕으로 근사하게 한잔했고 5일장이 열리는 마을에서도 마셨다. 깡통맥주를 쉼없이 차중에서 마심은 물론이었다. 옆에 앉은 아가씨에게 그는 즐거운 수작도 부렸다. 그런 회상에 빠져 내가 몇 마디 즐거움에 쌓인 말을 주워삼키는 동안 나는 이상함을 느꼈다. 그는 말을 꺼내놓고 잠자코 있는 것이 아닌가. 그 바람에 나만 말이 많아졌던 것이다. 반드시 대화를 계속 나눌 필요도 없었기에 나도 차창을 보거나 운전수가 앉은 정면을 보았다. 그렇지만 좀이 쑤셔 왔다. 왜 그는 대구로 나가서 하루 자던 일에 대해 입을 다문 것일까.

생각을 꿰맞춰보면 그날 여행의 하이라이트는 아무래도 여관방에서였다. 토요일 4교시를 마치자마자 버스를 주워타기는 했지만 대구에 왔을 때는 이미 늦은 밤이었다. 초겨울이었다. 우리는 그래도 동성로까지 나가 '하이마트'라는 음악감상실을 찾는다고 헤매었고 또 술을 마셨다. 문 닫을 시간이 다 된 음악실에서 그는 〈비창〉의 마지막 악장을 일어선 채 손으로 지휘했으며 슈베르트의 〈겨울나그네〉를 누구 노래로 꼭 들어야 한다고 주인에게 떼를 썼다. 그는 음악을 들으면서 울었다. 그러다 여관방에 와서는 전혀 다른 얼굴로 억지를 부렸다. 여자와 같이 자겠다는 것이었다. 이상하게 들리겠지만 출발 전에 경비를 얼마씩 같이 내고 그 돈을 내가 맡아 있었기에 그가 그런 말을 한 것이다. 바가지는 아니더라도 잉어매운탕은 과욕이었고 대구시내에서의 술값도 비싼 편이었다. 거기다 여관방을 두 개 잡는 일은 계획에 아주 없었다. 술이나 밤새 마시자는 내 말을 아주 슬픈 표정을 지으며 고개까지 흔드는 그를 보고는 형편이 안 된다고 나는 말할 수 없었다. 이마로 흘러내린 앞머리나 한 번씩 쓸어 넘기면서 미안하다, 이선생, 그렇게도 모르겠나. 그런 말만 침묵 끝에 두어 번 할 뿐이었다. 그는 정말 간곡했고 절실했다. 결국 나는 얼마 되지도 않는 내 비상금을 털어 방을 하나 더 잡았다. 혐오. 그렇다. 나는 바로 그 기분에 사로잡혔다. 그동안 같이 지내면서 적당히 이해하고 넘어간 갖가지 일화들이 비굴한 모습으로 그를 덧칠하기도 했다. 그렇지만 다음 날 그는 미안했다고 하고는 변함없는 그 자신으로 돌아갔기에 내가 가졌던 감정은 한순간에 불과했을지도 몰랐다.

그래서 나는 그의 침묵을 이해했다. 그는 지금 행복한 생활을 하고 있을뿐더러 특히 마음먹고 예전의 그곳을 찾아가고 있지 않는가. 그러므로 대구여행의 끝자락에 매달린다는 건 그로서는 못할 일일 것이다. 그건 솔직하지 않다는 것하고는 다른 문제일 수도 있다. 치욕까지 까발리어 솔직해진들 그게 행복을 보장하지 못한다면 무슨 소용이 있겠는가. 기억이라는 것도 우리가 살아가면서 끊임없이 알게 모르게 정리되고 남은 그 무엇일 것이다.

나는 스스로 도달한 생각에 차의 속도를 약간 늦춘다. 지금 내게 필요한 말을 내가 떠올렸다는 생각 때문이다. 그에 대해 이야기하면서도 진정 내 자신에게 필요한 것은 사무치는 원한과 삭이지 못하는 배신감, 그리고 내 자신에 대한 회한을 정리하는 일이다. 이건 내가 원하는 바가 아니다. 나는 끝내 브레이크를 밟고 만다. 멈추고 보니 봄바람이 제법 더울 정도다. 산자락들이 내 눈앞에 정지되어 있다. 나는 산을 본다. 하지만 가만히 머물러 있다는 건 참을 수 없는 일이다. 갖은 잡념이 악머구리처럼 내 머리를 파고들기 때문이다. 산이 내 앞으로 무너져내릴 것 같은 절망감만이 가득할 뿐이다. 나는 시동을 다시 건다. 어쨌거나 그는 대구에서의 그 일을 회상하고 싶지 않은 거라고 나는 생각했고, 또한 이해하기도 했다. 사실 예전의 그를 잘 아는 나로서는 되찾은 그의 행복을 당연히 축복해 주어야 할 입장이었다.

그의 변신을 기뻐할 사람이 또 하나 있었다. 홍택기다. 차중에서 우리는 어느 대목부턴가 홍에 대해 이야기하기 시작했다. 그는 홍선생과 진작부터 연락을 하고 있었다. "진주 나가 사는데 형편도 괜찮아. 다행이지." 홍선생은 우리 둘이 부임하기 전부터 있었으면서도 내가 먼저 떠나고 안선생이 떠난 뒤에도, 지금도 그 학교에 남아 있는 세 사람 중의 하나였다. 우리는 기실 그를 만나러 가는 길이었다.

"아침에 전화했더니 깜짝 놀라더라. 이선생하고 간다니까 잘됐다고 좋은 일이라고 전화를 놓을 줄을 모르는 거 있제."

왜 그런 사람이 있지 않는가. 주어진 일을 빈틈없이 하면서 주위와 잘 어울리고, 싫은 소리를 할 때도 감정을 내세우지 않고 차근하게 따져 듣는 사람도 전혀 불쾌하지 않도록 하는 사람. 홍선생은 군(郡)은 다르지만 인근 출신이었고 친화력이 꼭 필요한 면단위에서 학부형들에게서도 평판이 좋았다. 그리고 무엇보다 우리 같은 뜨내기들에게 살림을 하는 그는 크고 작은 도움을 주었다. 외동에 일찍 부모를 여읜 그는 제사가 많았는데 그건 나나 안선생을 즐겁게 하는 일이었다. 객지에서 이른 아침 시원한 탕국에다 음복주 한 잔과 같이 먹는 제삿밥이 별미라는 건 먹어본 사람은 알 것이다.

"홍택기 연애사건 아나, 이선생 뜨고 나서인가?"

"그건 처음 듣는 소리인데요?"

새로 부임해 온 여선생과 장난같이 시작된 게 아주 열렬해서 주위에서 오히려 혼이 났다는 것이었다. "훈이 엄마를 내가 달래느라 5년 동안 먹은 제삿밥 신세 다 갚았다. 그래도 홍택기가 좋은 게 그 여선생 손을 처음에 어떻게 잡고, 키스는 어디서 했다는 걸 내한테는 다 털어놓았다는 거지. 술도가 사장 오토바이 빌려 타고 둘이서 강가로 어디로 나가다 나를 보면 같이 가자고도 말하고, 좋았던 시절이다 참."

좋았던 시절! 수업을 마치고는 아이들과 어울려 반 대항 축구시합을 하고 땀에 젖은 몸을 학교 뒤편 우물에서 키득거리며 발가벗고 몸을 씻던, 그리고 숙직실에서 누가 숙직인지도 모르게 새벽까지 화투 치고 술 마시고. 처녀 선생의 얇은 옷에 물을 끼얹어 가슴이 보이게 하던 여름의 천렵이며, 우체국 교환아가씨와의 밤늦은 시간의 은밀한 통화. 결코 누구에게도 털어놓은 적이 없는 서무과장이 시집갈 나이가 된 자기 딸 이야기를 넌지시 꺼내던 일. 정말 재미나던 시절이었다.

그런데 그도 그 시절이 좋았다고 말한다. 그는 자격증 문제로 마산 시내의 고등학교에서 읍으로, 그리고는 면단위 중학교까지 쫓겨 온 마흔이 넘은 노총각이었다. 생생하게 기억나는 것 중의 하나가 서무실의 강주사가 "이선생 니, 안현도하고 너무 어울리지 마라이. 그는 다 간 인생이다. 길게 어울리다간니 신세 조진다"라고 하던 말이다. 안선생은 어렵게 초급대학을 나와 실기교사 자격증으로 교편을 잡은 사람이었다. 월급도 대부분 동생들과 부모를 위해 송금하는 형편이었고 주말이 되어도 집에 내려가는 법이 없었다.

나도 처음 여러 선생님들과 인사를 나누었을 때 그가 시골구석에 처박힌 인생 다 보낸 교사라는 것 정도는 읽어낼 수 있었다. 교감과 같은 연배였지만 그곳에서 살림을 하는 젊은 교사들보다도 대우를 받지 못하고 있었다. 후줄그레한 용모는 물론이고 작은 눈을 힘없이 굴리면서 누구에게나 다정하게 빌붙는 모습하며, 어떨 적에는 어디 공짜술이 나올 곳이나 기웃거리는 사람으로 보이기도 했다. 화투를 쳐도 언제나 구경꾼이었기에 강주사가 해야 할 전화 받고 음식 시키는 일도 그가 도맡아 했다. 그에게 만만한 사람은 나같이 새로 부임하는 총각선생들뿐이었다. 하지만 나는 곧 그에게 익숙해졌다. 단둘이 술을 마실 때면 자기는 실패한 성악가이며 아이들에게는 미안하지만 실패한 교사라고 눈물을 흘리며 토로하곤 했다. 연민과 호기심, 그런 게 그에 대한 내 감정이었다. 그러므로 나는 계산하지 않고 그와 어울렸고 신실해서 내가 좋다고 그는 말했다.

그에게 익숙해졌다는 건 내 입장보다도 그에게 그나마 매력이 있었다는 소리일 수도 있다. 그게 동정과 호기심을 전제로 한 것일지라도. 사람을 따져 대할 줄도 몰랐으며 굳이 그렇게 하면서 보내야 할 곳도 아니었다. 인생이라는 의미도 그랬지만 거기에다 실패라는 말까지 얹은 그 말의 의미조차 내가 몰랐을 무렵이었다. 그러므로 그가 유동으로 가는 버스 안에서 '좋았던 때'라고 말한 건 그 시절의 그를 아는 나로서는 다 지나간 추억이니까, 또는 그로서는 최선이었을 테니까 정도로밖에 이해되지가 않았다. 뒤에 들어 알았지만 내가 떠난 뒤에 그의 입지는 더욱 좁아졌던 모양인데도. 하지만 아무려면 어떻겠는가. 희망 없는 늙은 독신 교사가 자기보다 아래인 동료의 연애사건을 기분 좋게 해석한다는 것만도 좋은 일이 아닌가. 더구나 그는 지금 음악학원으로 기틀을 잡았고 결혼도 하지 않았는가. 결국은 추억이니까 그런 말을 하는 거라고 이해하면 될 일이었다.

유동은 그대로였다. 다만 학교 앞으로 말끔한 외곽도로가 하나 나 있었고 파출소를 새로 신축했다는 것, 그리고 뒤에 알았지만 장터가 시멘트를 엉성하게 바른 공동주차장이 되었다는 것뿐이었다. 학교는 꼭 그대로였다. 숙직실에 담을 두른 것뿐이었다. 나는 그런 걸 20년 만의 첫걸음이면서도 한눈에 알 수 있었다. 그만큼 단조로운 곳이었다. 그런 만큼 우리들이 공유한 기억을 그런대로 되살릴 수 있었던 것인지도 모르겠다.

우리가 도착했을 때는 한 시 정도였다. 운동장에는 승용차가 두 대 서 있었다. 교무실에서 젊은 교사가 나와 교감선생님이 안에 계신다고 했다. 홍선생은 보이지 않았다. 우리가 교무실 뒤편의 접견실로 들어서자 교감선생님이 예전 직함에 어울리는 모습 그대로 자리에서 일어났다. "두 분이 온다는 소리를 듣고 내가 퇴근을 할 수가 있나."

그때 뒤따라 들어온 젊은 교사가 요즘 교감선생님이 몸이 편찮다고 나섰다. 그냥 감기인데 나이 덕인지 잘 안 떨어진다고 교감이 말했다. 그리고 홍선생은 마을 어른의 장례식에 갔는데 곧 올 거라고 덧붙였다. "그래, 이선생, 아니 이사장은 사업은 잘돼요? 10년도 더 됐나, 도서기금을 보내줘서 우리가 고마워했지. 장서가 군에서 일등이 되어버렸지." 교감 선생이 내게 말했다. "네에. 그때가 언제라고 그 이야길 하십니까. 허허." 나는 쑥스러웠다. "으응, 그랬나요? 내겐 입도 벙긋하지 않다니." "그럴 사람이지. 감사장 준다고 아무리 불러도 안 와서 우편으로 보냈다니까." 교감선생과 안선생이 내 이야기를 주고받는 사이에 복도를 지나오는 발걸음 소리가 들렸다.

"야, 왔는가베. 이사장 얼굴 한번 보자. 우리 형님 얼굴도."

나는 홍선생의 목소리를 기억했다.

"그래, 그래, 택기야. 니거 형님 왔다."

"야, 나는 형님보다 이사장이 더 반갑다."

"그렇지 사장은 부자니까."

강주사가 뒤이어 들어섰다. 그의 손에는 상가에서 받아 오는 음식물이 든 비닐봉지가 들려 있었다.

"퉁구가, 형님이다."

안선생이 강주사의 손을 잡았다. 튕기고 삐딱한 말버릇으로 붙여진 별호였다. 그들은 이구동성으로 안선생의 화사한 활기를 화제로 삼았다. 야, 세월이 거꾸로 가나 40대 초반으로 보인다. 결혼하고 원장 됐다더니 신수가 훤해졌네. 뒤엣말은 강주사 소리였는데 교감까지 정말 부럽다고 거들었다. 어수선하고 반가운 인사가 그만할 때쯤 강주사가 탁자 위에 올려놓은 비닐봉지의 내용물을 꺼냈다. "이거 뭐 할 끼고. 버리지 안할라몬 먹어야지." 도시락과 담배. 소주와 박카스 같은 게 들어 있었다. 술이 빠르게 한 순배 돌았다. 교감은 아무것도 입에 대지 않았다.

"가만있어 봐라. 교감선생님 집에 가셔야 한다." 얼마 뒤 홍선생이 나섰다. 그는 젊은 선생에게 교감선생님을 집까지 모셔드리고 어느 음식점으로 오라고 말했다. 운동장까지 같이 나와 교감을 배웅하고 우리는 다시금 떠들썩하게 반가움을 휜소리까지 섞어 토로했다. 강주사가 멀거니 서 있는 걸 본 홍선생이 "강주사, 정리하고 행촌집으로 전화 돌리고 나오소. 같이 가야지"라고 했다. 정리할 거는 뭐 있나. 전화만 돌리면 되지, 라면서 강 주사는 바쁘게 교무실로 다시 들어갔다.

〈행촌집〉은 이웃 면으로 가는 강가에 있었다.

"전에 왔는데도 모를 끼라. 외딴집이 두어 채 있었제, 둑 쌓고 도로 나는 바람에 명승지가 됐다."

나이에 관계없이 말을 놓아 하는 홍선생의 버릇은 여전했다.

"참 실제로 우리 성님을 아까 보고 내가 깜작 놀랐다. 회춘이 아니라 성하의 계절, 요새가 봄이기는 하지만 나이가 있으니 봄은 무리고 한여름, 딱 그대로라, 내가 이런 형님 모습 보니 어찌 이리 좋노, 이사장도 실제로 그렇제?"

홍이 소주잔을 내게 넘기며 말했다.

"예전에 어찌 억울해서 그놈도 썩히고 살았을꼬, 인생은 오래 살고 봐야 할 일이라, 아나 한잔 받아라."

강주사가 잔을 안에게 건네고 술판은 금세 무르익었다. 사람이 서로 알고 지낸다는 것, 예전의 1년, 또는 5년의 인연이 한참 세월이 지나도 금방 그 시절로 돌아갈 수 있다는 것, 나는 그런 게 놀라웠다.

"으응, 택기 말도 맞고 퉁구 니 말도 맞다. 망원경한테 구박받던 일 생각하면 여기서 보낸 세월이 억울치만 지나고 보니 다 좋았다. 내, 마산 나가서 월부책한 거 택기 니는 알제? 많이도 울었다. 혼자 우는 내 목소리가 내 마지막 목소리인 걸 생각하고 또 울고 그랬다. 아까 차 타고 오면서 이선생에게도 말했지만 택기야, 내 목소리 참 좋아졌다. 담배 끊고 안정을 찾으니 돌아오데."

내가 있을 때는 몰랐지만 교장의 간섭과 통제는 날이 갈수록 심했던 모양이다. 교사들의 일거수일투족을 교장은 알고 있었고 너희들이 아무리 까불어도 내 눈에 다 들어 있다는 뜻에서 그의 별명은 망원경이었다.

내가 학교를 완전히 떠난 건 부산으로 학교를 옮기고 1년 뒤였지만 도대체 교사생활이라는 것에 대해 전혀 매력을 느끼지 못한 것도, 그 사람에게서 받은 인상 때문일지도 몰랐다. 지금쯤 내가 교직에 머물렀다면…… 쓸데없는 생각이다. 모든 사람에게는 저대로의 길이 있다. 지금 와서 후회한다는 건 우스운 일이다. 아니 후회라는 말이 어울리기나 하는가. 나는 교사체질이 아니었다. 지금 당장 내게는 이 도로가 끝난다는 데 대한 두려움뿐이다.

나는 4년 전 안선생과 진주를 거쳐 유동으로 가면서 그가 가르쳐줬던 부산 근교의 호젓한 드라이브길을 가고 있다. 시립공원 안쪽의 선동마을에서 철마면을 거쳐 일광바닷가로 갈 수 있는 길이 있다는 건 하릴없는 지금의 나로서는 놀라운 일이다. 비포장도 가끔씩 거쳐야 하는 이 길의 끝, 바다에 닿는 게 나는 지금 두렵다. 나는 기아를 변속한다. 빽빽하다. 이놈의 중고 캐피털은 내게 유일한 위안이다.

그리고 그날 무슨 일이 있었는가. 젊은 일직선생이 온 건 노래를 한차례 부르고 난 그 뒤였는가. 홍선생이 그래도 안선생은 교장을 미워해서는 안 된다고도 말했던 것 같다. 그 사람이 다그치는 바람에 밖으로 나간 것이고 그게 오늘을 있게 했다고 말한 것 같다. 그도 미워하지는 않는다고 하면서도 음악실의 아이들 낙서 때문에 꾸중 듣던 일을 낙서 구절이며 그걸 지우는 페인트 한 통의 가격까지 세세히 상기하며 이야기했다.

노래를 부른 건 아마 그가 성대가 좋아졌다는 이야기를 꺼냈기 때문이었던 것 같다. 성가대원이 한 서른 명 되는데 교수도 있고 그렇지만 자기를 잘 따른다는 것, 레퍼토리가 한 20곡 될 정도면 대단하다는, 그런 이야기였다.

그러자 강주사가 성가지휘니 합창지도는 우리 모르는 일이고 목소리 좋아졌다 말만 하면 뭐 하나, 우리 앞에서 한 곡도 뽑은 일이 없는데라고 퉁을 놓았다. 홍선생이 먼저 〈짝사랑〉을 부르고 내가 〈봄날은 간다〉를 부르는 사이에 슬그머니 그는 자리를 떴다. 이상한 건 아무도 그를 억지로 붙들지 않았다는 것이다. 강주사는 젓가락을 두드리며 〈전선야곡〉을 불러젖혔다. 노래가 한바탕 끝나고 그가 방으로 들어오며 말했다.

"참 좋다, 버들도 푸르고 강도 푸르고, 참 좋다."

우리는 퇴직한 교장과 영원히 승진을 못하는 교감에 대해 이야기했다. 그리고 내가 모르는 예전 선생들의 근황에 대해 그들은 한동안 떠들어댔다.

그러다 예전 둘이서 대구에 갔을 때 겪었던 일을 떠올리게 하는 화제가 나왔다. 내가 떠난 뒤에 교장이 숙직을 하고 강주사까지 전 교직원이 서울로 1박 2일 여행을 떠난 이야기였다. "이사장은 모를 거다, 우리가 한 달에 4천 원씩 모아 서울 갔을 땐데 우리 형님 거기서 실력을 발휘했는 기라. 좀 얼축없는 실력이지마는." 홍선생의 말을 강주사가 결론 비슷한 말로 화제를 북돋웠다. "그때 남자라도 나타났다몬 안선생 니는 그 자리서 뼈도 못 추렸다."

"가만있어 봐라, 강주사. 이야기가 질서가 있어야지. 어떻게 된 건고 하니 우리가 묵은 여관에서 만나기로 한 남녀가 있었는데, 그 관계는 모르는 기고, 여자가 바람을 맞은 기라. 어떻게 그걸 알고 어떻게 우리 형님이 꼬셨는지 참 기가 차지. 서무과장이나 교감까지 하릴없이 저녁 먹고 앉아 있는데 옆방에서 아무래도 듣던 목소리가 나는 거라. 그것도 보통 소리가 아니고 숨이 가쁜 소리라. 죽은 김동수하고 내하고 벽에 귀를 가만 대봤지. 여관벽 그게 얼마나 얇은지, 형님이 여자를 어떻게 하는데 여자가 처음에는 또박또박 뭐라 말을 하더니 차차 콧

소리를 내며 천천히 천천히만 되풀이하제, 거기다 으응으응 하는 형님의 비음까지 합쳐져서 그대로 운무 끝에 빗소리를 내는데. 참 얼축없데."

젊은 선생이 놀라운 눈으로 그를 바라보고 강주사가 입맛을 쩍쩍 다시는 동안 나는 이상스레 기분이 좋지가 않았다. 대구에서의 그날 밤이 떠올랐던 건 물론이다. 대구 이야기를 그 자리에서 자연스레 할 수도 있을 텐데 나는 입을 내내 다물었다. 차를 타고 오면서 내 목소리 요즘 참 좋다라던 말끝에 내가 일순 묘한 기분에 사로잡혔던 게 기억났다. 하지만 그때나 지금이나 내가 왜 그의 과거에 대해 순간순간 불쾌감이나 짜증스런 감정을 가졌는지에 대해서는 잘 모르겠다. 과거를 붙들고 걸고넘어져야 할 어떠한 이유도 없었으며 그의 행복을 시샘할 이유는 더욱 없었는데 말이다. 따져보면 그런 감정쯤이야 극히 일시적인, 이유를 따질 계제도 아닌, 자연스럽게 흐르는 감정의 기복에 지나지 않은 것인지도 모른다.

서울여행에 대해 강주사가 즉시 퉁을 놓은 것 같다.

"그리 여자가 그리우면 장가를 가지, 그때 웃골에 서른여섯 되어 혼자된 여자가 안선생한테 마음이 있었다. 아니가."

"퉁구 니는 모르는 소리 하지 마라. 이선생 가고 한동안 내가 새벽 산에 올라 목소리 튀운 거 니는 모른다."

그가 강주사의 말을 박으며 급히 술잔을 털어넣었다. 어떤 변화와 전기를 마련해보려는 노력을 했다는 거하고 그의 외로움이 빚어낸 상식 밖의 기행하고 구분이 가능한 건지는 지금도 잘 모르겠다. 나는 그 순간 교장에게 핍박받으며 견딘 모습이며 마산에서의 월부책장사를 하며 자주 울었다는 것까지 한꺼번에 떠올라 기분이 더욱 좋지 않았던 것 같다. 왜 그토록 비굴하고도 안타깝게 살아야 했는가, 끝이 좋으면 다 좋다는 속담은 참으로 무책임한 게 아닌지. 황폐한 삶을 살다 그 어둠에서 벗어난 그에 대해 찬사보다는 경멸과 질타가 한순간 내 마음을 가득 채웠다. 물론 내가 그 자리에서 그런 내색을 한 건 아니다. 이미 나는 사람과 부대끼는 게 전부라고 할 수 있는 사업을 하는 중년이었으니까. 다시 한번 강조하지만 그런 기분이야 일순간, 그냥 지나치는 정도에 불과했던 것도 사실이다.

우리는 여섯 시쯤 술집에서 일어났다. 강주사와 젊은 일직선생과도 헤어져 읍으로 나가는 동안 그가 홍에게 국도변에서 한 20분 들어가는 원주암에 꼭 가보자고 했다. "오늘 늦어도 괜찮제? 여기까지 온 김에 원주암에 안 갈 수 있나. 내가 오늘 기분이 너무 좋은 거 있제."

나는 그곳에 절이 있는지, 또 어떤 절인지 기억이 나지 않았다. 하지만 가을 어느 날 우리는 그의 제의로 이곳에 왔었던 것 같다. 물론 5년간과 1년간이 추억의 양과 질을 다르게 한다는 건 이해할 수 있지만 그의 기억만큼은 놀라웠다. 아마 이곳에서의 생활이 나보다 훨씬 중요했다는 게 지적되어야 할 것이었다. 절은 별로 달라지지 않은 모양이었다. 이제 단청도 세월의 때를 조금 묻혀 그럴듯하다고 그가 말하면서 석간수 옆의 제법 키가 큰 자목련을 세심히 살폈다. 나는 낮술을 이기기 위해 시원한 물을 마냥 들이켰다. 그때 그가 말했다. “이사장, 진주 가서 한잔 더 하자.” 나는 동의했다. 사실상 홍선생은 운전 때문에 제대로 술도 못 마신 채 우리 기분을 맞춘 것이고 막차를 타기만 하면 될 일이었다. 나도 언제 다시 이들을 만날 건가라는 아쉬움과 특히 홍선생에게 술을 한잔 사야겠다는 마음도 있었다.

어쩌다 보니 룸살롱에 가게 되었다. 그가 주인에게 종업원을 시켜 부산 가는 막차표를 끊어 오라고 지갑에서 4만 원을 내놓았다. 빳빳한 새 돈 때문이었는지 저고리를 벗어 올챙이배를 내민 홍선생이 어, 우리 형님 돈 많다, 기마이도 좋고, 라면서 교사생활 24년에 봉급은 쥐꼬리라고 크게 웃는 동안 아가씨들이 들어오고 양주잔이 빠르게 오갔다.

내 휴대폰으로 홍선생의 집에 전화를 걸어 그가 훈이 엄마와 이야기를 나누는 한동안 좌석은 조용해졌다. 여기로 나오라고 그는 되풀이하고 그쪽에서는 완곡하게 거절하는 소리가 오갔다. 그리고는 특출난 기억력을 되살려 예전 신세진 거며 아이들 이야기를 한참 늘어놓더니, 여름에 부부동반해서 부산 내려오라는 당부를 몇 번이고 되풀이했다.

“훈이 엄마가 내 목소리 들으니 참 좋다고 그런다. 우리 딸내미가 6학년 다닌다니까 나를 놀리기도 하네. 훈이 엄마가 숫기가 많은 편이었는데 세월이 흘렀는 모양이네. 택기 니 참

마누라 잘 얻었다, 잘해줘라.” 전화 통화에 지루해하던 아가씨들이 그의 늦장가 얘길 붙잡고 놀려대고 술이 한 순배 돌았다. 나는 그의 마산생활이 궁금했다. “어째 그때 부산으로 바로 안 오시고 마산으로 갔어요?” “인생에 순서가 있는 모양이지. 허허.” 그가 웃으며 말했다. “마산에는 연고도 있고 이래저래 면이 좀 넓었거던. 거기 여고 있을 때 처음으로 독창회도 했다.”

그는 지금은 대학교수라는 누구의 이름을 들먹이며 반주자라고 했다.

“출판사 지사장이 내 그런 걸 알고는 나를 넣었지. 하지만 아는 선생들을 차마 못 찾아가겠더라. 그러니 맨날 눈치받고 수당은 또 어떻고? 유동중학 졸업한 아이들 만날까 무섭기도 하제. 나중에는 그만두고 잠시 업소에 안 나갔나.”

그는 그때의 중고 아코디언 값을 기억했다. 홍선생도 처음 듣는 소리인지 야, 야, 하고 낮은 신음 섞인 탄성을 토해냈다. 나는 괜스런 말을 꺼내 그의 마음 아픈 상처를 건드렸다는 미안한 마음이 들었다. 아가씨들이 영화 같은 이야기라고 졸라대어 홍선생이 대강 그의 과거를 훑어대고는 “그러니 여기 우리 형님은 인생유전 끝에 일어선 인물이라. 심성 하나는 참 여자같이 곱거든, 그게 하늘이 알고 복을 준 거고. 너희들도 좋은 일은 언제나 뒤에 남아 있다는, 이게 시구절인지 뭔지 모르겠다마는 그걸 명심하고 살아야 하는 거라.” 훈계투로 마무리를 지었다. 그동안 그는 아가씨들이 건네는 술잔을 가끔씩 받으며 흐흥, 거리며 가만 앉아 있기만 했다.

그리고 어느 시각쯤 우리는 술집을 나왔다. 그는 홍선생을 택시에 태워 먼저 보냈다. 음주운전을 할지도 모른다는 우려에서였다. 차문을 닫아주며 꼭 부산에 한번 오라고도 했다. 둘이 남았을 때, 터미널 앞의 건널목에서 신호를 기다리며 내가 그 말을 했다.

"마산서 말이에요, 그런 절망에 싸여 살았을 때 혹시 죽고 싶다는 마음을 가지지는 않았어요?"

보행자등이 막 들어와 다른 사람들이 걸음을 옮기고 있을 때 그는 그대로 선 채 나를 바라보며 말했다.

"아니, 그때도 그런 생각을 한 적은 없어."

그리고 우리는 건널목을 건넜다. 버스가 출발한 뒤 그가 오줌이 마려우면 어떡하느냐 걱정하기에 나는 지금 시간에 도로가 막히지 않을 거라고 말해주었다. 그가 집에 전화를 한다면서 내 휴대폰으로 장시간 시시콜콜한 이야기를 그의 아내와 나누었다는 것도 별게 아니었다.

자정 가까이 우리는 부산 터미널에서 헤어졌다. 차중에서는 물론이고 기회가 없기도 했지만 그 뒤에도 나는 그에게 마지막 했던 말은 다른 뜻이 있어 그런 건 아니었다고, 사과하지 않았다. 그만큼 지나치듯이 나온 말에 불과했으며 그에 대한 내 감정이 만만했다는 뜻이기도 할 것이었다. 그 만만함이라는 게 나쁜 뜻에서가 아님은 물론이다. 차라리 인간적 친숙함이라 해야 옳을 것이다.

그뒤 홍선생은 부부동반하여 부산에 오지 않았고, 그와도 시나브로 멀어졌다. 뒷판에는 내가 전화를 받지 않았다. 그리고 오늘 제대로 그를 만나고 있다. 그날 밤, 신호등이 바뀌고도 나를 바라보며 그런 생각을 그때도 한 적이 없다고 말하던 그의 얼굴이 눈에 선하다. 그때 나는 그러면 그렇지 정도로, 당연한 답을 들었다는 기분으로 건널목을 건넜을 것이다. 내가 물었던 그런 기분만큼이나 그도 내 말을 대수롭지 않게 받아넘겼는지도 모르겠다. 실제 나 또한 쓸데없는 말을 해서 그의 마음을 다치게 한 거는 아닌지 모르겠다는, 그런 생각을 잠깐은 했겠지만 사과까지 하지 않은 걸 보면 둘 다 그 문제에 대해서 크게 마음을 두고 있지 않았다는 것만은 틀림이 없다. 약간 미안하다는 그런 감정이야 우리가 세상을 살면서 이내 놓쳐버리는 것이다.

그런데 오늘, 그가 가르쳐준 길을 이 봄날에 가다 보니 그때의 그 말이 가장 생생하게 되살아나는 것이다. 그날의 나들이 장면 중에서도 그 순간이 또렷하게 살아나는 건 여행의 막판이었다는 이유보다는 지금의 내 형편과 견주어서 그럴 거였다. 문제는, 그가 그 말을 아무 망설임도 없이 그리고 내 질문에 불쾌한 기색을 보이지도 않고 대답했다는 데 있다.

나는 거기에 더 매달려보기도 한다. 내가 진정으로 그의 말을 다시 헤아리는 건 그런 생각을 그때도 한번도 해본 적이 없다는 대답에 대한 신빙성이 아닐까 싶다. 정말 그랬을까. 생각해보지도 않고, 겨를도 없었겠지만 너무 수월하게 대답해버린 건 아닐까. 지금 나로서는 용기나 신념이 대단하다고, 목숨이 어떤 건데 당연히 그래야 한다고 넘어가 버리기는 어쩐지 싫다. 진주 시외버스터미널의 건널목을 건널 때 들었던 그의 대답이 내 예상을 빗나가는 너무 뜻밖이었기 때문에 그때 일이 기억에 남았던 건 아닐까?

하지만 이런 나의 추궁이 이야기를 듣는 다른 사람들에게 무슨 소용이 있겠는가. 지금 그들에게는 내가, 형편없는 처지가 되어버린 내가 죽음을 생각해보느냐 하는 짓궂은 호기심만이 관심사일 터인데. 몇 년 전 그날, 내가 던졌던 그 질문이 소롯이 다시 내게로 돌아왔다는 것만큼은 나도 인정해야겠다. 메마른 헛웃음도 나오지 않는다. 얼마 동안의 비포장이 끝나고 고개 너머로 까만 아스팔트길이 보인다. 요즘은 도로 사정이 워낙 좋아서 차라리 포장 안 된 길을 찾기가 어려울 정도이다.

기다림을 위하여

소문은 밤새 내린 첫눈과 같이 그들을 들씌웠다. 이따금씩 흩날리는 싸락눈이 연병장에 줄지어 선 병(兵)들의 어깨 위에 얹혔다. 아무도 눈을 털지 않았다.

여섯 시라지만 어둑새벽이었다. 물러가는 어둠과 스며드는 밝음이 마구 뒤엉킨 어수선함 속에서 소문은 병들의 어깨에서 어깨로 건너뛰고 있었다. 일조 점호가 끝나고 청소가 시작되었지만 소문을 확인하느라 청소가 제대로 될 수가 없었다.

"지난 일요일 교회에 갔다 온 아이들이 보았다던 병들이 우리 앞 제대(梯隊)가 맞다는데."

모자를 벗으며 상병이 말했다.

"다른 부대 아이들을 잘못 보았겠지. 이 근방에 부대가 하나 둘이겠어?"

옆의 병장이 기지개를 켰다. 커다란 체구의 병장은 아주 느리게 폈던 팔을 거두었다.

"아침부터 어수선한 게 뭔가 이상한데요."

"이상한 게 오늘 처음이야? 첫눈도 내리고 눈앞에 추위도 보이니 괜히 야단인 거지."

병장이 일병의 말을 가로막았다.

"원복될 거라는 말도 있던데요?"

일병이 다시 말했다.

"김일병 넌 어디서 재수 없는 소리만 주워 오니?"

"조금만 기웃거리면 들려오는데요. 점호 때 퍼져 다니던 이야기도 그런 거라니까요."

"김일병이 좀 초조한 모양이구만."

상병은 앉았다 일어섰다를 제자리에서 몇 차례 반복했다.

"아니, 내가 뭣 때문에요? 고상병님 괜히 아침부터 사람 약하게 만들지 말아요."

"그래, 정말이지 아침부터 힘 빠지는 소리 말아라. 괜히 야단 떨지 말고 세수나 하러 가자고."

병장이 담배를 꺼내며 말했다.

"세수할 거 있나요, 그냥 식당으로 가죠."

일병은 병장과 계급장만큼이나 차이가 나는 작은 키에 매우 흰 얼굴을 하고 있었다.

"왜, 눈도 오고 했는데 개울가가 좋을 거야."

상병이 앞장섰다.

"내가 수건 챙겨 오지요."

일병이 먼저 막사 쪽으로 올라갔다.

"재가 정말 갑갑한 모양이지? 소문에 자꾸 솔깃하는 거 보니."

"군대생활도 얼마 안 하고 했으니 그럴 수밖에."

상병이 병장의 불을 빌려 담배를 피웠다.

"우린 뭐 별수 있나. 정말 어디로 부는 바람인지 알 수가 있어야지."

"슬슬 올라가자, 고상병."

"오늘은 제설작업이라도 있어서 시간 죽이기는 좋겠구먼. 저기 봐, 눈싸움하는 애들도 있네."

고상병이 연병장을 돌아보며 말했다. 서너 패의 병들이 눈을 던지며 뛰어다니고 있었다.

"후방 애들이야. 나중에 제설작업도 재들이 제일 신나게 할걸."

수건을 어깨에 두른 채 벌써 내려오는 병사들이 보였다. 한결같이 발그레한 얼굴이었다.

"생각보다 덜 찬데."

고상병이 눈 덮인 바위 밑의 개울물에 손을 넣어보고 말했다. 상의를 벗은 그는 동내의 속이지만 상체가 잘 발달되어보였다.

"야, 김노일! 여기야!"

병장이 두리번거리며 개울가로 올라오는 김일병을 향해 손짓했다.

"아, 내무반에 들어갔더니 원복이 아니라 여기 남아 귀국하는 부대의 선발대가 된다는 말이 떠들썩해요."

김일병이 치약 묻힌 칫솔을 나누어주었다.

"갈수록 태산이군. 아, 육군본부 전통이 눈으로 왔어? 누가 그렇게 잘 알아?"

병장이 칫솔을 받아 입에 물기 전에 짜증스럽게 내뱉었다.

"그 왜 '마이가리'들 있잖아요. 내 쪽을 쳐다보며 싱글거리던데요."

"그 자식들이?"

병장이 칫솔을 빼내며 볼을 잔뜩 부풀렸다.

"지랄 떨고 있네. 호락호락 안 숙여드니 이젠 건수 생겼다, 이거지."

병장은 입에 머금었던 치약거품을 눈 위에 내뱉었다.

"새로 부대 편성하는 게 그리 쉬워? 병과(兵科)도 뒤죽박죽일 텐데."

화가 난 듯 병장은 칫솔을 흔들어댔다.

"남병장, 괜히 제 발에 질려 왜 야단이야. 다 말뿐인데."

고상병이 야전잠바의 자크를 올리며 천천히 말했다.

"그래도 그렇지, 그 자식들 기분 나쁘단 말이야. 배만 타면 언제 볼지도 모르는데 고참 찾고 지랄이야. 그때 우리가 대들지 않았다면 보초는 물론이고 하나부터 열까지 눌려 지낼 뻔했다고."

"그 말은 남병장이 맞아. 그래서 잘해오고 있는데 뭐. 하병장인가 그 친구 빼고 둘은 상병이야. 나보다 조금 빠를 뿐인데 기죽을 게 뭐 있어. 괜찮다구."

"김일병 너도 임마 내가 상병 달으라니까 괜히 고집 피워가지고 신경 쓰이게 하잖아."

"아, 그까짓 마이가리 계급장 달아 뭣 해요? 전국 각처에서 모여들고 남병장님 말마따나 배 타면 그만일 텐데."

"그래 맞아, 깡통계급장 하나 올리나 내리나 그게 그거야. 밥이나 먹으러 가자고. 되어봐야 된 줄 아는 게 군대 일이야. 정확한 건 하나도 없다구."

고상병의 재촉으로 그들은 개울가를 내려왔다. 간간이 날리던 눈은 그쳐 있었다. 눈에 들어오는 모든 풍경이 하얬다. 산을 덮은 눈 때문에 부대 막사들은 무척이나 작게 내려앉아보였다.

"오늘 사역은 정해진 거고, 고생 좀 하겠네요."

"그래도 그게 낫지, 땀이라도 흘릴 수 있으니. 빈둥빈둥 하나 마나 사역은 이제 지쳤어, 지겹다구!"

"벌써 3주째니 지겨울 때도 됐지."

"그런데 뭐 이유가 있어야 할 거 아니야. 뭐 때문에 대기한다, 고 말이야!"

그들이 들은 얘기는 며칠 전 일석점호 때 인사계로부터 '나도 정확하게 말할 수 없는 사정으로 당분간 대기한다'는 것뿐이었다.

"군대에 이유가 어디 있어요. 내 참, 고참이란 사람이 그것도 모르니."

김일병이 수건을 흔들며 웃었다.

"야 임마, 그래도 우리 경우는 다르다고, 이리 되면 소속이 떠버린 거라고."

남병장이 김일병의 어깨를 툭 치며 빠르게 말했다.

"소속이 뜨긴 뭘 떠. 파월교육대 피교육자지."

앞서가던 고상병이 고개를 돌렸다.

"교육은 벌써 다 끝났는데 무슨 놈의 피교육자야."

"그럼 대기병이죠 뭐. 근데 여기서 부대편성이 새로 된다면 어떻게 되는 거죠? 자대보다 못하겠죠?"

"왜 겁나? 한마디로 죽어나는 거지. 군대생활 완전히 다시 하는 거나 마찬가지야."

남병장이 말했다.

"자대 같으면야 너 밑에 신병이 들어와도 두셋은 들어왔을 거 아니야. 그런데 여기서 너보다 개월수 적은 졸병이 몇 되겠어? 파월병이 귀국한다 해도 모두 20개월 이상이라고."

"어휴 그럼 어떻게 되는 거지. 만년 졸병이잖아."

그들은 식당 앞에서 줄을 섰다.

"원복되면 난 죽는데, 올 때 미운 고참놈 하나 두들겨주었었거든."

"얼씨구 잘됐다. 거 신나는 얘기구나."

"난 심각하다구 임마."

줄을 좁혀가며 남병장 앞의 병들이 떠들어댔다.

"원복되면 너나 할 것 없이 모두 미운 오리새끼 되는 거지."

남병장이 뒤쪽의 고상병을 돌아보며 무슨 말을 할까 했으나 고상병은 연병장 뒤편의 산을 바라보고 있었다.

"한가하시군. 눈구경이나 하고."

"허허 어떻게 될지 알아? 내일이라도 파월명령 나면 언제 볼 눈인데."

"좋지요, 레이션 똥도 누어보고."

김일병이 말했다.

"레이션 똥? 눈밭에서 실감나는 이야기 하고 있네."

남병장이 통일화를 들어 올려 툭툭 눈을 털었다.

"정글화라도 주면 발이나 덜 시리지."

"눈밭에 정글화라, 그것도 웃기는군."

"짬밥도 레이션이라 생각하고 먹읍시다."

그들은 배식구에서 밥을 타서 빈자리로 가 앉았다.

"교관 중에서 그 양반이 제일 근사한 소릴 했지, 레이션 똥!"

매복 및 정찰시간에 그들은 그 말을 처음 들었다. 레이션은 통조림 등의 전투식량으로 월남고참은 그걸 먹어낸 깡통수로 따지고, 포성을 들으며 정글에서 똥을 누어보아야만이 참다운 파월병사라는 이야기였다. 얼마나 교관이 실감나게 이야기를 했던지 가을이 흩어져가는 벌판의 야외교장에 앉은 병들은 바로 자기들 앞에 짙은 초록 깡통이 놓여 있는 기분을 느낄 정도였다.

"장군도 피(被)자만 붙으면 배가 고프다는데 그 양반 그 심리를 적절히 이용한 거 아니야?"

고상병이 김치를 집으며 말했다.

"정말이지 칠면조 통조림이 눈앞에 삼삼하네."

"좋아하지 말아요, 옆에선 철수 이야기하고 있어요."

식사를 끝낸 옆자리의 병사들은 1진이 철수를 하고 있느니 어쩌니 왈가왈부하고 있었다.

"미국 국방성 파견대가 왔나, 원."

남병장이 이죽거렸다.

"간다는 이야기는 하나도 없구먼."

"간다는 기미가 있으면 정글복과 정글화를 지급할 텐데 말이오."

"그야 단본부 창고에 가득 쌓여 있겠지. 출발 하루 전에 나누어줘도 될 텐데 뭐."

그들뿐 아니라 대부분의 병사들은 식탁에 그냥 눌러앉은 채 웅성거렸다. 식당은 넓은 선실이나 기차 속처럼 시끌댔다.

"백마(白馬)도 추워 보이는군."

고상병이 시멘트 벽에 페인트로 막 그려진 사단마크를 보며 말했다.

"아, 정말 지금쯤은 월남땅에 있어야 하는데!"

"진짜 철수한다면 가도 큰일이에요. 철수 말년에는 개피 보기 십상이래요."

"야, 그건 어차피 마찬가지야. 싸우러 가는 놈이 시절 따질 거 있어?"

남병장이 식기를 들고 일어섰다. 그와 같이 하사 하나가 문

입구에서 "집합 10분 전!"을 소리쳤다.

연병장에 모인 병사들은 자기들이 10월달에 월동 준비용으로 만든 가래와 싸리비, 담가 등을 조별로 지급받았다. 담가가 모자라는 쪽에는 판초우의가 나왔다.

"땀 좀 흘려보자."

생각과는 달리 남병장이 열을 냈다.

"후방 애들이나 눈 맞은 강아지처럼 뛰어다닐 거라며?"

"아, 후끈하게 하는 거지 뭐, 몸이 근질근질하다고."

"군대서 놀고먹는다는 게 고역이군, 고역."

"그럼, 특히 기다릴 때는 더하지. 미친다는 게 따로 있어? 이유도 모르고 기약도 없이 기다릴 때지."

고상병이 쌓인 눈을 담가에 퍼 담았다.

"눈을 아예 굴리는 애들도 있네. 그거 신나 보이는데."

"다 심심했던 거야."

제설작업은 흥겨울 정도로 빠르게 진행되어갔다. 그러면서도 병사들의 입과 입에서는 쉴 새 없이 "원복되면" "파월사단 중 하나가 이곳에" "부대편성을 병과별로 다시" 등의 말들이 눈덩이 마냥 굴러다녔다. 거기에 오토바이가 자주 오르락거렸다. 지구대장의 빨간 오토바이는 대개 아침에 출근해서는 대대회의에 참석하고 점심 전에 돌아오는 것뿐이었는데 오늘은 오전 중에 벌써 세 번 들어오고 네 번째 나갔던 것이다. 확실히 그것은 눈에 띄는 일이었다.

"중대발표가 있을 거야."

"뭐가 있긴 있는 모양이지."

"지구대 본부도 심상찮대."

"2중대 병 하나가 튀었다는 말이 있어."

"탈영이야?"

검게 젖은 연병장의 맨살이 드러나기 시작했을 때 병들의 이마에 땀이 흘렀다. 바람이 불 때마다 땀이 밴 이마가 따끔거렸다. 떠도는 소문이나 징조의 어느 것 하나도 확인할 길 없이 그들이 밀고 다닌 눈덩이만이 연병장 곳곳에 높게 쌓였을 뿐이었다.

"오전에 이렇게 다 해버리면 나중에 뭘 하지?"

김일병이 담가 위에다 싸리비와 가래를 모았다.

"군대가 있어온 후로 그따위 고민은 없었으니 걱정하지 말라구. 또 일병은 일병다운 고민만 해야 되고."

"아이구 병장은요? 병장다운 고민은 근사하겠는데요."

남병장이 눈을 한 움큼 집어 김일병에게 던졌다.

점심 직후 집합이 있었다. 한 시부터 오후 일과가 시작되는 게 원칙이지만 훈련이 끝나고 대기상태로 들어간 뒤로 그것은 잘 지켜지지 않았다. 하찮은 사역뿐이라 불러 모으는 쪽이나 모이는 쪽이나 모두 신명이 나지 않았기에 30, 40분씩은 으레 늦추어져 왔던 것이다. 오늘의 정시 집합은 확실히 별스런 데가 있었다.

"눈이 오고 나니 여러 가지로 이상하군."

"오토바이가 들어왔어. 잔뜩 부은 것 같은데."

소대와 중대 인원파악이 전에 없이 까다롭게 계속됐다.

"한 사람도 빠짐없이, 열외는 없다! 페치카 당번이고 환자고, 내무반 감시도 다 나오라 그래!"

보고가 된 소대를 인사계가 직접 앉아번호로 인원을 파악하며 고함을 질러댔다.

인원파악이 겨우 끝나자 지구대장이 단 위에 올라섰다.

"대기한다는 것도 군에서는 더할 수 없는 훈련이다. 파월을 기다리는 여러분들뿐만 아니라 전군(全軍)이 유사시를 대비하여 대기하고 있는 것 아닌가!"

지구대장의 쉰 듯한 목소리에는 화가 묻어 있었다.

"그런데도 불구하고 최근 여러분들의 군기는 극도로 해이해져 급기야 군무이탈이라는, 군인으로서는 더할 수 없는 불행한 사태로까지 발전하고 말았다."

병들은 웅성거렸다. 아 겨우 이건가, 파월일자 발표가 아니고.

튀기는 어느 바보 같은 놈이 튀나, 요새 같은 군대에.

얼마나 갑갑하고 불안했으면 탈영까지 했을까.

지구대장은 앞으로 이와 같은 일이 없도록, 언제나 긴장된 대기상태가 군인으로서 얼마나 중요한 것인가를 가르쳐주기 위해, 모든 필요한 조처를 취하겠다는 것으로 훈시를 끝냈다.

인사계가 올라와 사역지시를 했지만 대열의 술렁댐은 좀처럼 가라앉지 않았다.

"젠장 진짜 할 말은 안 하고 무슨 놈의 탈영 소리만 하나."

"2중대 일병이래요. 이틀 전에 튀었다는데."

투덜대는 남병장에게 다른 쪽을 기웃거리던 김일병이 다가왔다.

"그봐 임마! 언제나 일등병 놈들이 골치를 썩인다구."

"오죽 심란했음 지 신세 조지는 줄 알면서 탈영했겠어요. 앞 모르는 기다림이 죄지요."

"쫄다구가 자기 분수를 알아야지 이제 열 달도 못해놓고 아우성이야? 열 달 남은 나도 점잖게 기다리는데."

"아, 남병장님은 10개월 안 하고 병장 됐어요? 기다리는 거야 누구나 언제나 기다려왔죠."

김일병은 손을 비벼대며 계속했다.

"신검받고 영장 나오기를, 영장 받고 입대날짜를, 수용연대에서 완(完)자 받기를, 완자 받고 투입되기를……"

"얼씨구, 신병 시리즈구나."

남병장이 껄껄댔다.

"투입되어서는 훈련 끝나기를, 배출대에선 배출되기를, 보충대에선 자대 떨어지기를, 뭐 늘 기다려온 셈 아니오."

"입에 배터리가 붙었나. 하는 김에 제대까지 하지 왜? 고상병 넌 왜 말이 없어?"

뒤처져 걸어오는 고상병을 돌아보며 남병장이 말했다.

"나? 뭐 할 말이 있어야지."

"가만히 보면 고상병님이 진짜 기다리는 덴 이골이 붙은 것 같애요."

"내가? 허허, 면회실에 들러 위스키나 한잔씩 할까?"

"뭐야? 위스키?"

그들은 외곽 담벽 보수조로 사역을 나가고 있던 참이었다.

"그거 오늘 들어본 소리 중에선 최곤데요."

김일병이 산길로 오르는 열에서 슬쩍 이탈하며 쾌재를 불렀다.

면회실은 언덕에 자리 잡은 단독막사였다.

"난 사실 지독스럽게 탈영할 마음이 든 때가 있었다구."

난로가 옆 테이블에 앉아 위스키를 한 모금 삼키고는 고상병이 입을 열었다.

"배출대에서였으니까 훈련을 마친 직후였지. 훈련소를 나서는 기분은 누구에게나 신나는 거 아니겠나. 정말 마음이 날아갈 것 같았지. 길가의 보리들이 어쩜 그렇게 싱싱해 보이던지, 뛰어들어 얼굴을 부비고 싶을 지경이더군. 그 길은 6주 전에 내가 수용연대에서 지급받아 신은 통일화에 발뒤꿈치가 까져 절룩이며 교육연대로 걸어가던 길이었거든. 하여튼 모든 것에서 보리 냄새가 났어. 우리가 신나게 불러대는 군가에서까지도 말이지. 배출대에서 관물검사를 받고 교육중대 교관과 조교들이 돌아간 뒤로는 정말이지 군대생활을 다한 기분이었어. 배출대 내무반은 잠시 들렀다 지나가는 곳이라 그런지 썰렁하고 어딘가 정이 붙질 않더군. 그러나 그게 뭐 대수야? 우리도 내일 금요일 아니면 다음 화요일에 떠날 거니까 말이야. 저금했던 돈을 찾아 먹고 싶던 백도 통조림도 사 먹으며 한가하게 보냈지. 어디에 떨어지느냐 하는 불안도 있었지만 그거야 마음 쓴다고 되는 일이 아니라 생각하니 차라리 심사가 편하더군.

다음 날 따블백을 울러메고 연병장에 모였지. 거기서 인사장교가 보충대나 사단별로 호명하잖아. 팔려간다고도 하고, 긴장되는 순간이지. 군번의 뒤끝만 부르는데 보충대와 사단을 다 불렀는데도 내 군번은 없는 거야. 남은 건 특수부대나 아이들끼리 좋다고 말하는 몇 군데여서 혹시나 하고 기다려봤지. 그런데 거기도 들어 있지 않더군. 처음엔 내가 놓쳤나 싶어서 내 옆 친구에게도 물어보았어. 걔는 처음에 불렀기 때문에 내 군번을 들어주었거든. 그런데 그 친구도 못 들었다는 거야. 불안하더군. 그래서 미적미적 인사장교에게로 다가갔지. 그러나 그 많은 인원을 확인해줄 수 없다며 못 들은 건 안 불린 거라더군. 자기 군번을 놓친 고문관들은 인솔하는 기간병들이 찾아온다나. 나 말고도 호명되지 않은 병들이 있긴 했지만 그들은 눈에 들어오지도 않았어. 보충대나 후반기 병과학교별로 줄지어 서 있는 쪽만이 눈에 크게 들어왔어. 지독하게 서운하더군. 기간병 하나가 몇 안 되는 우리들을 잔류병력이라 부르면서 모았어.

이윽고 동료들은 단위별로 배출대를 떠나기 시작했어. 떠나가며 그들은 남은 우리들에게(우리라기보다는 누구에게나) 손을 흔들었어. 마지막 떠나는 병력의 군가소리가 정문 쪽으로 사라지자 기간병이 우리를 일렬횡대로 늘어세우더군. 연병장 청소였지. 눈물이 퍽 나더군. 휴지나 오물 나부랭이를 주워야 한다는 것보다는 떠난 자들이 남긴 흔적을 남은 자로서 확인한다는 사실이 말이야.

남은 병들 사이에 여러 말들이 떠돌았어. 그러나 화요일을 기다리는 것 이상의 최선은 없는 거지. 그런데 화요일에도 또 금요일에도 내 군번은 불리지 않았어. 조금 안면이 생긴 기간병에게 물어보았더니 가끔 그럴 수가 있다는 것뿐이었어. 그리고 어떤 기간병은 큰 빽을 쓴 거 아니냐고 농을 하기도 했어. 그렇게 기다리는 동안 할 게 뭐 있어. 사역이라 해봤자 지금 우리보다도 더 하찮은 청소나 모포말리기 정도의 빈둥빈둥이지.

배출대는 언덕에 자리 잡고 있어 시야가 넓었어. 온통 초록의 풀밭만이 끝없이 펼쳐져 있었지. 배출을 기다리는 동안은 외부와의 연락도 철저하게 금지되었으므로 참으로 막막했지. 못 견디게 만든 것 중 하나는 담벽을 따라 늘어선 아카시아의 꽃향기였어. 처음의 그 향기롭던 아카시아 꽃냄새가 점점 나를 가두고 있는 것 같았어. 나는 담벽에 갇힌 게 아니라 저놈의 꽃향기에 갇혀 있다라고 생각될 정도였지. 불안은 이루 말할 수가 없었어. 특수병과도 아니고 흔해빠진 보병인 내가 이토록 배출되지 않는 것은 뭐가 잘못된 게 아니냐. 내 군번과 이병 고종하라는 이름이 허공에 떠버린, 행정착오로 내가 어디에도 소속되지 않고, 어쩌면 입대하지 않은 것으로 되어 있을지도 모른다는 생각까지 들었어. 그때 탈영을 생각했지. 정말 미칠 지경이었거든. 온 세상에 나 혼자만이 막막한 초록빛 언덕에 던져진 기분이었어. 도저히 견딜 수 없었을 때 어떻게 인사장교를 만났지.

'넌 임마 논산훈련소 수용연대 배출대 대기병, 이병 고종하야!'라며 웃어버리더군. 4주 동안, 일주일에 이틀, 따블백을 들고 연병장으로 나가 갓 훈련소에서 나온 병들 사이에 섞여 내 군번의 끝자리가 인사장교의 입에서 튀어나오길, 최전방이 아니라 특수부대든 어디든 팔려가길 기다렸지. 아마 지옥이라도 마다하지 않았을 거야. 따블백을 어깨에 메고 군가를 바락바락 부르면서 배출대 정문을—아카시아 꽃향기 속을—빠져나가기만을 목 빠지게 고대했지. 어디엔가 적(籍)을 두고 소속된다는 게 그토록 부러운 것일 줄은 몰랐어.

결국 난 아카시아꽃이 다 떨어져가는 넷째 주의 끝 금요일에 후방의 보충대로 명령이 났어. 이유는 끝내 알 수 없었지. 그런 일이 자주는 아니지만 가끔 있을 수 있다는 정도 외에는."

고상병은 잠시 숨을 가다듬었다.

"아까 일병 하나가 튀었다는 말을 들으니 그때의 내가 생각나데. 그래서 한잔하자고 한 거지."

긴 이야기의 뒤끝이라 그의 얼굴은 제법 상기되어 있었다.

"그러니까 그 맘 이해할 수 있다, 이 말씀이죠?"

"꼭 이해한다기보다는—동기야 여러 가지일 테니까—그럴 수도 있겠구나 정도지."

"난 배출대에서 하룻밤 잔 거 같은데 참 지겹게 있었네요. 그래서 진급도 늦으셨구나."

"임마, 그 이야기 듣고도 겨우 그 정도 말이야? 대학 2년 헛다녔다 너도. 고상병 이야기 속에 중대한 고민이 있다구, 고민이."

"고민이라뇨?"

남병장이 식어빠진 물을 한 모금 들이켰다.

"병만이 할 수 있는 고민이지."

면회실은 대개 그들처럼 사역을 피해 온 사병들이 늘어지게 앉아 있을 뿐 한가로웠다. 4주 교육이 끝난 뒤로 이곳은 언제나 이렇게 한산했다. 가족들의 면회는 교육기간 중에 다 이루어졌기 때문에 그럴 수밖에 없었다.

"고상병님은 배출대에서 대기할 때 별의별 생각을 다 했겠네요. 지금 우리들처럼."

"지금이야 군대생활도 어느 정도 했고 여럿이지만 그땐 신병에다 혼자였으니까 더 막막했지. 오죽했으면 그때 탈영까지 생각했을까."

"자신의 위치나 앞날을 모르고 기다린다는 건 끔찍스런 거죠."

김일병의 말이 끝나자마자 입구에서 누군가가 다급하게 소리쳤다.

"오토바이 떴다! 오토바이!"

면회실은 갑자기 부산스러워졌다.

"야, 튀자! 오늘 같은 날 잡히면 눈밭에 빤즈 바람이라고."

남병장이 먼저 자리를 박차고 일어섰다.

그들이 속한 소대는 마을로 내려가는 담벽가에 옹기종기 모여 앉아 있었다. 몇몇 병사들의 얼굴이 제법 불콰한 게 마을로 내려가 막걸리라도 한잔 걸친 모양이었다. 눈이 쌓인 돌담은 어떻게 손댈 수도 없었다. 애초부터 부대를 둘러싼 외곽 담벽은 정문 쪽을 제외하고는 야산 중턱에 자리 잡은 부대위치 때문에 형식적일 수밖에 없었다.

"이것도 사역이라고. 참, 내."

상병 하나가 투덜거렸다.

"사역이 뭐 일한다고 사역이야? 시간 죽이는 것도 사역이라고."

다른 병사가 그 말을 받았다.

"그럼, 아까 오토바이께서 그랬잖아. 대기한다는 게 더할 수 없는 교육이라고."

둘러싼 다른 병사들이 킥킥거렸다.

내려다보이는 몇 가구 되지 않는 마을은 온통 눈에 묻혀 있었다.

"교번외상할 때가 좋았다."

남병장이 나무 그루터기 위의 눈을 반피수갑으로 털어내고 앉았다.

"외상X 한번 못 한 게 후회되네요."

"지금이라도 하지 왜? 시계라도 잡히고."

"딸애들도 많이 떴는 모양이던데."

"아이구 고상병님이 어찌 그런 데까지 정통해요?"

"그야 보면 몰라?"

"여기도 끝난 것 같네요. 우리는 막차 탔고."

교번외상은 일주일 전에 중지되었다. 파월 직전에 지급되는 1년치 봉급액수만큼 미리 그을 수 있는 외상으로 가슴에 단 교육번호가 신용카드인 셈이었다. 그리고 그게 얼마나 신용이 있었던지 말만 잘하면 "외상X도 준다"고 할 정도였다.

"마이가리 쪽에서 우릴 부르는데요?"

김일병이 조금 주눅든 목소리로 고상병을 돌아보았다.

"저 자식들 혈색 보니 한잔 걸쳤구나. 쳐다보지 마. 볼일 있으면 찾아오겠지."

남병장이 시선을 돌리며 말했다.

"어, 이리로 두 놈이 오는데."

김일병과 남병장이 일어났다. 고상병은 앉은 채 담배만 피웠다.

"야! 말이 말 같잖아?"

병장 하나가 거칠게 눈을 걷어차며 다가왔다.

"할 말이 있으면 와서 하면 되잖아."

남병장이 한 걸음 나섰다.

"요, 졸병 놈의 새끼들이 교육대라고 고참도 몰라봐! 여기서 자체부대로 편성된다는 데 대해서 어떻게 생각해? 사정이 있어서 보초 순번 바꾸자는데도 깐깐히 따지고, 도대체 왜 그리 거만스레 노는 거야. 너, 일등병 놈의 자식 좀 보자!"

다른 병장 하나가 김일병의 어깨를 잡고 흔들었다.

"그 손 놓지 못해!"

고상병이 바위 위에서 일어나며 날카롭게 소리쳤다. 김일병을 밀쳐 눈 위에 내동댕이친 병장이 고상병 앞으로 다가섰다.

"이 자식은 상병 주제에 어디서 반말이야?"

"군대서 자기 일만 잘해나가면 되는 거야! 너희들이 보초 안 바꾼 날 있어! 우리가 뭐가 그리 아니꼽던? 너희들 생각이 삐딱하니까 우리가 눈밖에 나 보인 거야. 졸병, 졸병 하는데 너 군번줄 한번 내봐. 명찰 군번은 엉터릴 테니."

"뭐, 뭐? 이 자식이 정말!"

병장이 발을 올리자 고상병이 한 손으로 재빠르게 받아 밀어 버렸다. 뛰어든 다른 병장과 고상병이 순식간에 엉키어 눈 위에 뒹굴었다. 싸움은 달려온 중사와 주위의 병들에 의해 말려졌다.

"이 자식들이 왜 같은 내무반 애들끼리 싸우나? 모두 다 초조하고 신경 날카롭긴 마찬가지야. 나도 군대생활 6년에 이렇게 이유 없이 대기하는 건 처음이야. 그럴수록 자제력을 길러야지."

소대장직을 맡고 있는 중사는 깡마른 체구에 비해 여유가 있었다.

"전부 모여, 내려가게!"

잠깐이면 어둠이었다.

"해는 짧고 마음은 바쁘고, 지랄 같네."

김일병이 PX에서 막걸리를 들고 오며 말했다. 식당 한 귀퉁이를 차지한 PX는 대체로 한가한 편이었다.

"골짜기 어디엔가, 눈 덮인 나무나 바위 사이에 어둠이 숨어 있다가 와락 몰아닥치는 것 같애."

잔으로 쓰기 위해 고상병이 백도 깡통뚜껑을 우그렸다.

"오래 기다리다 보니 시인도 되는구나. 진짜 〈동백아가씨〉의 마음을 알 것 같애."

"그 일병은 어떻게 될까요?"

"탈영한 애? 궁금한가 보군. 그야 남한산성이지, 뭐."

남병장이 막걸리를 나누어 부었다.

"자 들자고, 월남과 일등병을 위해서!"

"그리고 기다림을 위하여."

고상병이 덧붙였다.

"중사님을 위해서."

김일병이 말했다.

"그건 또 뭐야?"

"아, 그 중사님 멋졌잖아요. 우리들 마음을 그렇게 잘 읽어낼 수 있어요?"

"사람 마음은 다 비슷한 거지."

"마이가리 자식들은 왜 그럴까요. 그냥 같이 잘 지내면 될 텐데."

"그것도 몰라? 눌러놓으면 뭐든지 편하거든, 터도 잡고."

"교육대에다 대기상태가 오래 계속되니 이상한 형태의 물리적 속성이 싹트는 거겠지."

고상병이었다.

"그러나저러나 언제까지 이렇게 기다려야 할까요? 레이션 똥 안 누어봐도 좋으니 원복이 되든 여기 남아 귀국부대에 흡수되든 결판이 얼른 나면 좋겠어요. 같이 이야기하고 히히덕거릴 땐 모르는데 혼자 있을 땐 정말 미치겠어요. 아까 마이가리들하고 싸울 때 난 사실 무서웠다고요. 자대 같으면야 고참이다 생각하면 그만이지만."

"얘도 탈영하겠네. 김노일이 너 조심해라."

남병장이 껄껄댔다.

"내가 배출대에서 오죽하면 지옥이라도 좋다 했을까? 그러나 사실은 틀린 생각이지."

"틀리다뇨, 고상병님? 당연한 거 아니에요? 그 정도 지치고 불안하면."

"그게 몰릴 대로 몰리고, 지칠 대로 지친 심리의 반작용이니까 정당하지 못하지. 정정당당하게 기다려야지. 그게 올바른 권리이기도 하고."

"이유도 모르고 기다리는 것 자체가 부당한데 어떻게 정상적인 심리를 기대할 수 있어요? 더구나 병사들은 단순하도록 길들여졌는데."

"그럴수록 더 그래. 자포자기는 안 돼. 자기를 지켜줄 사람은 자기자신뿐이거든."

"야, 야. 그만해! 기다리라면 기다리는 거지 군대서 뭐 말이 많아. 술이나 들라고, 노래도 부르고."

남병장이 술잔을 들며 이야기를 막았다.

식당의 한 귀퉁이에서는 언제부터인가 그렇게 높지 않게 파월군가를 부르고 있었다.

"군가치곤 맥이 빠졌구나."

"남병장 솜씨 한번 발휘해보지. 전국노래자랑 본선까지 오른 솜씨!"

고상병이 담배를 피워 물었다. 연기는 백열등으로 침침한 식당 안을 낮게 맴돌다 빠르게 흩어졌다.

"그거 좋지요. 마음도 마른 시래기 같은데 〈고향역〉 불러요. 아주 비감스럽게."

"얘가 아주 감상주의야."

남병장이 자리에서 천천히 일어섰다.

"병장 남상수, 노래 일발 장전!"

고상병과 김일병이 그런 남병장을 놀란 듯이 바라보았다.

식당 안이 서서히 조용해졌다. 남병장은 천천히, 호흡을 조절하며 병들이 자주 흥얼거리던 "코스모스 피어 있는 정든 고향역~"을 불렀다. 1절이 끝나자 박수와 같이 앵콜이 터져 나오고 남병장은 2절을 시작했다. 2절은 거의 합창이 되다시피 했다. 노래가 끝나자 여기저기서 술잔을 들고 그들의 식탁으로 다가왔다. 식당 안은 아까보다도 더욱 흥이 돋고 활발해졌다. 김일병만이 남병장의 노래가 끝난 뒤부터 식탁 위에 엎드려 있었다.

"야, 김일병 왜 그래?"

남병장이 김일병의 어깨를 툭툭 쳤으나 김일병은 여전히 고개를 묻은 채였다.

"이 자식이 정말 비감해졌구나, 약해빠지긴."

남병장이 빠른 속도로 깡통의 술을 비웠다. 고상병이 팔목의 시계를 보고는 그에게 눈짓을 했다.

"야 김일병, 점호시간 다 됐다. 나가자."

둘은 훌쩍거리는 김일병의 양쪽 어깨를 안은 채 밖으로 나왔다.

"임마, 내가 노래 부른 건 너 따위로 약해질려고 부른 게 아니야. 정말 화나게 왜 이래?"

남병장이 갑작스레 어깨를 밀어붙이자 김일병은 눈이 녹아 질척이는 연병장에 넘어졌다.

"이 자식이 정말 안 되겠구나!"

남병장이 거칠게 김일병을 잡아 일으키고는 주먹을 날렸다.

"남병장, 왜 이래 응?"

고상병이 쓰러진 김일병 쪽으로 또다시 다가가는 남병장을 막았다.

"김일병 일어나, 일어나라고!"

"알아요. 다 안다고요. 그런데도 갑갑하고 자꾸 불안해요."

입술이 터진 김일병을 다시 부축하여 그들은 개울가로 갔다. 쌓인 눈 위로 반합 뚜껑 같은 달이 비시시 앉아 있었다.

바람이 골짜기의 어둠 속 어디에선가 쉴 새 없이 불어댔다.

"점호 10분 전! 점호 10분 전!"

지구대 본부 쪽에서 바람을 타고 일직하사의 고함소리가 흩어져 들려왔다.

더 큰 비밀

순철이네 가게는 언제나 어두웠다. 바깥을 덮어씌우는 햇볕 아래서 가게 안으로 들어서노라면, 이건 진열대 뒤가 보이지 않을 지경이었다. 특히나 이번 여름에 동네를 가로지르는 포장공사가 끝난 뒤로 그런 현상은 더 심했다. 삼거리의 도로처럼 콜타르를 입힌 아스팔트가 아니라 자갈을 대충 깔고 시멘트를 발랐는데 그놈의 시멘트 위에 쏟아지는 햇빛이 눈을 하얗게 만들 지경이었다.

그 공사를 마치는 동안 동네는 매우 복잡스럽고 시끄러웠다. 삼거리에서 자갈이나 모래를 지게로 져 날라야 했으므로 동네는 온통 인부들의 오르내림으로 꽉 차 있었었고 그들이 주고받는 막걸리에 전 욕설은 동네 개들까지 마구 짖게 만들었다. 그들은 언제나 취한 상태에서 일을 했다. 그중에는 우리 동네의 아버지들도 있었다. 근식이 아버지 같은 사람은 시멘트를 짊어지고 올라오다 자기 집으로 들어가 버려 감독에게 내쫓기기도 했다. 그렇게 시끌벅적한 가운데서도 이번 포장이 우리 동네의 얼굴을 새롭게 바꾸어놓으리라는 의견만은 일치했는데, 수채 위를 복개했기에 악취가 조금 덜 난다는 것은 우리들도 알 수 있는 일이었다. 그러나 뛰다가 넘어지면 무르팍 깨지는 일이 잦았고 지금처럼 햇빛의 눈부심 때문에 짜증스럽기도 했다.

순철이네 가게에 들어서서 잠시 물건들을 두리번거리노라면 기침소리가 먼저 들려왔다. 그건 정해진 순서였다. 아직도 어슴푸레하기만 한 좁은 공간 어디엔가에서 터져 나오는 기침은 듣는 사람의 마음을 섬뜩하게 했는데 결국 그 소리는 여기에 사람이 있다, 물건 집어 갈 생각일랑 말아라 하는 신호였다. 해수병인가를 순철이 할아버지가 앓게 된 것도 손님이 드나들 때마다 내뱉는 기침 때문일 것이었다. 아이들 모두 벌을 받아도 싸다고 속싹거렸다. 가게는 수채 바로 옆에 있었으므로 냄새가 났고 지저분했다. 거기에 영감쟁이가 기침까지 해대서 동네사람들 대부분이 순철이네를 탐탁하게 생각지 않았다. 하지만 외상 대어 먹는 집이나 사탕부스러기를 사 먹는 우리로서는 달리 찾아갈 마땅한 가게도 없었다.

순철이는 못된 애로 어른들 입에서 오르내렸다. 그러면서도 아이들이 순철이네 가게를 기웃거리는 건 앞의 이유 말고도 재수가 좋으면 건빵이나 사탕 하나라도 슬쩍할 수 있기 때문이었다. 나도 마찬가지였다. 하지만 그건 내가 반에서 10등 안에 들기만큼이나 어려운 일이기도 했다. 문제는 내가 10

등 안에 들 수도 있는 만큼 과자 하나쯤은 슬쩍 호주머니에 집어넣을 수도 있다는 것이었다. 그건 무척 괴로운 일이었다. 근식이 말처럼 분명히 어딘가 이상한 담임선생이 집중적으로 괴롭히는 대상은 성적이 중간쯤 되는 애들이었다. 특히 10등 밖으로 밀려나는 애들에 대한 담임의 벌은 머리가 이상하고도 나머지가 있었다. 이번 달 시험결과를 발표한 어제도 바로 그 짝이었다.

순철이네 가게에서 어렵게스리 말랑말랑한 젤리 세 개를 훔칠 수 있었듯이 저번 달 내 성적은 7등이었다. 그러므로 나는 오히려 불안했다. 그건 젤리를 훔치고 나서 며칠 동안 쫓기는 기분과 꼭 같았다. 나는 아이들끼리 바꾸어서 채점을 한 뒷날부터 아예 각오를 했다. 확실히 저번 달에 비해 틀린 숫자가 많았다. 열 개 이상 틀리면 대충 10등 밖인데 이번 달에는 열네 개나 되었다. 가게에서 과자를 슬쩍한 뒤에 순철이나 순철이 할아버지 보기가 뭐하듯이 담임 얼굴 보기가 영 마뜩잖았다. 순철이는 나보다 나이가 많기도 하지만 무엇을 생각하고 헤아리는 눈치가 뛰어나고, 나로서는 생각해낼 수도 없는 재미난 것을 많이 알고 있었기에 끌리기도 했지만 그만큼 겁도 나는 애였다. 그러기에 물건을 호주머니에 넣고 난 뒤에도 순철이의 얼굴을 피할 수가 없었다. 실제로 순철이는 며칠 자기와 만나지 않은 애 하나를 집어내서 자기 집에서 과자를 훔쳤다는 걸 캐내어 우리들을 완전히 겁에 질리게 했다.

결석을 하지 않는 한 김태호 선생의 무서운 얼굴을 피할 수도 없는 일이었다. 그러나 해괴망측한 담임의 벌을 받는 게 낫지 결석은 엄두도 못 낼 일이었다. 학교는 아이들의 집이고 놀이터였으므로 결석은 집 없는 애들이나 하는 짓이라고 담임은 못 박아놓고 있었다. 이번 시험에 14개나 틀렸다는 사실을 알고는 처음 나는 저번 달의 내 성적이 원망스러웠다. 그건 과자에 손을 대고 나서 그때 순철이나 그 할아버지가 얼굴을 내밀거나 기침을 했으면 하는 원망과 다를 바 없었다. 하지만 그것은 얼마 전 국어시간에 담임이 칠판에 쓴, 엎질러진 물–돌이킬 수 없는 일(후회). 소 잃고 외양간 고치기–어떤 일을 당하고 나서 앞으로의 일을 방비함(때늦은 개선)과 같은 것이었다. 담임은 소 잃고 외양간 고치기 뒤에다 세모 표시를 하고는 그래도 이게 낫다는 뜻이라고 설명했다.

그럼 이번 시험에 대한 나의 외양간 고치기란 무엇일까. 순철이를 덜 만나고 교실에서 경자누나와 박씨 아저씨와의 관계에 대해 되도록 덜 생각하는 일일 터였다. 어느 하나도 내키거나 자신 있는 일은 아니었다. 그러나 문제는 당장 닥칠 담임의 해괴망측한 짓에 대한 방비였다. 나는 아버지의 내의를 떠올렸다. 밑엣것은 필요 없었다. 그래서 나는 시험지 채점이 끝난 다음 날부터 어머니 몰래 그것을 꺼내 입고 학교에 갔다. 엉덩이 훨씬 밑까지 내려와 걸을 때나 앉을 때 불편하기는 했지만 그 정도야 참아야 했다. 마침내 어제 오후 담임은 기다리던 일을 시행했다.

"알고 있제? 알아서 나오너라." 우리반 자리배정은 성적순이었다. 시험이 끝난 며칠 뒤에 가보면 책상 위에다 분필로 이름을 전부 적어놓았다. 내 자리는 뒤로 밀려나 있었다. 우리는 쭈뼛거리며 교실 앞으로 나아갔다.

"한 줄로 서라마. 그라고 보자. 어느 놈의 꼬치가 컸는가 보자. 꼬치 키운다고 공부 덜했을 테니." 이럴 때 머뭇거린다거나 제일 늦게 옷을 벗는 걸 담임은 싫어했다. 또한 담임은 바지부터 벗고 윗옷을 벗는 순서를 만들어놓았는데 결국 앞에 나온 애들은 위에 내의만 입어야 했다. 나는 그저 마룻바닥만 내려다보고 있었다.

아버지의 내의가 허벅지까지 덮고 있어 가운데를 가릴 필요가 없었음에도 손이 절로 그쪽에 가 있었다. 다른 날과는 달리 앉아 있는 아이들이 웃음을 참는 듯이 킥킥댔고, 담임이 이렇게 말했다.

"아버지 내의 입고 온 둘만 남고 나머지는 들어가거라." 얼굴이 터질 듯이 빨갛게 달아오름을 느끼며 곁눈질을 했더니 초량시장에서 참기름집 하는 기동이가 같이 서 있었다.

"좋은 생각은 서로 통하는가 보다, 그자." 그제서야 애들이 마구 웃어대기 시작했다.

"근데 명환이 니 아버지 옷은 그기 뭐꼬, 한 군데를 기운 것도 아니고."

아버지의 내의를 몰래 꺼내 입은 밤, 그런 걸 살펴볼 경황이 어디 있었겠는가.

그래서 나는 오늘 학교를 빼먹어버린 것이다. 성적 때문에 꼬치를 내 보이는 건 문제가 아니었다. 순전히 아버지 때문에 나는 학교에 갈 수가 없었다.

순철이는 야간 공민중학교인가를 다녔지만 사흘에 한 번인가도 갈까 말까였다. 그렇게 좋은 학교가 있다는 게 신기했다. 나는 어느 정도 가게의 어둠에 눈이 익었으므로 제대로 무엇을 볼 수가 있었다.

"순철아!" 벌써 두 번째 불렀지만 기침소리도 아무런 기척도 없었다. 대신 다소 후텁지근한 수채 냄새만이 코를 채웠다. 나는 언제나 순철이나 그 할아버지가 자리를 비우는 요행을 바라듯이, 가게를 지키고 있기를 바라기도 했다. 그것은 마치 밖에서 신나게 뛰놀다 집 수돗가에서 물을 마시는 것과 같았다. 덥고 목이 마르니까 물을 마시지 않을 수는 없지만 그렇다고 마음대로 물을 마실 수도 없는 게 내 입장이었다. 나는 물을 마시면서 이상한 생각에 매달리는데 그것은 내가 호흡에 맞추어 세 번 마시면 그달 치 성적이 6등이 되리라는 것이었다. 남이 들으면 웃을지 모르지만. 언제부터인지 모르게 나는 물 마시는 횟수에 곱하기 2를 하는 성적 계산법에 빠져들고 말았다. 그러나 보통은 수도꼭지에서 떨어질 줄 모르고 다섯 번, 여섯 번을 넘겨버리는 것이었다. 양껏 물을 마시고 출렁이는 배를 보면서 나는 후회하고 또 후회했다. 그렇듯이 유혹에 시달리면서 어두운 가게에서 내가 인기척을 낼 때 차라리 순철이가 고개를 내밀거나 할아버지의 기침소리를 듣는 게 마음 편할 수도 있다는 것이다.

나는 순철이를 부르면서 언제나 속으로 숫자를 헤아렸다. 일곱, 여덟, 순철이는 만화가게에 갔을까. 아홉, 마침내 열도 아니고 열하나가 되면 머리는 뜨거워지면서 손을 앞으로 가게 했다. 순철이 할아버지는 방에 누웠다가 나올 수도 있었다. 마지막 숫자는 다른 애들이면 보통 열까지 세지 않겠느냐. 그러나 나는 하나 더 헤아린다. 그리고 숫자 하나만큼의 시간만큼 내가 참아 낼 수만 있다면 과자를 훔치지 않을 수도 있다는 내 나름의 계산법이었다. 결국은 참지 못하고 계속 마셔대는 수돗물이나 열둘까지 기다리지 못하고 손을 슬쩍 내민다는 건 어쩜 참을성이니 하는 그런 것과는 상관없는 일인지도 몰랐다. 나는 호흡이 가빠져 활짝 열린 콧구멍으로 수채 냄새를 맡으며 과자로 손을 가져갔다. 수돗물을 한 번 더 마시는 게 자신도 미처 모르게 순간적이듯 이것 역시 마찬가지였다. 통일콩은 맛이 있었다. 진짜 땅콩이 한 알씩 들어 있었다. 나는 다시 순철이를 불렀다. 그대로 나와버린다는 건 위험한 일이었다.

"니가 웬일이고?" 순철이가 기다리고 있었다는 듯이 그늘 속에서 고개를 내밀었다. 전혀 기척도 없이.

"응, 학교 안 갔다, 나." 나는 그 말을 하기 위해 그를 찾았다는 듯이 그렇게 입을 열고 있었다. 아버지의 기운 내의 때문이라고 설명하지 않은 것만도 다행인지 몰랐다.

"들와, 니 엄마 지나가다 보면 어짜노." 나는 순철이가 서 있는 그늘 속으로 빨려들어 갔다. 추석이 지났지만 여전히 날은 더웠고 길에다 시멘트를 바른 뒤로는 그늘이 매우 아쉬웠다. 가게 안은 제법 시원했다. 썩는 듯한 수채 냄새만 아니라면 그날 하루 내가 보내기에 좋은 장소일 수도 있었다.

"할아버지 안 계시나."

"할배? 아버지 점방에 뭐 갖다 주러 갔다." 순철이 부모는 시장에서 채소전을 열고 있었다. 그보다 중요한 건 순철이가 지금까지 가게를 지키고 있었다는 사실이었다.

"난 아무도 없나 했다."

"그래?" 순철이는 누런 이를 보일락 말락 하면서 웃어 보였다.

"라이파이 4편 보느라고 소리를 못 들었는갑다. 산호도 보통이 넘는다이, 구라 치는 기." 다른 날 같으면 내가 이길 수 없다는 걸 알면서도 박기정이니 박부성이 만화가 재밌다고 한마디 하고 넘어갈 것이지만 오늘은 그럴 수가 없었다. 순철이는 박기당이나 김종래 것이 아니면 만화 취급도 않았다.

"니도 볼래? 하기야 이런 종이쪼가리보다 진짜 살아 움직이는 기 훨씬 낫지."

그는 내게 만화책도 내밀지 않고 엉뚱한 소리를 늘어놓았다.

"영화 말이가?"

"수정창고나 미성창고에서 문정숙이 보면서 통일콩 먹는 것도 기가 안 차나. 초량극장에 요새 하는 기 재밌다 카더라."

그러면서 순철이는 분명 조금 볼록하다고 내 스스로도 느끼고 있는 내 바지주머니를 노려보고 있었다.

"좀 있으몬 우리 할배 오는데……"

"응, 조금 기다려라. 그동안 내 집에 갔다 올게."

"저금통이라도 있나?"

순철이는 이제 흡족하게 웃고 있었다.

"그래그래."

이게 도대체 내 입에서 나오는 소리라고는 믿기지 않을 지경이었다. 하기야 그래서 나는 순철이네 가게에서 나올 수 있었다. 쏟아지는 햇빛에 눈이 부셔 눈물이 찔끔거렸다. 그러나 눈물이 찔끔거려지는 게 반드시 시멘트와 햇빛 때문만도 아닐 것 같았다. 어쨌든 나는 집으로 가는 수밖에 없었다. 대개 밤일을 끝내고 아버지 어머니는 낮잠을 잤다. 기대할 건 그것뿐이었다. 하긴 경자누나가 있긴 하다. 지금쯤 학교에서 무얼 하고 있을까. 둘째 시간이라면 산수였고 다음 시간이라면 국어였다. 아이들이 놀려대도 학교에 가야 했을까. 학교는 아이들의 집이니까. 집으로 가는 짧은 시간 동안 별의별 생각이 다 들었다. 이렇게 순철이의 덫에 걸린 건 성적, 그보다 아버지의 기운 내의 때문이 아닌가. 나는 목이 말랐다.

집 안은 죽은 듯이 조용했다. 박씨 아저씨와 김노인이 거처하는 문간방에서는 코고는 소리가 들려왔다. 그들은 두부 공장을 하는 우리 집의 기술자들이다. 아버지까지 셋이서 밤새워 콩을 삶아 두부를 만드는 것이다. 아버지도 장화 신고 물을 철벅거리며 일을 할 때 보면 그들과 똑같았다.

굴뚝에서 나오는 불똥 때문에 화재위험이 있다느니, 갖다 때는 석탄이 도둑물건이 아니냐고 시비 걸러 오는 사람들과 맞서는 이는 어머니였고 아버지는 뒤에서 그저 구경만 했다. 그렇잖아도 겁쟁이로 보이던 아버지가 이제는 미웁기까지 했다. 나는 살금살금 수돗가로 갔다. 우리집은 엄청나게 물을 많이 쓰기 때문에 수도꼭지가 세 개나 된다. 둘은 공장용이다. 마침 경자누나도 마당의 수돗가에 보이지 않고 며칠 전부터 고장 난 채로 똑똑거리며 떨어지는 수돗물만 바싹 마른 시멘트 바닥의 어느 한 부분을 적셔놓고 있었다.

나는 꼭지를 틀었다. 네 번만 마시자 그래야 다음엔 10등 안에 들 게 아닌가. 도맡아놓고 1등만 하는 김치웅이 새끼는 물도 안 마시나. 집에 수도가 없는지도 모르지. 그러나 내 몸은 너무 더웠고 목은 말라붙어 있었다. 그보다 왜 숨을 쉬어가면서 물을 마셔야 하는지 모를 일이었다. 나는 숨을 크게 들이쉬고는 입을 갖다 댔다. 입안 가득 물을 채울 작정이었는데 벌써 꼴깍하고 숨이 넘어가 버렸다. 나는 다섯 번째에서 겨우 입을 뗄 수가 있었다. 10등이라도 해야 할 것이었다. 그러나 쪼그리고 앉았다 일어서니 그게 문제가 아니었다. 바지 주머니 속의 통일콩이 앉았을 때 표 나게 볼록 튀어나왔던 것이다. 나는 세 개를 먹었다. 손으로 헤아려보니 여섯 개가 만져졌다. 한 개만 더 있으면 2원어치였다. 순철이에게 그냥 돈을 주면 안 될까. 나는 고개를 흔들었다. 적어도 10원은 있어야 될 텐데. 아버지 어머니가 자고 있다고 해서 해낼 수 있을까. 그보다 당장 학교에서 왜 왔느냐고 하면 미술준비물을 잊었다고 하자. 경자누나에게 빌릴까. 부엌에도 누나는 보이지 않았다. 나는 살그머니 큰방 문을 열어보았다. 거기에 누나가 있었다. 혼자였다.

"누고, 명환이가?"

누나가 나보다 더 놀랐다.

"아부지 어무이는 콩 파는 집에 갔다. 청소하다가 사진구경 한다고……"

그러면서 누나는 방바닥에 흩어진 몇 장의 사진을 봉투에 담고는 걸레인지 보자기인지 모를 것을 들고는 큰방을 나갔다. 나는 만세라도 크게 부르고 싶었다. 나는 어머니가 돈을 어디에 넣어두는지 알고 있었다. 화장대에 달린 서랍이었다. 내가 알기에 우리집 돈은 잔돈뿐이었다. 어머니가 어떻게 그 돈을 큰돈으로 바꾸는지 모르지만 1원짜리나 50전짜리는 그런대로 흔한 편이었다. 큰형이나 작은형은 "엄마 나 일주일 차비 20원 가져간다" 하고는 돈을 꺼내가기도 했다. 그러므로 그들은 정직할지 몰랐다. 어머니의 기억력은 무섭기도 하니까. 나만 전차도 못 타고 걸어 다녀야 했다. 마분지, 빗자루, 크레용이라고 일일이 말을 해야 어머니는 꼭 그만큼만 돈을 준다. 그러므로 나는 큰방에서 놀다 방이 비면 50전이건 1원이건 살짝 꺼내야 했다. 어머니가 한 번도 눈치 채지 않았으니 얼마나 손톱의 때만한 금액인가. 5원이면 기도 아저씨께 그냥 쥐여주고 극장에 들어갈 수도 있었다. 그리고 무엇보다 순철이네 가게에 새로 나온 과자가 보이면 나는 참을 수가 없었다. 또 박부성이 만화가 새로 나와도 마찬가지였다. 형들은 공부만 하지 만화 따위는 보지 않는다. 순철이보다도 나이가 많으니까 그런지도 모르지만.

서랍을 여니 텅 비어 있었다. 50전짜리와 1원짜리 몇 개뿐이었다. 아무리 두부 만들 콩을 산다지만 1원짜리까지 다 끌어가다니. 나는 겨우 3원을 꺼냈다. 한푼도 남기지 않고 다 가져갈 수는 없는 노릇이니까. 나는 어쩌나 하고 망설였다. 방바닥에—아까 누나가 사진 구경하던 장롱 앞에—조그만 브로치 하나가 떨어져 있었다. 엄마 건지 누나 건지 알 수가 없었다. 나는 통일콩이 들어 있지 않은 바지주머니에 그것을 넣고는 마루로 나왔다. 경자누나는 그 큰 엉덩이를 흔들어대며 걸레질을 하고 있었다. 어머니 고향의 먼 친척 딸이라는 누나는 몸이 굉장히 컸다. '도라무 통'이라고 놀리기도 하지만 누나 때문에 더 애를 먹는 사람은 박씨였다. 보통 박총각이라고 불리는 아저씨는 여자처럼 흰 얼굴에 몸까지 작아 누나와 바뀌었으면 좋았을 거라고 드나드는 사람들마다 놀려댔다. 하긴 여자처럼 예쁘장하게 생긴 덕에 군대에 잡혀가지 않은 것도 사실이었다.

"니, 와 학교서 왔노?"

"응, 엄마한테 미술준비물 살 돈을 안 받아가서 쉬는 시간에 뛰어왔다."

나는 기다리고 있었다는 듯이 재빨리 대답했다.

"그래……"

누나는 잠시 무엇인가를 생각하는 눈치였다.

"그라모 내가 줄게. 그라고 어무이한테 내가 사진구경 하더란 소린 말아라이. 어른들은 남의 사진 보는 거 싫어한단 말이다.”

나는 고개를 끄덕였다. 누나는 뜻밖에 20원이나 주었다.

“가다가 아이스케키 사 먹을 시간은 있겠제?”

나는 부리나케 집을 나오느라 문간방에서 흘러나오는 김노인의 코 고는 소리도 들을 수가 없었다.

“니거 집에 박씨 말이다.”

순철이는 골목골목을 돌아 극장 가는 길에 말했다. 나는 순철이네 가게에서 일부러 통일콩을 3원어치나 샀다. 그때 순철이는 아무 말도 하지 않았다. 그런데 지금 무슨 엉뚱한 소리를 하려는 건지.

“요새도 여자옷 입고 다니나?”

나는 통일콩으로 바지주머니가 튀어나와 걸음이 거북했는데 순철이 말을 듣고는 그 자리에 서버릴 뻔했다. 어머니는 몇 번이고 내게 박씨 아저씨의 변장에 대해 어느 누구에게도 말해서는 안 된다고 오금을 놓았으니까.

“모르겠는데.”

“임마, 시치미 떼도 알고 있다. 저번 추석 다음 날 밤에 대도창고 갔다 나오는데 니거 식모하고 웬 여자가 같이 가더라. 따라가 보니 여관에 가데.”

“추석 때 둘 다 고향 간다고 갔는데…… 공장도 놀고.”

나는 순철이 말을 믿지 않을 수도 없었다. 어느 날 밤에 본 그 장면이 다시 떠올랐다. 이렇게 되면 아저씨의 변장쯤은 아무것도 아닐지도 몰랐다.

“사람 뒷구석만큼 재미있는 기 이 세상에 어디 있노. 나는 맨날 그런 생각 하고 산다. 이 세상은 온통 비밀투성이고 나이 먹을수록 더 큰 비밀을 가진다 말이다. 어쩌면 비밀을 하나씩 가지는 기 커가는 거다.”

순철이는 지금 보러 가는 영화의 대사 한 토막을 미리 읊고 있는 것인지도 몰랐다. 나는 순철이의 말뜻을 다시 새겨볼까, 경자누나와 아저씨에 대해 생각할까 갈팡질팡이었는데 순철이가 이런 말을 하는 바람에 기가 팍 죽고 말았다.

“그래서 말이다. 이따가 극장에서 먹을 통일콩은 기똥차게 맛있을 끼다.”

극장에서 순철이는 빈자리가 있다고 아무 데나 앉지 않는다. 박쥐처럼 밝은 눈으로 계집애 옆자리를 찾아냈다. 나는 통일콩의 절반 이상을 순철이에게 주었고 순철이는 그것을 다시 자기 옆에 앉은 계집애에게 주었다. 통일콩을 꺼낼 때 다른 주머니에 든 브로치 생각이 났다. 나는 손으로 만져보았다. 아까 바쁘게 뛰어나오느라 누나에게 주지 못했던 것이다. 나는 화면을 보면서 통일콩을 아끼듯이 한 알 한 알 천천히 먹었지만 영화도 제대로 눈에 들어오지 않고 통일콩도 전혀 맛이 없었다. 목만 메이게 했다. 내일 학교 갈 일을 생각하니 숨이 막힐 지경이었다. 나는 차라리 눈을 감고 누나와 아저씨에 대해 생각하는 게 낫겠다 싶었다. 옆자리에선 무엇을 하는지 투닥거리며 순철이와 계집애가 손싸움을 하고 있었다.

순철이가 언젠가 이야기한, 영화관에서 하는 진짜 재미는 옆자리 계집애 몸 만지는 거라더니 그짓을 하기 위한 예비 싸움일지도 몰랐다. 순철이는 지저분한 아이일지도 몰랐다. 추잡스럽게 컴컴한 극장에서 어떻게 생겨먹었는지도 모르는 계집애 몸이나 만지는. 그리고 남의 약점이나 잡아내어 슬금슬금 괴롭히는. 오늘 자기 집 가게에서 통일콩을 3원어치나 사주었고 영화까지 보여주었으니 또 다른 시비를 걸지는 않겠지. 그러나 과연 그럴까. 나는 이래저래 울고 싶도록 신경질이 났다. 옆자리는 이제 조용해졌고 그러므로 이제는 순철이 따위는 생각지 않기로 마음먹었다.

박씨 아저씨를 찾는 사람들이 들락거린 건 올 봄부터였다. 기피자라는 게 이유였다. 한번은 그들이 들이닥쳐 경자누나가 자는 뒷방까지 다 뒤지고 야단을 쳤다. 방에는 누나 말고 내가 처음 보는 자그마하고 예쁘장한 처녀도 같이 누워 있었다. 어머니가 이 밤중에 처녀들 자는 방문을 다 열고 야단이냐며 따졌고 경자누나가 이불로 가슴을 가리며 고함을 질러댔다. 어머니가 질녀라고 그 사람들에게 이야기한 여자가 나중에 알고 보니 박씨 아저씨였다. 그걸 보고 형들은 낄낄대고 웃었지만 나는 그럴 수가 없었다. 둘이 나란히 누워 자는 척하는 모습이 언젠가 꼭 본 적이 있는 장면으로 떠올랐다. 그 뒤로 그 모습도 내 머릿속에 박혀버려 공부할 때도 불쑥불쑥 나타나곤 했다. 박씨는 그 뒤 머릿수건을 쓰고 누나의 치마저고리를 줄여서 입고는 경자누나와 같이 바깥으로 나가기도 했다.

그런데 이번 추석 때 순철이가 보았다는 건 어찌된 일일까. 아무도 고향에 가지 않았다는 소리일까. 누나가 먼저 가서 뒤에 온 것 같은데 그게 같은 날짜였을까. 그때 영화가 끝났다. 2본 동시상영인데 첫 편을 하고 있는 도중에 들어왔으므로 30분이나 기다리다 처음부터 보아야 했다. 나는 처음부터 다시 볼 기분이 아니었다. 애들 중 한 놈이라도 집에 쫓아와 내가 학교에 오지 않았다는 사실을 알릴 수도 있었다.

"그럼 먼저 가라. 영화는 처음부터 봐야 뒤에 비밀도 궁금하고 좋은데 말이야."

옆의 계집애는 우리보다 먼저 앉아 있었는데 일어서질 않았다.

소동은 저녁밥을 먹고 나서 일어났다. 장롱 서랍을 뒤지던 어머니가 신음소리를 내며 무엇을 열심히 찾더니 서랍을 통째로 방에 엎었다.

"내 패물이……"

온 방이 옷가지와 잡동사니들로 채워지고 나자 어머니는 울기 시작했다. 우리 형제들은 무슨 영문인지 몰라 어머니를 바라볼 뿐이었다.

"숟가락 몽뎅이 두 개 들고 살림 나와 지금까지 입을 것 안 입고 먹을 것 안 먹고 모은 패물인데……"

아버지도 속수무책인 모양이었다. 경대 서랍에서 낮에 내가 꺼낸 3원은 문제도 아니었다. 우선 다행스럽기도 했지만 보통 일은 아닌 성싶었다. 우울하게 공부방에 앉아 있는 큰형에게 패물이 뭐냐고 살짝 물어보았다.

"금으로 만든 반지, 팔찌, 목걸이 같은 걸 패물이라고 한다. 현금 대신 어머니들이 재산이라고 여기는 것이다. 가치가 별로 변하지 않으니까."

뒤엣말은 어려웠지만 어쨌든 알아들을 수는 있었다. 내 호주머니 속에 든 브로치는 종류에 들지도 않았고 색깔도 틀렸다. 나는 다시 큰방으로 가 어머니를 살폈는데, 실성한 듯 퍼질고 앉았던 어머니가 그 순간 후다닥 일어나더니 방을 뛰쳐나갔다. 어머니는 뒷방으로 돌진했다. 누나는 소동이 벌어지고 나서도 부엌에서 나오지 않고 있었다. 누나의 방도 곧 수라장이 되었다. 양말 하나까지 내던져졌다. 그리고 어머니는 누나의 분홍색 팬티를 움켜쥐고는 부엌으로 달려갔다.

"이년아, 부로치는 어쨌노! 백금 부로치 말이다!"

어머니가 아버지에게 넘겨준 누나의 팬티 속에는 큰형이 말한 대로 반지 다섯 개, 팔찌 세 개, 목걸이 세 개 외에도 같은 색깔의 팔목시계도 하나 있었다. 그리고 흰 색깔의 반지와 브로치가 있었는데 그게 백금인 모양이었다. 나는 호주머니 속으로 손을 넣다가 찔끔하여 빼버렸다. 누나가 어머니에게 머리채를 쥐인 채 이리저리 끌려다니는 동안 나는 공부방에서 귀를 틀어막고 있을 수밖에 없었다.

"그건 몰라예, 정말이라예!"

지금 누나방에 살짝 갖다 놓는다는 건 오히려 누나를 더 곤란케 할 것이 틀림없었다. 그렇다고 누나가 훌쩍이고 앉은 큰방에 들어갈 수도 없었다. 큰방에서 내가 주웠다고 한다면 오늘 학교 가지 않은 게 들통날뿐더러 누나가 준 20원이 누나를 더 나쁜 년으로 만들 게 틀림없었다. 내가 낮에 집에 왔더란 말을 누나가 하지 않는 이상 나도 누나의 사진 이야기를 해서는 안 될 것 같았다. 나는 순철이가 미웠고, 기운 내의를 태연히 입고 다니는 아버지가 미웠고 담임이 미웠다.

그날 밤은 공장일도 하지 않았다. 자다가 뒷방에서 흐느끼는 듯한 소리에 깨어났지만 뒷방은 누나가 있는지 없는지도 모를 만큼 조용했다. 누나를 어머니가 내쫓은 것일까. 나는 바지를 꿰어 입고 수돗가로 나왔다. 브로치를 수채에 버릴까 말까 망설이다 우선 물부터 마시기로 했다. 이 소동이 어쩌면 성적을 물 마시기에 연결시키는 나의 계산법 때문인지도 모른다는 생각이 들었다. 나는 딱 한 호흡만큼만 마셨다. 이 계산법이 내 머리를 떠나지 않는 한 나는 목이 말라 죽어도 좋다고 결심했다. 그리고 브로치는 억울한 누나를 위해서라도 일단 버려서는 안 될 것 같았다. 경자누나와 브로치만을 생각한다면 내일 만나게 될 담임의 얼굴이나 순철이조차도 별로 그렇게 중요한 게 아니지 않을까 싶었다. 나는 불이 꺼져 컴컴한 공장 안을 노려보며 내 자신이 어떤 어둠 속에 빠지는 듯하면서도 그게 또한 무섭게만 여겨지지도 않는 것이 신기했다.

그러나 내가 어떤 방법도 찾아내지 못하고 우물쭈물거린 며칠 뒤에 누나는 내가 잠든 밤에 집을 떠나버렸다. 하지만 나는 실망하지 않았다. 누나가 떠나고 나자 내가 가지고 있는 브로치를 결코 어머니에게 돌려줘서는 안 될 거라는 생각이 더욱 굳어졌다. 나는 다음 달 내 성적에 대한 궁금증과 순철이가 어떻게 나를 괴롭힐까 하는 조바심보다도 더 큰 조바심으로 무엇인가를 기다렸다.

그로부터 일주일 뒤에 마침내 박씨 아저씨가 고향으로 돌아가겠다고 어머니에게 말했다. 어머니는 새 기술자도 들여놓지 않고 그냥 가는 법이 어딨냐고 했지만 애써 말리지는 않았다.

아저씨가 떠나기 전날 밤 나는 아저씨 방에 몰래 들어가 한 벌뿐인 그의 양복주머니에 땀이 배인 손으로 내가 닳도록 만진 그 작은 브로치를 넣었다. 어머니에게는 미안한 일일지 모르지만, 통일콩 한 줌의 비밀을 움켜쥐고 있는 순철이 같은 애를 이기기 위해서 나는 보다 더 큰 비밀을 내 스스로 간직해야 했고, 어쩌면 브로치 하나의 누명을 덮어쓰고 살아갈 누나에게 우리 가족을 대신해서 내가 할 수 있는 유일한 일일지도 모른다고 생각했던 것이다.

비만 오면 질퍽거리던 우리 동네의 길을 시멘트로 바른 그 해는 나에게 있어서도 특별난 해인 것만은 틀림없는 듯했다.

길에서 형님을 잃다

창수가 형 집에 도착한 건 여덟 시 조금 지나서였다. 형 내외는 식사를 막 끝낸 참이었다.

"일찍 왔구나."

그릇들이 치워지지 않은 식탁에서 커피를 마시던 형이 말했다. 문을 열어준 그의 형수는 인사를 건네고는 곧장 베란다로 나가 화초에 물을 주었다. 기색이 별로 좋아 보이지 않았다. 아들 결혼시키고 오히려 집이 더 넓어졌다고 농이라도 건네고 싶었지만 입이 열리지 않았다.

"차가 안 막히니 금방이던데요."

"커피나 다른 차 한잔 마실래?"

"마시고 왔어요."

차를 권할 사람은 형수라는 생각이 창수의 머리를 스쳤다. 형 한수는 의자에서 일어나 큰방으로 들어갔고 창수는 거실 소파에 앉아 집에서 보지 않은 조간을 뒤졌다.

거실로 나오는 양복 입은 형을 보면서 창수는 낮이 되면 더울 텐데 싶었다. 체면을 중시하는 형이었고 그게 창수로서는 답답하게 보일 때가 많았다. 둘은 다소 맥빠진 배웅을 받으며 밖으로 나왔다. 근래 들어 형님 내외는 저기압이었다. 형이 회사에서 명예퇴직으로 나온 뒤 이거저거 손을 대다 돈을 제법 까먹었다는 걸 창수는 어머니 편으로 듣고 있었다. 거기다 얼마 전 부친이 입원까지 한 뒤로는 합가문제가 현안으로 떠올랐다. 그들 부모는 막내내외와 사는데 앞을 생각하면 합가가 원칙이었다. 하지만 결혼 후 줄곧 나가 사는 형수로서는 그 이야기만 나오면 피하는 기색이었다. 스트레스를 받고 있음이 확실했다.

사촌이 차를 가지고 나오기로 한 곳으로 가는 동안 형제는 별다른 대화를 나누지 않았다. 거리는 한산했다. 간선도로에서 차들이 한껏 속도를 내고 있었다. 약속장소로 정한 전철역 부근에는 등산객들이 더러 보였다. 그들은 역에서 조금 벗어난 도로가에 섰다.

"저 차 아니니?"

깜박이를 넣으며 인도 쪽으로 다가오는 승용차를 보며 형이 말했다. 그들 앞에 차가 멈추었다.

"어지간히 시간 지켰다야."

문을 닫으며 한수형이 미리 타고 앉은 두 사촌에게 말했다.

"어서 오세요, 형님!"

"안녕하셨어요."

운전대를 잡은 판수형과 옆자리에 앉은 동수가 동시에 인사했다.

"가자, 마산팀이 기다리면 안 된다."

부산에 사는 사촌 넷이 마산에 사는 사촌 둘을 경북 영천에서 만나 형제간의 제일 맏이이자 장손인 상수형님을 찾아보는 게 오늘의 계획이었다. 큰집형님은 몇 년간 집안과 소식을 끊고 있었다. 그 사연은 복잡했지만 간단하게 설명하자면 사업을 하다 부도를 내서 피해 있다는 것이다. 복잡하다는 건 형님이 다른 여자와 동거 중이라는 것에다 종답과 시골집을 팔았거나 팔려고 한다는 거였다. 형님은 택호를 두고도 흔히 제일형님이라고 불리었다. 1970년 중반부터 서울서 아주 큰 가전제품 대리점을 해서 돈도 많이 벌고 문중에서도 얼굴을 내다 80년 후반에 넘어져 버렸는데 그때 상호가 제일소리사였다.

사업이 망한 건 어쩔 수 없다지만 정리과정에서 사촌들에게 피해를 준 데다 다른 여자와 잠적을 해버린 게 더 큰일이었다. 집안에서 누구 하나가 잘되면 거기에 모여 덕도 보는 게 일반사일 터인데 사업이 기울어질 때 형님은 데리고 있던 사촌을 대표이사로 내세우고 자기는 빠져버렸으니, 구속은 되지 않았다 하더라도 형제간 우애에 금이 가게 한 건 사실이었다. 형수와의 관계가 더 큰 문제였다. 사업이 확장일로에 있을 때 형수는 친정붙이들을 끌어들였고 그네들 좋은 일 다 시킨다는 볼멘소리가 사촌들 사이에서 나오기 시작했다. 친정동생들 정리과정에서도 마찰이 있었지만 성격이 강한 형수를 두고 형님이 밖으로 맴돌면서 다른 여자를 만난 것이다.

몇 해 동안 사촌들은 형님을 두고 걱정은 했지만 만나지는 못했다. 거처도 이런저런 소문으로 떠돌다 최근에야 연락이 다소간 명확해진 형편이었다. 그게 종답을 팔고 이제 시골집까지 내놓는 과정에서 이루어진 것이라 집안에서 말이 없을 수가 없었다. 한동안 건강이 많이 상했다는 얘기도 있었고 시골집을 내놓는 과정에 다른 친척들과의 갈등도 생겼다. 그냥 덮어둘 문제가 아니라 우선은 한번 찾아보는 게 동생들의 도리다라는 여론이 돌아 오늘 이렇게 날을 잡은 것이었다. 큰집 형님은 두 형제였는데 밑에 동생 되는 이는 일찍이 호주로 이민을 가버렸으니 형님으로서는 사촌들이 친동기나 진배없었다. 위로 누님 한 분이 있었지만 6·25 때 돌아가셨다.

"누가 모을래, 자 여기 있다."

한수형이 안주머니에서 봉투를 꺼냈다. 판수형과 동수도 이내 봉투들을 꺼냈고 그것들은 자연스레 창수 쪽으로 건네졌다. 창수도 남방 윗주머니에서 돈을 꺼냈다.

"모두 얼마고? 마산형님에게는 귀띔을 했지만 길수한테 돈 이야기는 안 했다."

"난 30만 원이다." 판수형이 말했고 동수가 "저는 10만 원밖에 준비를 안 했는데요. 형님이 미리 얼마씩이라 했으면 그리 알아 맞추었을 텐데"라고 긴 소리를 했다.

"괜찮다. 성의만 표시하면 되지 뭐. 그 양반 형편을 바꾸어놓을 것도 아닌데."

한수형이 양복저고리를 벗으며 말했다.

"모두 백이네요. 우선 형님이 갖고 계시다 마산형님하고 의논하세요."

창수는 봉투를 하나로 만들어 형에게 건넸다.

"전화는 누구, 원재에게 물었습니까?"

큰형님의 전화번호를 조카에게 들었느냐고 동수가 물었다.

"그렇지 뭐. 통화는 그동안 두어 차례 하기는 했다. 집문제 때문에 아버지께 전화도 왔으니까."

"숙부님이 서운하시겠어요."

"말할 게 어디 있노. 팔아서는 안 된다고 말씀드리고 싶더라만 괜히 당신 마음만 아프실까 봐 내가 가만있었다. 아버님인들 너 좋도록 하라신 게 어디 본마음이시겠나."

할아버지가 분가하면서 지었다는, 어린 시절 사촌들이 방학 때마다 찾았던 시골집은 종답 몇 마지기를 파는 것과는 다른 정서를 사촌들 사이에 불러일으켰다. 크게 벼슬까지 한 어른은 없었지만 그래도 향반으로서 집성촌을 이루며 누대째 살아온 긍지가 있는데다, 뿌리가 깊지 못한 이들도 시골에 집을 짓고 고치어 유세를 하는 세상이라 시골집은 사촌들에게 별스런 의미로 작용했던 것이다. 그렇지만 일이 불거지자 감정이나 원론만 가지고 풀릴 게 아니라는 걸 차츰 깨닫게 되었다.

당사자는 큰형님인데다 내놓고 의논을 하는 것도 아니고 집을 사고자 하는 재당숙을 통해 이런저런 이야기가 돌다 보니 오해가 생길 구석이 많았다. 그러나 무엇보다 사촌들이 못 판다고 말들은 하지만 그 뒤가 문제였다. 형님을 설득해서 말을 거둘려면 형편이 딱해서 팔겠다는 형님을 도와드릴 방안을 내놓아야 할 텐데 그게 결국 돈과 관계된 것이기에 모두 주춤거릴 수밖에 없는 것이다.

창수 형제도 의견이 달랐다. 형은 팔게 해서는 안 된다는 원칙만 내세워 한동안 부친의 마음을 무겁게 했다. 창수는 팔지 않도록 하려면 큰형님에게 그만한 반대급부를 주어야 하는데 어느 사촌이 그만한 돈을 내놓겠느냐는 생각이었다. 더구나 산소도 돌보고 집을 지키는 재당숙어른이 창수 부친이 나서 매매를 방해한다는 소리를 해대어 심사를 불편하게 하고 있었다. 창수에게 8촌 되는 동생이 시골 살면서 농사짓고 도시로 나간 그 형제들이 돈을 모아 사겠다고 나섰으니 자칫하다가는 집안에 틈까지 벌어질 일이었다. 20여 년을 살면서 집을 간수한 재당숙의 처사를 "왜 하필 그 집을 사겠다는 거냐"로 몰아갈 수도 없는 노릇이었다. 큰집형님은 돈이 아쉽고 아저씨는 목재 좋고 터 좋은 그 집을 자기 명의로 번듯하게 바꾸고 싶은, 두 가지 이해가 맞아떨어지는 형편이었다.

"이제 추석에 시골 가도 어디 마음 편케 그 집에 들어가겠습니까. 다른 대소간 보기도 민망하고, 그 참……"

동수가 서운함을 노골적으로 드러냈다.

"호주형은 괜찮게 사는 거 아니에요?"

아무도 말이 없자 동수가 내친김이라는 듯 화살을 다른 데로 돌렸다.

"그 형님, 기대할 거 있나. 지금은 나오지도 않지만 어쩌다 귀국해도 전화만 불쑥하고 마는 양반인데."

한수형 말에도 호주형에 대한 노골적인 불만이 묻어 있었다. 고모 한 분만 남기고 첫째 할머니가 돌아가시고 새로 오신 할머니가 내리 7형제를 둔 것이 그 당시 근동의 화제였다는 소리를 창수는 나이 든 형님들로부터 몇 차례나 들었었다. 지금은 창수 부친만 유일하게 생존해 있었다.

"최근에 연락해본 적 있나?"

한수형이 판수형에게 말했다.

판수형과 호주형은 가까이 지내는 거로 알고들 있었다.

"저도 뭐 요즘은 뜸합니다. 거기서 살기는 괜찮은 모양입디다만 이민 간 지 20년이 되었는데 이쪽에 무슨 관심이 있겠습니까, 애들은 완전한 그쪽 사람 다 되었는데."

판수형이 답했고 창수는 여전히 시드니에 사느냐고 물었다.

"그렇지, 교민도 제일 많은데다 정비업도 단골이 있어야 하니까. 손톱 밑에 기름때가 시커먼 게 종업원 몇이 있다 해도 자기 가족 건사할 형편밖에 안 되나 보더라. 세금은 많고 탈세는 생각도 못 하니까."

판수형은 호주에 몇 차례 간 적이 있었다. 수산업 계통의 수입상을 하는 형으로서야 사업상 갈 수도 있는 일이지만 그로 인해 한동안 이민 간다는 소문이 돌기도 했었다.

"그래도 알게 모르게 형님을 돕지는 않을까요?"

창수가 말했다.

"그렇지 않을걸. 교회 나갈 때부터 형님과는 틀어졌고, 이민 갈 때도 형님이 내놓고 반대를 했는데."

"그렇지."

판수형 생각을 한수형이 뒷받침했다.

호주형은 결혼하고부터 형수 따라 교회에 나갔고 제사참례 문제로 갈등이 있었다. 장손으로서 형님은 친아우의 제사 거부가 다른 동생들에게 민망했고 그게 모두 제수씨로부터 비롯된 거라고 여긴 거였다.

"안 그래도 고민이 하나 있다."

잠시 뒤 한수형이 말했다.

"알려준 약도에 교회가 둘이나 있다. 도로변에 하나, 마을 안에 하나."

창수는 물론 누구도 얼른 말을 꺼내지 않았다. 에어컨소리가 차 안을 크게 맴돌았다. 언양휴게소를 알리는 사인보드가 나왔다.

"기사가 좀 쉬어야겠다."

"그러죠. 생각보다 차가 잘 빠집니다."

화장실을 들르고 커피나 음료수를 한잔씩 하고는 이내 모두 차에 올랐다.

"설마 형님이 교회에야 나가시겠습니까, 집안 눈도 있는데."

동수가 염두에 두었었는지 먼저 말을 꺼냈다.

"문동수 선생, 니는 아이들 마음은 잘 알는지는 모르지만 어른들 마음은 잘 모른다. 종교도 그렇고, 알 수 없는 게 사람 마음이다."

동수가 고등학교 교사라는 걸 두고 한수형이 하는 말이었다.

"문제가 복잡해질 소지가 있군요. 원재에게 다른 이야기를 들은 건 없습니까?"

창수가 형에게 물었다.

"뭐 다른 이야기는 않더라. 그냥 약도만 상세히 들었다. 형님 건강은 좋아졌다고 그러고."

"만일 그렇다면 종답 파는 건 문제가 있는 거 아닙니까? 조상 모시라고 그런 게 있는 건데."

동수가 말했다. 동수는 직선적이고 성질이 다소 급한 편이었는데 창수 모친은 그런 게 못마땅할 적마다 제 어미를 닮아 그렇다는 소리를 자주 해서 창수가 주의를 주기도 했다.

"너무 앞지를 거 있나. 두고 보면 알지."

판수형이 말했다. 한동안 에어컨소리만 울리고 차는 경주 가까이를 지나고 있었다.

"그런데, 원재가 제 엄마한테 이야기를 하고 제 아버지를 만날까? 나는 그게 궁금해."

판수형이 말했다.

"어찌 보면 걔가 대단한 것도 같아요. 제 아버지를 늦게나마 찾고 신경쓰는 거 보면."

원재는 딸 둘에 하나 얻은 아들이었다. 딸 둘은 형님 형편이 괜찮을 때 혼사를 시켰지만 막상 아들 결혼식에는 형님이 얼굴을 보이지 않았다. 형님에 대한 여론이 제일 비등했을 때였다. 아무리 피해 있다 해도 자식하고 원수질 일이라는 말과 채권자들이 식장에 나타났다는 말도 있었고 무슨 낯으로 나타나겠느냐는 애기까지 나왔다. 의견은 두 가지로 좁혀졌다. 못 나온 것을 기왕의 전제로 한다면 채권자들 때문이라는 의견과 다른 여자와의 동거 때문에 형수나 집안어른 보기가 민망해서 그렇다는 것이었다. 어쩌면 두 가지 다일 수도 있었다.

그때만 해도 사실 큰형수는 재산이고 뭐고 다 뜻 없이 오직 같이 사는 여자에 대한 원망으로 가득할 뿐이었다. 아무리 망했다 해도 여기저기 묻혀놓은 끄트머리가 있는 것이고 그걸 형이 한 푼도 형수에게 주지 않았다는 게 숙모들의 입에서 나온 애기였다. 그러니까 이래저래 원재가 제 아버지에 대한 서운함이 없을 리 없었다. 더구나 그 애가 대학에 갓 들어갔을 때 형편이 그렇게 꼬였기 때문에 철저히 제 어머니 편을 들 것이라는 게 여론이었다.

"큰형수는 요즘도 인천 김실이 집에 계시나요?"

판수형이 말했다.

딸조카 둘은 인천과 대전에 살았는데 큰딸이 혼자된 제 어머니를 줄곧 모시고 있었다. 그것도 어른들 입방아에 오르내렸는데 제사를 모셔야 할 큰질부가 아들 곁에 있지 않다는 비난이었다. 더구나 큰딸이 맞벌이를 하다 보니 아이들 돌보는 도움을 얻기 위해 제 어미를 붙잡고 있다는 말까지 나왔다.

"원재가 직장 잡고부터는 서울로도 자주 나오시는가 보던데. 우리가 원재한테 잘해야 한다. 그래야 할아버지나 백부께서 편안하게 제사상을 받으실 거 아니냐. 기제사 때는 한번씩 전화라도 해라야."

"그래야죠. 원재 그놈이 적어도 옳게 될려면 제 누나들이나 엄마 품에서 나와야지. 큰딸은 요즘도 그렇게 제 아버지 말만 나오면 거품을 무는가 모르겠네."

한수형 말을 판수형이 받았다.

"전에도 형님들께 말씀드렸는지 모르지만 큰아버님 기제사 때 창수형하고 저하고 인천 갔다가 개한데 당한 거 생각하면 지금도 얼굴이 달아올라요. 한마디로 삼촌들 왜 왔느냐는 거예요. 참 내 기가 막혀서."

동수의 말이었다.

원재가 미성인데다 형님이 없으니 형수 있는 곳에서 제사를 모실 수밖에 없었다. 창수 부친은 기제사 때마다 속만 태울 뿐이었다. 아버지를 보아서라도 창수는 형과 형편대로 기제사에 꼭 참례를 했는데 그때는 어떻게 동수와 둘이 가게 되었다. 뒤에 어머니나 숙모들을 통해 전해들었지만 형님 거처를 안 두 딸이 찾아갔다가 제 아버지에게서 서운한 말만 듣고 돌아온 직후였다. 남았던 그 앙금이 동수와 창수에게 돌아왔던 거였다. 형님이 집안과 연락을 완전히 끊어 창수 부친이 "아무래도 무슨 일이 났지"라는 탄식을 하게 한 것도 그 무렵이었다. 설렁한 제사상과 서먹하던 조카사위와의 음복주가 창수의 머릿속에 선명했다.

"이제는 딸네들 신경 쓸 거 없다. 원재 그놈이 똑바로 판단하면 된다."

한수형이 창을 열며 말했다. 에어컨을 잠시 끈 게 넥타이까지 맨 형으로서는 더웠던 모양이었다. 영천을 알리는 사인보드가 나왔다.

"어디서 만나자고 했습니까?"

판수형이 물었다.

"응, 시청 앞에서라고 했다."

"톨게이트 입구가 아니고요?"

"마산형님이 이야기라도 조금 나누어야 하지 않겠느냐고 하셔서, 정하다 보니 그렇게 되었다."

창수가 시계를 보니 열 시 조금 전이었다.

판수형은 수월하게 시청을 찾았다. 그들이 탄 차가 빨랐다. 갇혀 있었던 게 갑갑했던지 네 사람 모두 차 밖으로 나와 거리를 두리번거렸다. 청사는 물론이고 주변의 건물들도 모두 새로 지은 듯 번듯했다. 강을 경계로 신 · 구시가지가 나누어져 있는 듯도 싶었다.

"제가 있을 테니 형님들은 어디 들어가 계시죠. 저기 보이네요."

동수가 말했고 판수형이 "그럴까"라면서 길 건너편의 건물로 먼저 걸음을 옮겼다. 은행과 모텔 간판이 보이고 2층에 커피숍이 있었다.

"동수가 오랜만에 바른 소리 하는구나."

레스토랑을 겸한 실내는 넓고 쾌적했다. 먼저 자리를 정하고 앉으며 한수형이 말했다.

"왜요, 언제나 맞는 말만 하는데요."

창수가 대꾸하자 두 사람은 그저 싱긋 웃기만 했다.

몇 년 전에 암으로 돌아가신 막내 숙부의 맏이인 동수는 모든 일에 적극적이었는데 그게 형들에게는 못마땅하게 보이거나 핀잔의 원인이 되기도 했다. 특히 한수형이 너무 내놓고 타박을 주고 간섭을 해서 창수로서는 동생 보기가 미안할 적도 있었다. 창수가 생각하기로는 밑이라는 핑계로 집안일에 무관심하거나 수동적인 것보다는 백배 나았다.

딸들을 빼고 만날 수 있는 사촌형제들만 꼭 열다섯이었다. 창수는 중간쯤이고 이제 서른아홉인 동수는 끝에서 세번째였다. 경남 중부 지방이 고향인 사촌들은 주로 부산과 마산, 창원, 서울에 많이 모여 살았다. 잘살거나 똑똑한 사촌도 있고 그렇지 못한 사촌도 있지만 모두들 대소사에 빠지지 않고 얼굴을 보이며 우애를 유지해오고 있었다.

"서울에는 연락을 안 했나 보죠?"

"그래. 뭐 우선 몇이라도 만나보고 뒤에 이야기하는 게 나을 것 같아서. 형편부터 살펴보는 게 급선무 아니겠나."

"하기야 내동형님의 심경이 어떨지도 모르는 거니까."

판수형이 묻고 한수형이 대답하고 있었다.

"벌써 몇 년이 지난 일이고, 피해 다니는 형님을 보더라도 그 형이 마음을 풀어야지. 너무 그러면 다른 형제들도 좋다 안 한다."

"이제 기반도 좀 잡은 모양이던데요."

"사업 머리는 본래 있는 양반이잖니."

내동형은 큰집형님이 사업을 일으킬 때 형을 도와 기반을 잡는 데 큰 역할을 했다. 큰형수와 민망할 정도로 싸우면서 친정식구들을 정리하기도 했고 방만한 확장과 경영을 조언하기도 한 거로 알려져 있었다. 가전제품이 폭발적 수요를 보이던 무렵 형님은 경기도 일원까지 점포를 내면서 외형을 불렸다. 덤핑까지 해가며 물건을 내고 다시 물량을 확보하던, 그런 시절이었다.

일이 터졌을 때 내동형님은 공동대표로 뒤처리를 맡았다. 숙모는 장조카가 감옥엘 가면 갔지 왜 죄없는 동생에게 덮어씌우느냐고 서운함을 드러냈고 큰형수는 그동안 재산 빼돌린 거로 그만한 건 감수해야 한다는 말을 퍼뜨려 일을 더 헝클어 놓았다. 사촌들은 애매하게 중립을 지키는 수밖에 없었다. 한두 해, 형제계 때 내동형은 큰집형님과 특히 형수를 비난하는 발언을 술을 빌려 했지만 근래에는 입을 다물었다. 잠적한 큰형님에 대한 동정이 사촌들의 마음 저변에 깔려 있다는 걸 간파했는지도 몰랐다.

뒤처리 과정에서 겪은 내동형의 고통을 이해는 하면서도 창수 부친은 물론 다른 숙모들도 내심 큰조카가 감옥에 가기를 원하지는 않았다. 그게 장손에 대한 애정이거나 장손의 특권이라고 창수는 이해했다. 어쨌거나 장손은 보호되어야 한다는 심사가 의식적이든 무의식적이든 집안 구성원을 지배하고 있었던 건 사실이었다.

“오늘 가서 보고 박사님한테는 연락하세요. 전에 집이 팔린다 하자 끙끙 앓던데요.”

판수형이 한수형에게 말했다.

“그래야지.”

서울에는 대학교수를 하는 사촌이 있었다. 한전에 다니다 돌아가신 삼촌의 둘째였는데 형제간에 머리가 좋았다.

그때 유리문이 열리면서 마산형님의 얼굴이 보였다.

한수형이 먼저 자리에서 일어났다.

마산형님 뒤로 길수와 동수가 들어왔다. 서로 인사를 나누고 형제들은 앉았다.

“아버님 건강은 좀 어떠시노? 전에 병원에 계실 때 뵙는다는 게 그만 때를 놓쳐 죄스럽다. 좀 진작 알았으면 가 뵈었을 텐데……”

마산형이 한수형에게 말했다.

“네에, 잠깐 계셨는데 겨를이 있었겠습니까. 요즘은 좋으신 편입니다.”

창수 부친은 조카들을 번거롭게 하지 않도록 입원사실을 숨겼다.

“그래 건강이 그만하시다니 다행이다. 집안에 어른으로는 혼자 계시는데 오래 사셔야지. 팔순 때 잔치 한번 하거라. 집안의 경사다.”

“잔치를 조촐하게나마 하긴 해야 되지 않겠습니까. 남재는 학교 잘 다닙니까? 이제 졸업반이죠?”

한수형이 말했다. 마산형님의 막내인 남재는 서울대학을 다녔다. 재수 끝에 법대에 입학했을 때는 잔치를 벌였을 정도였는데, 거기에는 재종, 삼종 간의 눈에 보이지 않는 경쟁의식도 작용하고 있었다.

“자, 오늘 어쩌노? 부산동생 니가 대충 이야기를 해봐라.”

마산형이 화제를 돌렸다.

“뭐, 대단한 거야 있겠습니까. 소식을 몰랐을 때는 어쩔 수 없었지만 알고야 가만있을 수 없으니까, 아버님도 얼굴이라도 보아야 된다 하시고, 길을 가다 어디 음식점을 보아두었다가 모시고 나와 점심이나 하면 어떨까 합니다만.”

“응, 그러자. 내가 돈을 조금 가져왔는데 어쩌노?”

마산형은 매사가 시원시원하고 원만했다. 코오롱 대리점을 진작부터 하고 있는 형이었는데 제일형님처럼 하는 사업을 따서 코오롱형이라고 불리다가 큰집형 사업이 망한 뒤 제일형님이라는 말이 꼬리를 감추면서 그냥 마산형이라고 불리고 있었다. 말투도 항상 의논조에 질문형으로 하는 편이었다. 어떨 때는 그게 물에 물탄 듯 매듭이 없어 보이거나 지나친 보신주의로 보일 때도 있기는 했지만 사업을 하면서 터득한 처세술인지 사교적이고 원만한 건 사실이었다.

마산형이 봉투를 한수형에게 넘기는 걸 보고 길수의 안색이 달라졌다.

“어, 저는 그냥 왔는데요. 사전에 약조가 있었습니까?”

“약속은 무슨, 그냥 가기 뭐하니까 용돈이나 만들어 드릴려고 한다.”

한수형이 얼른 나섰다.

“그래도, 이거 미안하지 않습니까?”

“어디 봉투에 이름 써서 드리나, 별소리를 다 한다야.”

“창원동생 봐라, 우리가 형님 뵙는 게 목적이지 다른 뭐가 있나? 무슨 큰일도 아니니 가만히 있어라. 누구 돈이면 어떻고 맨손인들 어떠냐, 형님 찾아뵙는 거로 다 좋은 거지.”

마산형이 나서 길수의 입을 막았다. 길수는 창수와 동갑으로 생일이 몇 달 늦었다. 고향에서 제일 늦게 도시로 나오는 바람에 학력도 처졌고 기반을 잡는 것도 늦었다. 밑에서 두 번째 삼촌은 술을 좋아한데다 숙모가 시골 살아봐야 집안 고지기 노릇밖에 못 한다고 조부가 돌아가시던 해 서둘러 도시로 나와버렸다. 창수 모친은 이번에 고향집 문제가 나왔을 때 동서를 탓했다. 꿈적 않고 눌러살았으면 집도 돌보고 종답도 그대로 부지했을 거라는 거였다. 길수는 마산과 창원에서 택시도 하고 버스기사도 하다가 요즘은 용달차를 부리고 있었다. 체격도 좋은데다 입심도 셌다.

판수형이 일요일이라 일거리가 많을 텐데 나왔다고 길수에게 말했고 길수가 뭐라고 말을 내기도 전에 한수형이 “그래도 오늘은 나와야지”라고 못 박았다.

“근데 형님들, 오늘 가서 그 여자분을 뭐라고 부를 겁니까?”

동수가 콜라잔을 들면서 말했다.

"응, 그게 무슨 소리고, 지금 그게 문제냐?"

길수에게 당했다는 느낌으로 긴장했던지 한수형이 못마땅하다는 소리를 했다.

"우리가 가서 형님만 보는 게 아니잖습니까. 아무 호칭도 부르지 않고 같이 지내는 분을 몇 시간이고 대할 수는 없지 않겠습니까."

동수의 말에 전혀 틀린 구석만 있는 게 아니라는 걸 깨달았는지 모두들 입을 다물었다. 이번 일은 물론 큰집형수 모르게 진행되는 거였다. 법적으로나 집안 내에서도 형수는 엄연한데 형님은 정작 다른 여자와 살고 있었다.

"부산동생이 원재에게 언제 갈 거라는 얘기를 했나?"

"그저께 약도를 물으면서 일간 한번 뵈올 것 같다는 말만 했습니다."

"큰집형수에게 원재가 말을 하지는 않았겠제?"

"그럴 겁니다. 작년 진갑 때 처음 갔다는데 아마 제 엄마 모르게 연락도 취하고 하는 거로 보입디다."

이야기가 조금 빗나가 보였다.

"오늘 그분을 형수님이라고 부른다고 해서 크게 문제 될 거야 있겠습니까. 괜히 그런 걸 의식하다 보면 자리만 서먹해질 텐데요. 사실 형님이 집안에 나서지 못하는 이유 중에는 그 여자분과의 관계가 큰 거 아닙니까. 그러니 그냥 마음이라도 편케 하고 사시라는 마음도 전해드리는 게 될 테고."

판수형이 이야기의 길을 잡았다. 창수도 한마디 거들었다.

"실제 형님으로서는 아직 돌아오지 않은 수표문제보다는 여자분 문제가 더 클 겁니다. 그렇다고 두 사람 관계를 공식적으로 인정해달랄 수는 없는 거고 답답하시겠죠."

"여자분으로서는 정식은 아니더라도 지금 그대로 위치를 확인하고 싶다는 그런 마음이겠제?"

마산형이 창수를 보며 말했다.

"그래도 형수라고 부를 수는 있습니까, 형님이 떳떳한 것도 아닌데."

가만있던 길수가 쐐기를 박았다.

"그래도 동생, 그렇잖다. 기분 문제 아니가. 여자분에게 분위기가 자칫 잘못 읽히면 우리 방문이 형님을 괴롭히는 게 될 수도 있다. 언제 알았는지는 모르지만 벌써 7년여를 같이 사는 사람인데 그 존재를 우리가 전혀 무시할 수는 없는 거 아니겠나."

판수형이 길수를 설득했다.

한수형은 대화 자체가 유쾌하지 않은 듯 입을 다물고 있었다.

"분위기 따라, 형편대로 하면 안 되겠나 그자."

마산형이 결론처럼 말했다.

"형님들 부르는 대로 우리는 따라 할게요. 그 대신 형수님이라고 부른 형님들을 부산이나 마산 형수들께 이르지는 않을게요."

동수 말에 한수형을 빼고는 모두 너털웃음을 터뜨리고 자리에서 일어났다. 시계가 열한 시를 지나고 있었다.

"천천히 갈 테니까 우리 차를 따라오세요."

한수형이 마산형에게 말하고는 늦게 차에 올랐다.

시내를 벗어난 차는 의성을 가리키는 사인보드를 따라 곧장 시골길로 접어들었다. 창수는 한 번씩 뒤창으로 고개를 돌려 마산형님 차가 뒤따라오는지를 확인했다.

"영천에 군부대가 많지? 여기서 교육받았거나 군대생활한 사람은 없지?"

"대구의 초동형님이 왜 헌병장교로 여기서 근무했다 아닙니까."

판수형이 재종형을 들먹였다.

"그 양반 요즘 잘 지내나?"

한수형이 물었다.

"여전히 건설업 하는가 보데요. 재주가 좋아놓아서 그런대로 버티나 봐요."

"하기야 헌병 출신이니까……"

한수형의 말에는 초동형님에 대한 불만이 묻어 있었다.

창수 집안의 원 종가는 재종 쪽이었다. 초동형님은 재종형제 중 막내였는데 기질상 대소간의 일을 도맡아 하면서 유세도 다소 하는 편이었다. 창수 직계의 선산은 종가 선산과 능선 하나를 사이에 두고 있었는데 숙부들의 죽음이 순서를 따르지 않다 보니 막내숙부는 길가로 바짝 내려오게 되었다. 종가의 선산 곁으로 그만한 곳이 있어 말을 넣었지만 시원한 답을 얻지 못한 뒤로부터 창수 사촌들은 내놓고 서운함을 표하기에 이른 것이다. 거기다 재실을 수리하거나 윗대 비석을 세울 때 돈은 십시일반으로 같이 내면서 얼굴은 도맡아놓고 초동형님 형제나 자기 조카들까지 내는 것도 은근한 불만이었다.

"참, 숙부님 자리는 어떻게 결정이 되었습니까?"

판수형이 물었다.

"종가형님께 얼마 전에도 말씀은 한번 드렸다마는, 직답은 피하시더라. 아버님 뜻은 전에 말이 있던 곳으로 정해지면 막내 숙부도 옮길 거라고 하신다마는."

한수형이 동수 쪽을 보면서 말했다.

막내숙모는 길가로 너무 내려온 산소를 항상 불만스러워했다. 요즘은 가깝고 주차하기 좋은 곳이 명당이라고들 하지만 그래도 숙부 산소는 너무 처져 있는 게 사실이었다. 창수 부친의 자리가 조금 위쪽에 비어 있기는 하지만 너무 좁고 방위도 좋지 않았다. 창수 부친은 자신 때문에 아우들 자리가 너무 내려간 점을 항상 미안해하고 있었다.

"우리도 밭뙈기를 하나 사둬야 하지 않겠습니까. 우리까지는 모여 있어야 애들이 모이지."

판수형은 진작부터 그런 이야기를 하고 있었다.

"앞으로는 화장 안 할 수 없을테니 자리도 크게 안 해도 될 테고, 같이 모여 있으면 좋지요."

"서울 사람들이 머니까 어떻게 생각할지 모르지만 원칙은 맞지."

창수형제가 말했다.

잠시 뒤 동수가 다른 얘기를 했다.

"그런데 초동형님에게도 고민거리가 생긴 거는 모르시죠? 그 형님 첫째 애가, 이름이 뭐더라, 걔가 교회를 나간답니다. 왜 현대에 입사했다고 자랑하던 아들 있지 않습니까, 야단 아니겠어요?"

동수 말에 한수형과 판수형이 동시에 놀라움을 표했다.

"어머니가 전에 대구 누님집에 갔다가 들었답니다. 누나에게 그 형수가 몰래 그러더래요, 그 형님 성격에 아이를 후려잡는 모양인데 형수 마음은 또 아들 생각이 있잖겠어요."

"허 참, 그래도 장손이 아니니 다행이네."

"형님, 무슨 소리 하십니까, 밑으로 내려오면 나중에는 장손이 되는데."

"그렇구나, 앞앞이 말 못하고 초동형님 그 성격에 그냥 넘어갈 수도 없을 테고, 어째 그렇게 되었을까?"

"믿는 거까지야 일일이 다 챙길 수 있겠습니까."

"근데 천주교는 어째서 제사 지내고 술담배도 다 하냐?"

한수형이 성당에 나가는 판수형을 두고 물었다. 판수형은 잠시 시간을 두었다가 대답했다.

"제사를 종교의식으로 보느냐, 아니면 미풍양속으로 보느냐는 견해 차이죠. 천주교에서는 초기에 실랑이가 조금 있다 미풍양속으로 보고 허용을 했다고 그럽디다. 술담배야 신부님들이 잘하시는데요, 뭐.”

판수형 말 뒤로 모두 잠시 입을 다물었다. 어쩌면 그런 침묵 속에는 지금 찾아가는 큰집형님에 대한 궁금증이 숨어 있을지도 몰랐다. 한때는 형님이 기도원에 있다는 말도 돌았기 때문이었다.

“스트레스 받네요.”

동수가 뚜벅 말했다. 그 말을 창수는 기독교로부터 받는 유교의 스트레스로 이해하고 싶었다.

차는 점차 정상을 향해 올랐다. 구비만 잦았을 뿐 평길을 간다 싶었는데 눈 아래 들어오는 길과 산줄기를 보고서야 상당히 올랐다는 걸 알 수 있었다.

“형님은 어째 이런 데를 아셨을까? 경기도나 경남도 아니고.”

“아마 같이 사시는 분과 연고가 있는지도 모를 일이지. 경남 쪽은 아무래도 아는 사람 만날 확률도 높고.”

동수 말에 대해 창수가 짐작을 내놓아보았다.

“재라는 게 격리의 의미도 있는 거고.”

“공무원치고는 너무 문학적이다.”

한마디 덧붙인 걸 두고 한수형이 웃음을 터뜨렸다.

“이 고개를 넘어 다니실 때마다 큰형님 심정이 복잡하겠구만요. 옛날같이 걸어 다녔다면 힘도 들고 자주 쉬다 보면 별 생각도 다 들었을 텐데, 차로 간다 해도 그런 밑바닥 심정은 마찬가지 아니겠어요?”

동수가 말하는 동안 차는 마루턱 휴게소 앞의 공지에 멈추었다. 뒤차도 이내 들어섰다.

한수형은 마산형에게 마을은 찾을 수 있지만 집은 모르는 거고 그보다도 불쑥 들어설 수는 없으니 어디서 전화를 하고는 가야 하지 않겠느냐는 의논을 냈다.

"여기서도 위치를 정확히는 모르는 거 아니냐? 그렇다면 마을부터 찾고 나서 전화를 넣지, 그러는 게 어떻노?"

한수형은 동의하고는 고개를 넘으면 어떤 특정적인 지형지물이 있는가를 들은 대로 설명했다.

두 대의 차는 다시 출발했다.

"형님이 많이 늙으셨을까?"

"편찮으시기도 했다니까, 원재도 제 아버지와 연락을 튼 게 아플 때부터라면서?"

"그렇다고 합디다. 어쩜 우리가 늦게 찾는 건지도 모르지요. 형수 생각하고 뭐 하다 보니."

"건강이 안 좋다는 말이 있었을 때도 기회였지요. 그때 한번 뵈었어야 하는 건데 실기를 한 것 같습니다. 형님은 형님대로 감정이 있을 테니까."

창수가 거들었다.

따지고 들자면 형님의 잠적 자체가 잘못이지만 형님으로서도 동생들에게 서운한 마음이 있을 수는 있었다. 찾자고 들면 못 찾을 리도 없는 것이고 경제적인 면이야 뒤라 하더라도 우선은 정리(情理)가 그리울 수도 있었을 것이었다. 그런데 어떻게 하다 보니 손 아픈 분위기 속에서 해후의 자리가 준비되고 있다는 게 창수의 생각이었다. 하지만 그 자신도 그런 목소리를 내어본 적도 없었을뿐더러 이렇게 몰리고서야 겨우 그런 판단도 서게 되었다는 사실을 인정하지 않을 수 없었다.

"우리가 나서서 형님을 돕지 못한 잘못은 있겠지만 형님 잘못이 더 크다고 저는 생각합니다. 무엇보다 나타나셨어야죠!"

동수가 말했다.

"어허, 나타날 형편이 안 되는 사람을 두고 그런 소리를 할 수 있나."

창수는 목소리를 낮추려고 애를 썼다.

"종답도 그렇지만 집까지 팔자고 나선 건 너무한 처사 아닙니까? 모두 백부님 이름으로 되어 있기야 하지만 그게 다 할아버지 밑인데. 특히 고향집은 우리 사촌 간의 상징이기도 한 거고."

동수가 내심 간직하고 있던 말인 듯 주장을 굽히지 않았다.

"어쩌겠노, 형편이 그렇게 굴러가는 걸."

판수형이 이미 체념했다는 듯이 말했다.

"동생 니 말이 옳은 걸 누가 모르나. 집에 아버님 심정은 오죽하겠나, 거기서 나시고 자란 곳인데. 오늘 형님 뵙거든 함부로 그런 얘기는 입 밖에도 내지 마라. 잘못하다가는 크게 이상해진다. 형님도 그런 기색을 우리한테서 읽으려고 하실 거란 말이다. 형님이 먼저 말을 꺼내도 듣기만 하자."

한수형이 길게 다짐을 주었다.

국도에서 벗어나 얼마간 가자 야트막한 구릉지가 펼쳐졌다. 잎사귀가 누렇게 타들어간 담배밭이 드문드문 보일 뿐 별다른 농사는 눈에 띄지 않았다. 햇볕이 달아올라 창가로 더운기가 끼쳐 왔다. 크지 못한 플라타너스 가로수가 짧은 그늘을 드리운 한가한 도로변으로는 인가도 드물었다.

"이거 영, 오지에 들어온 것 같네요."

"어디에 학교가 보이고 거기를 지나면 가든 이름이 붙은 음식점이 있고 곧 삼거리라는데……"

차는 속도를 늦추었고 한수형은 부지런히 주위를 살폈다. 창수를 비롯한 다른 사촌들도 모두 시선을 창밖으로 두었다.

"왼편에 보이는 저게 학교 아닙니까?"

앞자리에 앉은 동수가 말했다. 키 작은 나무들이 운동장을 에워싼 게 학교가 맞았다. 몇 가구씩 인가가 계속 보이다 왼편 언덕으로 한우구이전문이라는 삼정가든 간판이 보였다. 삼거리 지점에서 오른쪽으로 꺾어 차가 멈추었다. 거기는 문을 닫은 지 꽤나 되어 보이는 농기구 수리점 앞이었고 공터도 제법 있었다.

사촌들은 모두 차에서 내렸다. 햇빛에 모두 눈살을 조금씩 찌푸려야 했다. 길수는 선글라스까지 쓰고 있었다. 도로변에서 조금 물러서서 자그마한 교회가 보였고 교복 입은 학생들과 어른들이 들락거리고 있었다. 도로에서 오른쪽으로 꺾여 시멘트길이 보였고 다리 너머 동리 하나가 보였다. 그리고 거기에도 표지처럼 교회의 뾰족탑이 크게 눈에 들어왔다.

"맞게 찾은 거 아니에요? 교회가 둘 마주 보고 있고."

동수 말에 한수형이 고개를 끄덕거리며 핸드폰을 꺼내며 코오롱형에게 다가갔다.

"설마 형님이 오지 말라는 소리는 안 하시겠지요?"

판수형이 웃음 띤 얼굴로 말했다.

"그렇지요. 그러면 형님이 정말 너무하시는 거지."

길수가 창수를 바라보며 말했다. 혼자 선글라스를 낀 길수의 표정이 우습기도 하고 딱딱하게도 보였다.

"모르죠. 여자분이 언제나 전화를 받는다는데 안 계신다고 할 수도 있죠."

동수가 말했다. 한수형은 일행이 서 있는 곳에서 조금 떨어져 전화를 했다.

길수가 창수에게 가까이 다가오며 낮은 목소리로 "형님이 전화를 하면서 코오롱형님 차 타고 영천으로 오라는 소리밖에 안 하더라구." 했다. 추렴할 줄 몰랐다는 말을 다시 하고 있었다. 창수로는 "모른척하고 넘어가 버리면 되지 뭘 그러니." 라고 말해주었다.

"그래도 같은 목적으로 왔으면 대등하게 일을 보아야지, 누구는 사촌동생 아닌가요. 섭섭하다 이거지 뭐."

섭섭하다. 길수 말이 틀린 건 아니라고 창수는 생각했다. 하지만 길수의 그런 따짐이 창수로서는 짜증스러웠다. 더운 날씨도 그랬고 무슨 대단한 행사처럼 일이 되어가는 것도 그렸다.

"됐습니다."

한수형이 마산형에게 다가가며 말했다.

동생들은 서너 걸음 옮겨 귀를 기울였다.

"애가 받아서 여자분을 바꾸더니 오라고 그러더라. 형님이 있다 없다 소리는 않구."

한수형은 얼굴이 환해져 있었다.

"형님이 계시기는 계시는 거지. 애는 누군데?"

"저도 처음 듣는 목소리인데요."

"일단 가보도록 하자."

마산형님이 차 쪽으로 먼저 걸어갔다. 뒤따라가는 길수를 향해 한수형이 말했다.

"창원동생, 너는 선글라스 벗어라. 우리가 피서 왔나!"

차문을 닫으면서 판수형과 동수가 웃어댔다.

"자식이, 무슨 눈치가 있어야지. 말을 안 해주면 형님 앞에까지 그대로 쓰고 갈 거다."

"애가 받다니 누구예요? 남자애예요, 여자애예요?"

동수가 물었다.

"남자애 목소리던데. 글쎄, 내가 전화했을 때는 언제나 여자분이 받아 형님을 바꾸어주고는 했거든."

한수형도 궁금한 모양이었다.

"그 여자분 아이이겠지요. 미혼으로 형님을 만난 건 아닐 테니까요."

사촌들이 대충 알고 있는 건 형님이 사업을 하면서 바깥 여자들을 접촉하는 기회가 많아졌고, 형수가 한 발 물러서서 사태를 보지 않고 사사건건 시비하고 패악까지 치니 형님이 더욱 바깥으로 돌았다는 것, 그런 여자분 중의 한 명이 지금 같이 있는 사람이라는 정도였다. 이혼한다는 말도 있었고 형수 쪽에서 엄청난 위자료를 요구해서 결국 못했다는 얘기도 한켠으로는 있었다. 하지만 형님의 입장으로서는 어디까지나 마음뿐이었을 건 틀림없었다. 어디 집안 망신시킬 일을 결행할 수 있을 것인가, 사촌 간에 그런 이야기가 오가기도 했었다.

"이거 원, 새 형수에다 새 조카까지 보게 되는 거 아닙니까."

판수형이 낮은 너털웃음을 터뜨렸다.

개천은 깊지는 않았지만 폭이 넓었다. 다리 난간이 오래되어 누렇게 탈색되어 있었다. 햇빛 아래서 그것은 오히려 우중충하고 음산해 보이기도 했다. 이끼가 앉고 그것이 번져 난간 아래 쪽은 푸르죽죽하게 죽은 색을 보였다. 마을은 다리로 연결되고 또 그만큼 격리되어 있는 꼴이었다. 좌우 어디에도 다른 입구는 없어 보였다. 다리를 지나 조금 가자 마을이었고 좁은 시멘트길이 좌우로 갈라졌다. 차가 그 즈음에서 멈추었다.

"개 키우는 집을 물으면 안다는데……"

한수형이 중얼거렸고 동수가 "제가 물어보지요"라면서 먼저 내렸다. 그러나 동수는 주위만 두리번거리고 서 있을 뿐이었다. 지나다니는 사람이 아무도 없었던 것이다. 창수가 내리고 결국 모두 길에 섰다. 마을은 아주 고즈넉했다. 과수원이 보이고 숲이 많은 마을이었다. 길도 반듯하고 심겨진 나무도 모두 질서정연한 게 예사 시골마을 같아 보이지는 않았다. 아름드리 은행나무와 느티나무도 보였다. 매미소리가 따갑게 들려왔다. 무성한 나무들이 마을을 무거운 정적으로 가라앉히고 있는지도 몰랐다. 한동안 마을을 둘러보다 무슨 소리가 나는 곳이 있다는 걸 사촌들은 거의 동시에 알아챘다. 그건 교회 쪽이었다. 하지만 한 사람의 소리인지 마이크소리인지는 구분할 수 없었다. 노랫소리는 아닌 것 같았다. 골목 여기저기를 두리번거리며 집 안까지 넘보던 동수가 주춤주춤 교회 쪽으로 다가가고 있는 게 보였다. 창수가 걸음을 다잡으며 동수를 낮은 목소리로 불렀다. 동수가 돌아서는 걸 보고 창수는 손으로 가지 말라는 신호를 보냈다.

"거긴 왜 가니."

다가온 동수에게 창수가 말했다.

"형님이 저곳에 있을지도 모른다는 느낌이 들지는 않아요?"

"실없기는."

창수는 무거워지는 기분을 숨긴 채 그렇게 말했다. 다가오는 둘을 보고 형들이 얇게 웃고 있었다.

"전부 왜 교회를 보니? 보통 보는 마을과 좀 다른 건 사실이다. 오래 묵은 기와집이 보이지 않고 길도 너무 반듯하지 않니? 혹시나 하고 교회 관계 일을 형님에게 묻지는 마라."

마산형님이 말했다. 그때 보이지 않던 길수가 골목 한쪽에서 걸어오다 담뱃불을 발로 눌러 끄고는 소리쳤다.

"알았습니다. 왼쪽이랍니다!"

"저 녀석이 가까이 와서 말하면 될 텐데 고함을 쳐."

한수형이 못마땅해했다.

길수는 다가오며 "이쪽요, 이쪽. 차도 들어간답니다"라고 말했다. 그러고는 차에 오르지도 않고 먼저 걸어갔다. 차는 천천히 길수 뒤를 따랐다. 나무 대문 앞에 길수가 멈추자 개들이 일제히 짖어댔다. 차에서 모두 내렸다. 개 짖는 소리가 더욱 요란해지고 서너 걸음 뒤, 마당에 큰형님이 서 있었다.

"들어오너라. 차도 들여 오고."

큰형님이 말했다.

마당의 반 이상은 잔디였다. 차가 두 대 들어서고도 잔디는 여전할 정도로 마당이 넓었다. 동생들 손을 한 번씩 잡은 형님이 "그래그래, 여긴 덥다. 방으로 들어가자"라면서 먼저 걸음을 옮겼다. 여기저기서 개들이 계속 짖어대 분위기가 다소 산만했다. 마당 한켠의 우리에서 몸집 큰 두 놈이 날뛰었는데 품종이 좋아 보였다. 마루 아래 서 있던 여자가 고개를 숙여 그들을 맞았다. 호리한 체격에 화장이 짙지 않았다. 창수는 얼른 일별했을 뿐이었다. 나이는 쉬 짐작이 가지 않았다.

방에 들어서자 누구 말이랄 것도 없이 나이대로 서서 먼저 앉은 형님께 절을 올렸다.

"그래, 멀리 온다고 수고했다. 다들 앉거라."

형님의 얼굴이 조금 상기되어 보였다.

"여기 뭐 마실 거 좀 가져오너라."

형님이 마루를 향해 말했다. 형님의 목소리는 예전에 듣던 그대로 힘있고 울리는 데가 있었다. 다른 사촌들도 매일반이겠지만 창수로서도 성혼을 하고 나이가 들어가도 언제나 어렵기만 하던 형님이었다.

사촌들은 방을 조심스레 두리번거리기도 하고 오랜만에 보는 형님의 모습을 살피기도 했다.

"찾는 데 어렵지는 않더나?"

"원재가 아주 요긴한 것만 잘 가르쳐주었습니다."

한수형이 대답했다.

"그래, 아버님은 건강하시나? 내가 죄인이다."

형님이 비장스러운 목소리로 말했다.

"무슨 말씀을…… 이제 이렇게 형님을 뵈니 아버님도 마음이 편안하실 겁니다."

한수형 말이 끝나자 형님은 한 분 한 분 숙모님들 안부를 물었다. 그때 수박이 놓인 상을 들고 여자가 방 문턱에 섰다. 어느새 엷은 보라색 모시옷을 갈아입고 있었다. 들어오지는 않고 상을 내려놓는 걸 보고는 판수형이 일어났고 그걸 본 동수가 얼른 상을 받았다. 여자는 다소곳이 문가에 앉았다.

"으음, 인사들 해라. 알고들 있는지 모르지만 내하고 같이 있는 사람이다."

사촌들은 모두 일어났고 여자는 방으로 들어오지는 않았다. 마산형이 "들어오시죠"라고 권했지만 그럴 기색은 없어보여 그렇게 서로 절을 했다.

"다 동생들이다. 이쪽은 마산서 사업하는……"

그렇게 형님은 하나씩 동생들을 소개했다.

창수 부분에서 부산시청 계장이라고 소개하는 걸 한수형이 나서 이제 구청 과장이라고 정정하고 길수 쪽에도 하는 일에 착오가 있어 잠깐 웃음이 오갔다.

"다 나보다 나은 동생들이다."

형님이 그렇게 말가름을 하자 여자가 "형님에게서 이야기는 수차 들었습니다. 더운데 먼 길 오시느라 목마르실 텐데 수박이나 맛있게 드십시오"라고 말했다.

잘 익은 수박이 보기 좋은 모양새로 두 접시에 얹혀 있었다.

"당겨 앉아 먹어라. 시골이라 별게 없다."

"보기만 해도 먹음직한데요."

판수형이 다가앉으며 말했고 수박으로 손들이 갔다. 상을 두고 다 둘러앉기에는 조금 비좁아 동수가 접시 하나를 들어내어 방바닥에 놓았다. 그걸 보던 여자가 일어나더니 곧 플라스틱 쟁반 하나를 가져왔다. "어, 달다"든가 "시원해 좋다"라는 소리만 해대며 사촌들은 수박 먹기에 열중했다. 여자는 그대로 문가에 앉아 있었다.

"같이 드시지요"라고 마산형이 권했다.

"드십시오. 저희는 아침에도 먹었습니다. 형님이 이거저거 마음대로 못 드셔서 여름에는 수박을 많이 채워둡니다"라고 했다. 뭔가 멋쩍고 어색한 침묵이 수박 먹는 소리에 감추어져 있었다. 어색함은 문가에 버티고 앉은 듯한 여자 때문이라고 창수는 생각했다.

"그래도 우리만 먹을 수 있습니까, 하나 드셔야지요. 그동안 우리 형님 돌보신다고 형수님 고생이 많으셨습니다."

판수형이 말했다. 한수형은 물론 길수까지도 허리를 펴고 판수형과 큰형님, 그리고 여자를 살폈다.

"그래, 형수님이 대단하시지."

마산형이었다. 동수가 창수 쪽을 재빨리 보며 재미있다는 표정을 지었다.

"사실 말이 나와서 말이지 내한테 고마운 사람이다. 지금 여기까지 꼭 일곱 번 이사를 했고 2년 전에는 죽는 줄 알았다. 옆에 없었다면 내가 견디지 못했을 거다."

형님이 기다렸다는 듯이 말을 이었다.

"여러 소리가 있는 줄은 알지만 나로서는 어쩔 수가 없었다. 아직도 돌아올 수표 몇 장의 기한이 남아 있다. 잠시 피하면 되겠지 했는데 그게 여의치 않더라. 첫째 몸이 말을 듣지 않고 마음까지 약해지는데…… 어려웠다. 처음에는 경기도 부근에 있었는데 아는 사람이 어찌 그런 산골에서까지 만나지노. 한때는 해인사 부근에도 있었는데 지나가는 등산객이 고등학교 동기놈이더라. 등산로하고는 전혀 관계 없는 독립마을이었는데 말이다. 어떻게 줄을 대서 여길 왔는데 사람은 부딪치지 않는데 덜컥 병을 얻었다. 먹지도 못하고 체중은 주는데, 꼭 암인 줄 알았다. 그래서 원재에게 연락했다. 그놈이 그래도 고맙지. 다행히 암은 아니더라. 요즘도 약은 계속 먹는다."

형님은 몸을 돌려 종이상자 하나를 당겨 약봉지를 한 움큼 꺼내 보였다.

"하루 세 번 네 가지 약을 드십니다. 이제는 조금 무얼 자시기도 하는데 전에는 입에 대기만 하면 토하고, 보기 참 민망했습니다."

여자가 사이에 말했다.

"내 하는 일이 약 먹고 개밥 주고 똥 치우는 거다."

들어올 때 무엇인가 했던 마루 한켠에 쌓였던 푸대들이 사료라는 걸 창수는 알 수 있었다.

창수는 가만히 방안을 살펴보았다. 그런대로 오래되어 보이는 농 하나와 옷장 하나만이 가구의 전부였다. 벽에도 별다른 장식물은 보이지 않았다.

"나누실 말씀도 많을 텐데 그동안 저는 점심준비를 하겠습니다."

여자가 몸을 일으키며 말했다.

"아, 아닙니다. 번거롭게 그러실 거 없이 형님, 바람도 쐴 겸요 부근에 어디 가서 식사를 하도록 합시다. 저희들이 그렇게 마음먹고 왔습니다."

한수형이 여자에게 손사래를 치며 말했다.

"찬은 없습니다만 그래도 여기서 하셔야지요."

"형님, 오다가 가든까지 봐두었습니다."

길수가 덧붙였다.

"길가에 그런 게 많지만 내 집 두고 너희들이 왜 그런 데서 먹을 거고, 여기서 먹자."

형님이 단호하게 말했다.

여자는 일어났고 어떤 사촌도 덧말을 붙이지 않았다.

"동네가 좀 특이합니다. 몇 가구나 됩니까?"

길수가 하나 남은 수박을 입으로 가져가며 말했다.

"한 30가호 된다. 해방 전에 목사 한 분이 개척한 마을이다. 믿는다는 약조만 하면 땅을 주었단다."

그래서 집들이 비슷하고 도로도 반듯하다는 거, 많이들 떠났지만 새로운 교인들이 가끔 들어온다는 거, 마을사람들이 매우 부지런하고 남의 일에 간섭하지 않는다는 그런 것들을 형님은 설명했다. 모두 고개를 끄덕이며 설명을 들을 뿐 길수도 동수도 질문은 하지 않았다.

"지금은 다른 시골처럼 주로 노인들만 남아 있지. 인사 나눈다고 이장을 만났는데 젊다는 축인데도 쉰이더라. 처음엔 서먹했는데 지금은 그런대로 마을분들과 친하게 지낸다."

그러나 모두 다음 말을 기다리듯 사촌들은 형님 얼굴만 바라보고 있었다.

"들어올 때 조건이 있은 건 아니지만 사람을 알아야 하니까 내가 가끔 교회에 나간다. 내야 가만히 앉아 있다 나오지 찬송가를 부르나, 성경을 읽나. 몇 번 빠져도 누구 하나 입 대는 사람도 없다."

창수가 벽을 살펴본 건 솔직히 성물을 찾은 건 아니었지만 형님 얘기를 듣고 보니 그런 꼴이 되고 만 셈이었다. 아무것도 없었다. 사촌들은 바닥을 내려다보거나 멀거니 벽으로 시선을 두거나 그러고들 앉아 있었다. 한수형과 동수의 얼굴은 딱딱해 보였고 마산형과 판수형은 표정이 없었다.

"로마에 가면 로마법을 따르라는 말도 있지 않습니까."

침묵을 깬 건 길수였다. 전혀 틀린 표현법은 아니었지만 다소 급박한 말투에 다른 사촌들은 입가에 웃음을 머금었다.

"그 정도는 아니다. 지금은 다 털었지만 옛날 생각을 하면 가슴이 터질 때가 한두 번이 아니었다. 어떨 때는 죽을 마음도 먹었다……그건 안 되는 거고, 내가 수양을 많이 했다. 다른 걱정은 말아라. 제사는 원재가 지내는 거고, 아무 일 없다. 하루종일 일만 한다. 여섯 시에 일어나 밥 주고 똥 치우고, 과수원 돌보고."

"과수원도 있으십니까?"

길수가 놀란 표정을 숨기지 않았다. 다른 사촌들도 내심 귀가 번쩍 띄는 소리였지만 입을 열지는 않았다. 교회에 나간다는 말을 두고 더 깊이 파고들 수도 없던 것과 마찬가지였다. 형님은 길수 말은 무시한 채 지난 일들을 차례대로 얘기했다.

처음에는 새를 길러보다가 실패하고 버려진 외딴 목장에서 염소도 키워보다가 여기에 와서는 개를 키운다고 했다. 전에 있던 곳에서도 한 차례 식육견을 키워보았지만 판매망을 쥔 쪽의 농간이 심했다. 게다가 외딴 데서 하다 보니 훤한 대낮에 사람이 있는데도 전문적으로 해대는 몇 놈이 차를 몰고 와서 실어 가는 걸 두 눈 뜨고 본 뒤로는 그만두기도 했는데, 지금은 애완견과 식육견을 반 정도씩 기른다는 설명이었다.

그러고는 동생들이 과수원에 관심이 있는 걸 충분히 간파했다는 듯이, 일손이 달려 쉬고 있는 복숭아 밭을 빌려 소일삼아 돌본다고 덧붙였다.

"시골집을 내놓았다는 말을 듣고 저희들 모두 깜짝 놀랐습니다."

길수가 말했다. 말머리를 따라가다 보니 그렇게 된 듯싶게 자연스러운 면도 없지는 않았지만 아무래도 자리가 무거워졌다. 한수형이 긴장하는 눈치였지만 길수를 바라보지는 않았다. 어색한 기운이 흘렀지만 형님은 뭐라고 대답을 하지 않았다. 동생들도 입을 다물고 있었다. 창수에게는 그런 침묵이 꽤 지루했다. 형님의 표정에 변화도 없었다. 그런 게 오히려 할 말이 있으면 다 해보라는 뜻으로 읽히기도 했다. 다른 이야기가 없자 형님이 입을 열었다.

"내가 그동안 빚진 게 많다."

동생들은 이어질 다음 말을 기다렸지만 그뿐이었다.

그때 여자가 문가에서 말했다.

"아주버님들, 점심들 드시러 나오시죠."

어색한 분위기가 수습되고 형님은 할말을 다 해버린, 어쩌면 타이밍을 맞추기라도 한 듯 적절한 순간이었다.

형님이 먼저 일어나 나가고 동생들은 주섬주섬 뒤따라 몸을 일으켰다. 뒤처진 판수형이 창수와 눈이 마주치자 싱긋 웃었다. 그 웃음이 아주버님이라는 호칭을 두고 보낸 눈길만이 아니라는 걸 창수가 모를 리 없었다. 형님은 신자임을 털어놓고 다음에는 집을 팔아야 하는 이유까지 설명했다. 여자는 사촌들을 시동생으로 자리매김한다. 창수는 머리가 다소 혼란스러웠다.

“찬은 없습니다. 그저 여기서 나는 거로, 된장찌개나마 맛있게 드십시오.”

여자가 물잔을 나누며 말했다. 가까이서 보니 여자는 피부도 맑고 나이도 많이 들어 보이지는 않았다. 창수는 큰집형수 얼굴을 겹쳐보았지만 뭔가 헷갈렸다. 주로 숙모들 입을 통해 듣는 거지만 다방을 했다는 소리도 있고 이혼하고 혼자 장사를 하다 사업관계로 형님을 알았다는 말도 있었지만 어느것도 확실치는 않았다.

“채소뿐이다. 텃밭에서 기르는 거니까.”

형님이 먼저 수저를 들었다.

물을 먼저 마신 동수가 “물맛이 좋습니다”라고 했고 형님은 우물을 쓰다 얼마 전부터 상수도가 들어온다고 설명했다. 무친 나물과 채소가 몇 가지 되고 생선도 두 마리나 구어져 있었는데 찬들이 깔끔했고 된장찌개가 입맛을 당겼다.

“형님도 오랜만에 뵙고 찬도 좋은데 술이 없어 섭섭합니다.”

동수의 말이었다.

“어떡하죠, 형님이 못하시다 보니. 전에 원재 왔을 때 맥주 몇 병 사 넣은 뒤로는 끝이에요.”

"괜찮습니다. 술도 잘 못하는 애가 오늘은 별일이다. 같이 드시죠?"

판수형이 적당히 넘기며 여자에게 권했다.

"아닙니다, 나중에 먹겠습니다. 이렇게 형제분들이 다정히 드시는 거만 보고 있어도 저는 배가 부릅니다."

여자의 말 한마디가 모두 예사롭지 않았다. 그러나 어느 사촌도 그걸 표정으로 드러내지는 않았다. 식사를 하면서 나눈 대화는 가벼운 것들이었다. 영천시가 가까우냐 의성읍이 가까우냐는 말끝에, 겨울에는 눈이 많이 오고 추운 곳이라 장을 한꺼번에 본다는 얘기도 형님이 했다. 판수형은 매운 고추가 좋다며 더 청하기도 했다. 식사가 거의 끝나갈 무렵 창수는 전화를 받았다는 애가 생각났다.

"애는 어디 갔습니까?"

다른 사촌들이 그제서야 마루와 붙은 입식부엌을 두리번 거렸고 맞은편 방에도 시선을 두었다.

"나와서 인사드리라 해라."

형님이 말했고 여자가 맞은편 방을 향해 아이를 불렀다. 방문을 열고 나온 애는 키가 훤칠했다.

"인사드려라. 숙부님들이다."

여자가 아이에게 말하고 애는 선 채로 수줍게 고개를 숙였다.

"그게 뭐냐, 절을 해야지."

여자의 말에 마산형이 "괜찮습니다"라고 했고 큰형님도 "다음에는 그래라"라면서 "내 때문에 고생이 많았다. 대학 1년 중

퇴하고 입대날짜를 받아놓았다"고 덧붙였다. 애는 수줍은 듯 두 손을 모으고 서 있었다. 이목구비가 뚜렷하고 순해 보였다.

"그래 어디로 입대하노?"

길수가 묻자 형님이 나서 "논산이다. 들어가 보아라"며 아이를 방으로 들여보냈다.

커피를 끓이겠다고 여자가 말하자 형님이 찾는 사람에게만 주고 과일을 내라고 했다. 그때 한수형이 마당이 너르고 그늘도 들고 하니 거기로 나가자고 말해서 모두 상 앞에서 일어났다.

기색을 알아차린 개들이 다시 일제히 컹컹거리기 시작했다. 형님이 처음 마당에서 맞을 때는 몰랐는데 신은 신발이 우스웠다. 그건 낡은 군화였는데 발목 위의 허리도 접은데다 구두 혀까지 축 늘어진 채였다. 축담에 슬리퍼나 다른 신발은 보이지 않았다. 물이 난 감색양복 바지에 반소매티도 헐렁해보였다. 일부러 찾아 입었다기에는 허술한 편이었다. 구두에 눈을 두고 있었던 게 창수만이 아니었던지 뒤따르던 동수가 그의 허리를 손가락으로 살짝 찌르며 신발을 보라는 눈치를 했다.

"조용히 해라. 더운데 왜 시끄럽게 하노."

형님이 철망 우리에 발을 얹고 허리를 세운 채 짖어대는 개를 보고 하는 말이었다. 귀가 쫑긋하고 검정색에 덩치가 큰 게 예사롭지 않은 개들이었다.

"저건 벨도만이고 이쪽은 코올리다."

누가 물었는지 형님이 설명했다. 또 다른 쪽에서는 전혀 다른 목소리로 개들이 짖어댔는데 각각 다른 두 개의 우리에서 애완견들이 부지런을 떨었다.

"이 집에서 짖는 놈은 돈이 되고 그렇지 않은 놈은 돈이 안 된다. 똥개는 과수원 쪽에 있는데 짖지를 않는다. 앞마당에 있는 놈들한테 질렸는지 지 팔자를 아는지."

길수와 동수가 구경도 할 겸 담배도 피울 셈인지 집 뒤켠으로 사라졌다. 창수도 그들을 따랐다. 집 뒤켠은 바로 낮은 언덕이었고 그게 바로 과수원이었다. 복숭아 잎들이 더워 보였다. 서너 걸음 옮기자 동수와 길수가 엉성한 축사 앞에 서 있었다. 창수가 다가가도 개들은 반응이 없었다. 누워 있는 놈들이 대부분이었고 서성거리는 놈들도 혀만 길게 내밀고 헉헉거릴 뿐이었다. 우리에서 풍기는 냄새가 마침 부는 한 줄기 더운 바람을 타고 역하게 풍겨 와 창수는 이내 걸음을 옮겼다. 그의 머릿속에 큰형님의 늘어진 군화혀와 방금 본 더위에 헐떡이는 개들의 늘어진 혀가 겹쳐 떠올랐다.

앞서 마당으로 되돌아 나오니 형들은 대화가 끊겼는지 가만히들 앉아 있었다. 그늘에 잠기지 못한 잔디가 더욱 짙게 눈을 찔러댔다.

"잔디가 좋습니다. 어찌 이렇게 잘 자랍니까?"

창수가 은행나무 그늘 아래에 있는 엉성하게 만든 평상에 앉으며 말했다.

"본래 있던 큰 나무 빼고는 꽃이고 잔디고 다 훔쳐 온 거다. 시골에는 빈집이 많지 않니."

동생들은 웃었다.

"잔디는 처음 한동안 비료도 꽤나 많이 주면서 아이 키우듯 가꾸었다."

작년 추석에 보았던 떼가 많이 죽었던 백부 산소가 떠올랐지만 창수는 입을 다물었다.

"몇 마리밖에 안 되는데요. 전부 자고 있고."

길수가 다가오며 말했다.

"일주일 전에 열 마리쯤 싣고 갔다. 겨울부터 키워 한 이백 만들었다. 그러니 남는 건지 뭔지 알 수가 없을 정도다."

애완견들은 수집상 대신 대구나 영천, 안동 등지의 정보지에 내어 직접 수요자와 거래를 한다고 형님은 덧붙였다. 여자가 쟁반에 수박을 담아 온 뒤 따로 커피 넉 잔을 내왔다.

큰 개들은 가만히 있는데 작은 애완견들이 깽깽거렸다.

"조용히 해라. 너거 먹을 거 아니다."

형님이 말했다. 어쩌면 한가한 전원생활자의 목소리인 듯도 하고 한편으로는 익숙한 개사육자의 목소리로 들리기도 했다. 동수와 길수는 여자를 따라 애완견 우리로 가서 설명을 들었고 남은 사촌들은 은행나무의 암수와 커피맛에 대해 이야기했다.

어느 사촌도 형님의 교회출입과 종답과 시골집을 입에 올리지는 않았다. 아직 아들을 가지지 못한 장조카에 대한 걱정은 했을지언정 곧 군대를 가게 된다는 같이 사는 사내애에 대해서는 말하지 않았다. 큰형님이 입을 떼지 않는 이상 그렇게 되어 있다는 듯 동생들은 모두 딴소리나 하고 있었다. 아니면 한마디 걸어보아야 형님의 입장이나 완벽하게 세워주고 만다는 사실을 뒤늦게 알았기 때문일지도 몰랐다.

사촌들이 자리에서 일어나고 그길로 인사까지 나눈 것은 4시경이었다.

"일간 아버님을 내가 한번 뵈옵기는 해야 안 되겠나. 오늘 가거든 말씀 잘 드려라. 걱정 끼칠 얘기는 드리지 말고."

큰형님이 한수형에게 말했다.

"지금 아주버님들 계실 때 부산 숙부님께 전화를 한번 내시지요."

여자가 형님에게 권했지만 형님은 고개만 흔들었다. 여자는 쉬 포기하고 방에 있던 아이를 불러 대문간으로 따라 나왔다. 차에 오른 채 마당에서 인사를 할 수는 없었기에 차를 빼고 이별은 문 앞 길가에서 이루어졌다. 들어올 때처럼 길은 텅하니 비어 있었고 마을은 조용했다. 형님은 몇 걸음 더 나오지 않았다. 차가 멀어질 때도 형님은 섰던 그 자리에 있었고 다리를 건너면서 되돌아보았을 때는 아무도 보이지 않았다.

두 대의 차는 길가에 잠시 멈추었다. 한수형이 내려 마산형과 이야기를 나누고 돌아왔다. 특별히 아는 곳도 없어 영천 시청 앞에서 다시 만나기로 했다고 했다.

"살기는 그런대로 사시는군요, 건강도 좋아 보이고."

판수형이 먼저 말을 꺼냈다.

"근데, 방에 특별히 성물이나 성경책은 보이지 않는 것 같던데요."

동수 말에 한수형이 본인이 직접 교회에 나간다는데 더 할 말이 있느냐고 시큰둥하게 답했다.

판수형은 "손에 흙 하나 묻히지 않고 옥이야 금이야 자란 양반이 개 키우며 산다는 게 측은하기도 하고, 자기 실속만 찾는 것 같아 서운하기도 하고"라면서 그 형님이 얼마나 군대 생활을 애를 먹이며 나이롱으로 했는지에 대해서 들은 이야기를 덧붙였다. 그러면서 창수에게 어떻게 보이더냐고 물었다.

창수는 여자가 쓰던 호칭에 대해서 이야기했다. 유달리 자주 쓰던 아주버님이라는 호칭이 의미하는 바가 그 여자는 물론 형님까지도 동생들에게, 집안에 대해서 원하는 메시지로 읽히더라는 이야기였다.

"그러니까 이렇게 사는 현실을 인정해달라는 거지. 우선 형님과 그 여자분이 기분은 좋아 보이던데요."

"큰집형수님은요?"

동수가 끼어들었고 창수는 그건 별개의 문제라고 말했다.

"그럼 형수가 둘이네."

동수가 웃었다. 동수의 웃음은 한수형의 "한심한 양반!"이라는 소리에 멈추었다. 창수는 뒤켠 과수원으로 간 사이 호주형에 대한 이야기가 있었는지 물어보았다. 연락이 없는지 자신이 아는 소식을 전했을 뿐이라고 판수형이 대답했다.

고개를 넘어가면서 사촌들은 올 적만큼의 열기로 이야기를 나누지는 않았다.

시내로 들어가면서 차들은 조금 지체되었다. 청사 담벽에 차를 세우고 식당을 살폈지만 눈이 모아지는 곳은 간판이 화려한 숯불갈빗집뿐이었다. 냉면이 된다는 것도 그쪽으로 발길을 모으는 데 한몫을 했다. 길수는 에어컨이 잘 나오는지를 신경 썼고 마산형은 차가운 맥주를 재촉했다. 날씨도 덥지만 긴장이 쌓인 탓이었다.

좌장격인 그가 "수고했다"면서 먼저 잔을 들어 동생들에게 권했다.

잔을 내려놓기도 전에 길수가 "저는 큰형님 종답 팔고 집 내놓은 건 무효라고 생각합니다"라고 말했다. 당혹감과 호기심 섞인 눈길들이 오갔다.

"너는 아까 로마에 가면 로마법을 따라야 한다면서?"

한수형이 먼저 쏘아붙였다.

"그건 그 자리에서 형님 듣기 좋으라고 한 말인데요, 뭐. 그걸 두고 누가 진심이라고 생각할 겁니까? 형님 앞으로 된 것을 말하는 게 아니라 제사 모신다고 물려받은 재산은 손대서는 안 되는 거 아닙니까, 제사도 안 모실 바에 왜 종답을 파는 겁니까, 집도 조카 명의가 되어야죠."

할말은 다 해야겠다는 듯이 길수도 머뭇거리지 않았다. 에어컨 바람소리만 방 안을 맴돌 뿐 모두 할말을 잊은 듯했다. 찬바람 속에 더위는 가셨지만 큰형님이 끼친 마음의 더위는 그대로 남아 있었다.

"누구는 걱정이 없나? 너무 나서지 마라."

한수형이 목소리를 낮추어 길수에게 다시 말했고 판수형이 그런 이야기를 음식도 나오기 전에 꺼낼 게 어디 있느냐고 거들었다.

마산형이 "모두 잠깐만 있어라, 조금 천천히 얘기하는 게 좋겠지?"라고 나서며 "부산 차는 누가 운전하노? 내 차는 창원 동생 니가 좀 해라"면서 술을 덜 마실 사람부터 정했다. 부산 차는 맥주 두 잔이 주량인 판수형 몫이었다. 창수는 문 가까이 앉은 동수에게 찬 소주를 시키라고 했다.

모두들 급하게 맥주 두어 잔씩을 마신 뒤로는 할 말이 많은 듯 술잔을 만지작거리며 서로 간의 눈치를 살폈다. 그걸 알아챘는지 마산형이 다시 입을 열었다.

"오늘 여기서 하는 이야기는 되도록 심각해지지 않았으면 좋겠는데, 어떠노? 그저 오랜만에 형님 만나본 게 큰일 한 거니까 내가 하는 말이다." 그러면서 그는 한수형에게 오늘 일을 주선하느라 애썼다고 치하했다.

한수형은 별말씀이라고, 누가 해도 해야 할 일이었다고 겸양을 표하면서, "뭐 하나만 빠졌으면, 듣지 않았더라면 좋았을 걸." 아쉬움을 토로했다.

교회 이야기라는 걸 알아들은 마산형님이 말했다.

"큰형님이 제사를 모셔왔다면 문제가 되지만 저렇게 피해 있고부터는 원재가 맡아 있으니 당장 일이야 있나. 교회 나간다는 말을 한 건 스스로 집안일에는 다 빠지겠다는 걸 선언한 거나 마찬가지지. 그런 면에서 창원동생 말을 이해 못할 바는 아니지만 우리 형제간에 없는 재산 두고 입에 올릴 거는 없다."

마산형 뒤에 판수형이 말했다.

"할아버지가 서운하신 거죠. 손자들 두고 아직 기반도 잡지 못해 셋방살이하는 어린 증손자한테 제삿밥 잡숫는 게 어디 마음 편켔습니까."

지금 조카가 제사를 받드는 건 어디까지나 방편에 지나지 않고 언젠가는 형님이 번듯하게 제사를 모시리라는 기대가 무의식으로 모든 사촌들 간에 깔려 있었다는 소리였다.

밑반찬이 들어오고 종업원 아가씨가 고기를 석쇠 위에 얹었다. 그런 소란스러움이 잠시 가시자 한수형이 입을 열었다.

"아버님이 제일 마음 아픈 게 바로 그거 아닙니까. 아버지로서는 자식인데 당신 아버지 제사가 어찌 되는지 알 수가 없으니 마음이 무거운 거죠. 장손이 어디 그냥 장손입니까? 다 이유가 있어서 그런 건데…… 상속문제만 해도 그렇지, 여기 있는 동생만 해도 당장……"

한수형이 말꼬리를 판수형에게 돌렸다.

장자상속은 물론이고 아들상속에 프리미엄을 두는 게 다 이유가 있는 것인데 세상은 다른 쪽으로 변해가고 있다는 말이었다. 누이들이 많은 판수형 집에는 숙부가 남긴 점포 딸린 길갓집을 두고 벌써 말들이 많았다. 숙부가 상속에 관한 무슨 유언을 남긴 것도 아니니 숙모 명의로 된 집은 자식들이 공동으로 권리를 주장할 수 있게 된 것이다. 원만한 성격의 판수형은 딸네들의 입김을 별다른 저항 없이 받아들이고 있었다. 창수로서야 입도 뗄 수 없는 일이기는 하지만 딸이 없는 그의 모친은 그런 화제가 나올 때면 딱 잘라 큰아들 편을 못 드는 아랫동서를 못마땅해했다.

"형편대로 하는 거지요 뭐, 그런 면에서 큰형님은 마지막 장자세대가 되나요. 허허."

판수형이 너털웃음을 쳤고 창수는 화제를 돌리는 게 낫겠다 싶었다.

"생각해보면 큰집형수 위치가 보통이 아니에요. 제사 모시는 쪽에 힘도 있는 거 아닙니까. 그런 면에서 형님과 아까 그 여자분은 변방인에 지나지 않는군요. 이거는 여권론자들이 알아야 할 사실이에요."

마산형이 같이 웃으면서 이렇게 말했다.

"그 형수가 뭐로 사노? 아들 딸 품에 안고 종부라는, 그 위안으로 살지. 그런 게 아무런 의미도 없는 집들도 있지만 그렇지 않은 집안도 아직은 많으니까."

봉제사와 접빈객이라는 말을 들먹이며 모두들 고개를 끄덕이고 있는데 가만있던 동수가 이런 말을 했다.

"앞으로가 문젭니다. 종교의 자유는 신성불가침이면서 조상 섬기는 의무는 아무렇게나 해도 괜찮은 게 되었으니 큰일입니다. 제가 꼭 큰집형님을 두고 하는 얘기는 아니지만, 학교 선생님 중에 백부 아들들이 전부 교회를 나가면서 참례를 않으니 이게 가문의 맥을 이을 자격을 포기한 거 아닙니까? 집안

회의를 해가지고 다음 삼촌의 큰아들에게 문중 재산을 다 넘겼답니다. 그게 재산이 많고 적음을 떠나 얼마나 의미 있는 일입니까? 그런 집이 우물쩍 넘어가는 집안보다는 현명한 거죠."

길수가 당장 "그게 옳지"라고 나서면서 국민 종교 간의 비율은 물론 국회의원들의 종교 비율까지 밝히며 어느 집안이고 야단이라고 말했다.

그는 곧 한수형에게 퉁을 먹고 말았다.

"그만해라! 여기서 정치 이야기는 왜 나오노!"

고기가 구워지는 것과 겹쳐 대화가 잠시 중단되었다. 갈빗살은 그렇게 맛이 나지는 않았다. 기분 때문인지도 몰랐다. 그래도 사촌들은 점심이 모자랐는지 냉면까지 열심히들 먹었다. 소주잔과 맥주잔이 몇 차례 오간 뒤에 길수와 동수가 담배를 피우러 밖으로 슬그머니 나갔다 들어왔다.

"하긴 우리로서야 할아버지가 계신 선산만 지키면 되는 거니까, 그거 하나 건사 못할까? 마음 편케 생각하면 백부님 밑으로 된 거야 형님 재산이라고 여기면 되지 뭐."

잔 바닥에 깔린 맥주를 마저 비운 판수형이 혼잣말처럼 했다. 그러면서 그는 "우리가 형님에게 가지는 서운한 마음이 잘못일 리는 없지만 달리 생각하면 형님으로선 목전의 안위밖에 무얼 더 생각할 여유가 있겠느냐는 그런 심사도 있습니다. 종교도 그런 것일 거구"라고 덧붙였다.

비난 일변도의 분위기에서 한 걸음 벗어난 발언이기에 사촌들은 제각기 자기가 했던 말들을 돌이키기라도 하는 양 한동안 입을 닫았다.

얼마 뒤 고향집이 구체적으로 얼마에 말이 오가는지를 물은 이는 한수형이었다.

"집값이야 별거 아니고 터가 한 4백 평 된다니까, 6천까지는 가나 보더라."

마산형은 덧붙여 마산 창원 사람들이 시골집을 사러 다니는 곳 중의 하나로 고향마을도 꼽힌다는 것, 거기다 차까지 들어가기 때문에 가지고 있으면 값이 더 좋아질 거라는 얘기를 덧붙였다.

"그 돈 다 받아 형님은 뭐 하실는고?"

동수가 말했다.

"지금도 형님이 살기는 괜찮아 보이던데요. 너른 잔디 마당에 흔들의자만 갖다 놓으면 딱 전원생활이지 뭐."

"다른 데서는 그런 소리 말아라. 모든 걸 포기한 대가치고는 그 정도는 별거 아닐 수도 있다."

마산형이 주의를 주었고, 판수형은 "우선 보기가 그렇지 얼마나 갑갑하겠니. 똥 치우고 개밥 주는 게 일과라는 소리를 동생들 앞에서 하기가 그리 쉽겠니……"라고 뒷말을 흐렸다.

"그런데 형님보고 누가 돈을 줄 사람이 있나요, 웬 빚 이야기를 하시는고?"

길수가 의심스럽다는 듯 말했다.

"그거야 맞는 소리든 틀린 소리든 관계 있나. 누가 따져볼 것도 아닌데. 여자분이 얻었을 수도 있고…… 어쨌든 고향에 시골집만은 어떻게 지키는 게 좋은데……"

무엇을 골똘하게 생각하던 한수형이 입을 열었다. 창수는 그런 친형을 조심스럽게 살폈다. 그 성격에 앞서서 계획을 낼 수도 있었다. 창수가 걱정하는 건 한수형의 말 뒤에는 아버지가 있다는 걸 사촌들이 염두에 두기에 부담스러워할 거라는 사실이었다.

"내동형님은 반대하실 거란 말이지. 전에도 아프시달 때 돈을 좀 모아보고 싶은 마음도 있었지만, 내놓고 말씀은 안 해도 아버님도 그런 눈치를 보이셨지만 그 형님 모르게 할 수도 없는 일이고 해서……"

판수형은 지금까지 앙금이 남았겠느냐고 했을 뿐이었고 마산형은 가만히 있기만 했다. 누구 한 사람 당장 몇백만 원이나 내놓으면서 의견을 내지 않는 이상 아무도 움직이지 않을 거라는 건 너무나 자명한 사실이었다. 설사 그렇다 하더라도 말들은 많을 것이었다. 숙모에 따라서는 고생 안 하고 자란 조카가 돼서 어떻게든 편하게 사는 궁리만 머리에 가득하다고 비난하는 이도 있는 참이었다.

그래도 창수는 서운해하시는 부친을 헤아려서 의견을 내보았다.

"한 반만, 뒤쪽의 텃밭만 우리가 공동명의로 사면 안 될까요?"

"그 아저씨가 그렇게 살려고는 안 할 거다. 방법이야 의논해봐야겠지만 내 생각에는 팔 사람과 사겠다는 사람이 마음먹은 이상 쉽지는 않을 것 같다."

마산형이 말했고 한수형도 고개만 가만히 끄덕였다.

사촌들은 한동안 자기 앞에 놓인 술잔을 만지작거리거나 이미 식어버린 고기에 헛 젓가락질을 하고 있었다. 잠시 추석 전의 벌초 이야기도 나왔지만 별달리 흥미를 끌 것도 없었다. 몇 해 전부터 삼종제의 손을 거드는 형식을 취해오고 있었다. 동수와 길수가 담배 때문에 또 한 번 밖으로 나갔고 할 만한 이야기는 다 했다는 분위기가 돌았다.

"오늘 우리가 다녀온 일은 큰집형수에게는 당분간 비밀이다. 곡해해서 무슨 소리를 할지도 모른다. 형님에게 서운한 게 전부 같이 사는 여자 때문인데 우리가 거길 갔다 해봐라. 더욱 서운하지 않겠나. 그리고 가는 길에 되도록이면 큰형님께 가진 불편한 마음도 털어버리도록 하고."

길수와 동수가 들어오자 마산형이 말했다.

"어느 형님이 제일 먼저 형수님이라고 불렀습니까?"

동수가 웃으면서 말했다.

"나는 안 불렀다!"

잽싸게 길수가 나섰고 "전부 공범이지 뭐"라는 한수형 말에 모두들 크게 웃음을 터뜨렸다. 그러고는 한수형은 "형님 교회 나간다는 소리는 나도 아버님께 안 할 테니 숙모님들한테도 하지 말자. 재종들 귀에 들어가서는 더욱 안 되고"라고 덧붙였다.

그게 얼마만큼 지켜질 수 있는 약속인지 자신은 없으면서도 모두들 고개를 끄덕였다. 형님을 오랜만에 뵙는다는 당초의 목적은 달성되었는지 모르지만 올 때보다 훨씬 버거운 짐을 안은 게 사실이라는 걸 깨달았는지 뒷자리가 무거웠다.

한수형이 일어서자 판수형도 덩달아 일어났다. 계산을 하기 위해서였다. 창수도 일어나 계산대로 갔다. 셋은 잠시 자기가 지불하겠다고 가벼운 승강이를 벌였다.

곧이어 다른 사촌들도 나와 한마디씩 거들고는 밖으로 나왔다. 마산형이 화장실에서 나오는 동안 동생들은 길가에 서서 주위를 두리번거렸다. 길수가 몇 걸음 떨어져 담배를 피웠다. 해가 길어 그렇지 벌써 일곱 시였다.

"제법 막히겠는데"라고 판수형이 말했고 동수가 아홉시는 지나야 부산에 들어가겠다고 덧붙였다. 마산형이 나와 동생들과 인사를 나누었다. 형은 바로 밑의 동생들에게는 악수를 청했고 나이가 떨어지는 동생들에게서 절을 받고는 어깨를 두드려주었다.

마산 차가 먼저 떠나는 걸 본 뒤에 부산 차도 출발했다. 톨게이트를 통과하기도 전에 두 대의 차는 다른 차 속에 뒤섞여 버렸다. 고속도로를 얼마 달리다 판수형이 입을 뗐다.

"나는 말이지."

모두 귀를 기울였다.

"어쩐지 형님을 잃어버린 것 같은 기분이 든다. 형수에게 돌아올 리도 전혀 없고 집안에 얼굴을 내밀 것 같지도 않고."

침묵 뒤에 동수가 답했다.

"뵙지 못했을 때는 그래도 형님은 우리 곁에 있다라고, 이유도 근거도 없이 믿는 구석이 한편으로는 있었는데 오늘 막상 만나고 보니, 이제 영 우리 곁을 떠났다는 생각이 들어 더욱 서운합니다."

아무도 더는 말이 없었고 창수는 낮은 한숨을 내쉬며 등받이에 머리를 기대며 눈을 감았다. 가만히 두 사촌의 말을 들으면서 창수는 자신의 심경도 그 언저리를 맴돌고 있는 게 아닌가 하는 생각이 들었다. 더구나 큰형님을 잃는다는 게 어찌 고향을 잃는다는 것과 연결지어 떠오르는지에 대해서는 새삼스러움도 있었다. 판수형이 라디오를 켰고 낮은 음악소리와 더불어 헤드라이트를 켠 자동차들로 눈이 잠시 부셔왔다. 그렇게 어느 일요일 하루가 저물고 있었다.

작가 후기

겨울에는 산을 오르기가 어렵다. 날씨는 두고라도 대부분의 등산로가 폐쇄되기 때문이다. 올 겨울도 그나마 열려 있는 영남 알프스 산군들을 부지런히 오르내릴 수밖에 없었다. 바람이라도 매섭게 부는 날의 산행 초입은 뼛속까지 시리지만 된비알 몇 고비를 오르면 몸은 기분 좋게 후끈거린다. 제 마음과 몸을 움직여 열기를 만들어내기 어려운 일 중에서 소설쓰기만 한 게 또 어디 있으랴.

1990년 첫 창작집 이후 두 번째 책을 세상 형편 어렵다는 이 겨울에 엮었다. 「기다림을 위하여」와 「더 큰 비밀」을 제외하고는 모두 90년대에 발표한 작품들이다. 지나간 시간과 빗나간 사랑, 중산층의 불안한 공허감을 드러내는 얼굴들을 모아 놓고 보니 어쩐지 흐릿한 거울 앞에 세워둔 기분이다. 가야 할 길이 멀다는 초조함을 행복으로 알아야겠다. 출판 기회를 준 세계사에 고마운 마음을 전한다.

1998년 2월

조갑상

재발간에 붙여

『길에서 형님을 잃다』(1998년, 세계사)는 두 번째 소설집이다. 「기다림을 위하여」와 「더 큰 비밀」은 1980년대 작이며, 나머지는 모두 1990년대에 발표했다.

말미에 해설이 없다는 사실이 새삼스러워 몇 줄 적어본다.

성장소설인 「더 큰 비밀」과 군대소설인 「기다림을 위하여」를 빼면 모두 중년에 접어든 인물들의 이야기다. 그중 파산 뒤 잠적한 종갓집 형님을 찾아 나선 사촌형제들을 통해 한국적 가치관의 변화를 살핀 「길에서 형님을 잃다」를 제외하곤 나름 닮은 점이 보이기도 한다.

「불안한 조깅」과 「익숙한 순례자」에서는 익명화와 사물화되어가는 인간관계를, 「거세된 사랑」은 격렬하고 이기적인 사랑 뒤에 남은 죄의식을, 「나는 이유를 알고 싶다」와 「지나간 시간은 없다」는 사랑의 잔해와 어긋난 사랑이 다시 만나는 지점에 집중해 보았다.

「중국산행」에서는 산행구조 속에 이별의 몇 장면을 새겨보았으며, 「보스니아의 꿈」은 전쟁을 후경에 두고 출생의 비밀을 이야기해보았다. 「그때도 그런 생각은 한 적이 없어」는 절망에 막 도달한 인물이 절망의 긴 터널을 빠져나온 인물에게 보내는 복잡한 심리를 살폈다.

첫 책에 실렸던 「〈그런 파파야 향기〉를 보는 부부」와 「악셀을 밟는 법」 두 편을 뺐다. 앞의 작품은 스토리 전개가 너무 심심하고 뒷 작품은 장거리 문장의 연속으로 가독성에 문제가 있어 보여서다.

작품 수록의 순서도 바꾸고 문장을 손보았다.

작가는 자신의 안에서나 밖에서 소재를 찾거나 거기에 기대어 작업을 한다. 허구라 해도 현실을 빌리지 않을 수 없는 것이다. 교정을 보면서 어제같이 선명한 장면들 앞에서 한참 머물곤 했다. 내가 자란 부산 수정동 일대와 그 겨울 강원도 화천의 파월교육대, 되새 떼를 만나러 갔던 쌍계사, 위해에서 발해만을 건너 대련으로 가던 밤배. 그리고 한 분씩 세상을 떠나는 종형들. 무엇보다 내 곁에 오래 계시다 막 떠나신 부모님. 우리는 기억하므로 존재한다.

『다시 시작하는 끝』에 이어서 다시금 지나간 시간 앞에 세워 준 산지니가 고맙다.

2022년 가을

조갑상